オカルトファンタジーの原点を知る
現代クトゥルフ神話の基礎知識

Basic knowledge of modern Cthulhu Mythos
Novel, Comic, Game, Animation and Light novel.
Know the origin of Occult Fantasy.
A thorough explanation of Cthulhu Mythos terms!

オカルトファンタジーの原点を知る

現代クトゥルフ神話の基礎知識

KANZEN

Contents

4	はじめに

第1章
神話の成り立ち

5

第2章
邪なる神々

16	クトゥルフ
20	ゾス三神（ガタノトア／イソグサ／ゾス＝オムモグ）
24	ダゴンとハイドラ
28	アザトース
30	ヨグ＝ソトース
34	シュブ＝ニグラス
36	ニャルラトホテプ
40	ナグとイェブ
42	イグ
43	ハン
44	ラーン＝テゴス
45	ンガ＝クトゥン
46	ツァトゥグァ
50	ウボ＝サスラ
52	アトラク＝ナクアとアブホース
56	クァチル・ウタウス
58	ヴルトゥーム
59	モルディギアン
60	チャウグナー・フォーン
62	イオド
63	ヴォルヴァドス
64	ハスター
68	イタクァ
72	ロイガーとツァール
74	クトゥグァ
78	ルリム・シャイコースとアフーム＝ザー
80	ボクルグ
81	ムノムクア
82	ニョグタ
83	シアエガ
84	グラーキ
85	アイホート
86	イゴーロナク

87	ダオロス
88	バイアティス
89	グロース
90	シャッド＝メル
92	イブ＝ツトゥル
93	バグ＝シャース
94	ゴル＝ゴロスとグロス＝ゴルカ
96	トゥールスチャ
97	ムナガラー
98	ヨス＝トラゴン

第3章
異形なるものども

102	深きもの
106	古のもの
108	ショゴス
110	ミ＝ゴ（ユゴスよりの菌類）
112	イスの偉大なる種族
114	グール（食屍鬼）
116	ナイトゴーント（夜鬼）
118	ガグとガスト
120	シャンタク鳥
122	レン人
123	ムーン・ビースト
124	蛇人間
126	ノフ＝ケーとヴーアミ族
128	ミリ・ニグリ人とチョー＝チョー人
130	バイアキー（ビヤーキー）
132	ティンダロスの猟犬
134	ウルタールの猫
135	クトゥルヒ

第4章
旧き神々

138	ノーデンス
140	ナス＝ホルタース
142	ヌトセ＝カアンブル
144	ウルタールトホテプ
146	クタニド
147	ヤード＝サダジ
148	大地の神々

第5章
禁忌の書物
152 ネクロノミコン
156 ナコト写本
160 エイボンの書
162 黄衣の王
164 妖蛆の秘密
166 金枝篇
168 無名祭祀書
170 ルルイエ異本
172 法の書
174 ケレーノ断章（セラエノ断章）
176 屍食教典儀
178 エルトダウン・シャーズ
180 グラーキの黙示録
182 水神クタアト
184 グハーン断章
185 告白録
186 ポナペ教典
187 ザントゥー石板
188 フサン謎の七書

第6章
狂気を放つ品々
192 銀の鍵
194 輝くトラペゾヘドロン
196 バルザイの新月刀
198 アルハザードのランプ
200 レンのガラス
201 ゾン・メザマレックの水晶
202 ニトクリスの鏡
203 ド・マリニーの掛け時計
204 夢のクリスタライザー
205 セクメトの星
206 エルダーサイン
208 黄金の蜂蜜酒
209 イブン・ガジの粉薬

第7章
恐怖の領域
212 アーカム
214 インスマス
216 ルルイエ
218 狂気山脈
220 無名都市
222 ドリームランド
224 ミスカトニック大学
226 ンガイの森
227 ダンウィッチ
228 セイラム
229 ハイパーボリア大陸
230 レン高原
231 カダス
232 ウルタール
233 ケレーノ（セラエノ）

コラム
189 『クトゥルフ神話』に登場するその他の書物
234 『クトゥルフ神話』に登場するその他の領域

第8章
現代のクトゥルフ神話
235 神話作品紹介

第9章
禁断の1行解説
253 1行解説
268 参考文献
270 索引

はじめに

ラヴクラフトが『クトゥルフ神話』の発端となる『ダゴン』を書いてから早1世紀。この架空の神話は、今でも世界中のファンに愛されています。我が国でも『這いよれ！ニャル子さん』のヒットは記憶に新しく、『クトゥルフ神話TRPG』のリプレイ動画がスゴい再生回数だったり、ビデオゲームのキャラや世界観に神話的要素が含まれていたりと「ひと昔前より盛り上がってるんじゃないか？」と感じる日々です。ただ、この『クトゥルフ神話』がとっつきにくいヤツなのも事実。興味を持っても「どれを見ればいいのやら」というところが確かにあります。そこでこの本です！ ネットで、本で、ゲームや映像で見た、気になったキーワードの意味をちょっとだけ知りたい。これは、そういう人たちに向けた軽〜い感じの本です。「この解釈は間違ってる！」などと目くじら立てずに、気軽に楽しんでもらえたらと思います。

ページの見方

❶グラフ：その項目の特徴をグラフ化したモノ。各評価は書き手の独断と偏見に満ちている
❷関連項目：本書に収録されている他の関連項目へのリンク
❸引用されている作品：オリジナル作品以外で、その項目が登場している二次創作の紹介
　各アイコンは 　…書籍　 　…漫画　 　…ゲーム　 　…映像作品、を表している
❹イラスト：項目のビジュアル。あくまでイメージであり、正解はないのがクトゥルフだ！
❺図版：神話内での立ち位置や年表、地図など、説明を解りやすくするためのモノ

第1章

神話の成り立ち

HISTORY

アメリカの怪奇小説家ラヴクラフトが創始した『クトゥルフ神話』は、
さまざまな作家たちの助力を得て、
多くの読者たちを魅了しながら、今なお拡がり続けている。
ここでは、約一世紀をかけて育まれてきたその世界観が
どのように誕生し、成長していったのか、その軌跡について記そう。

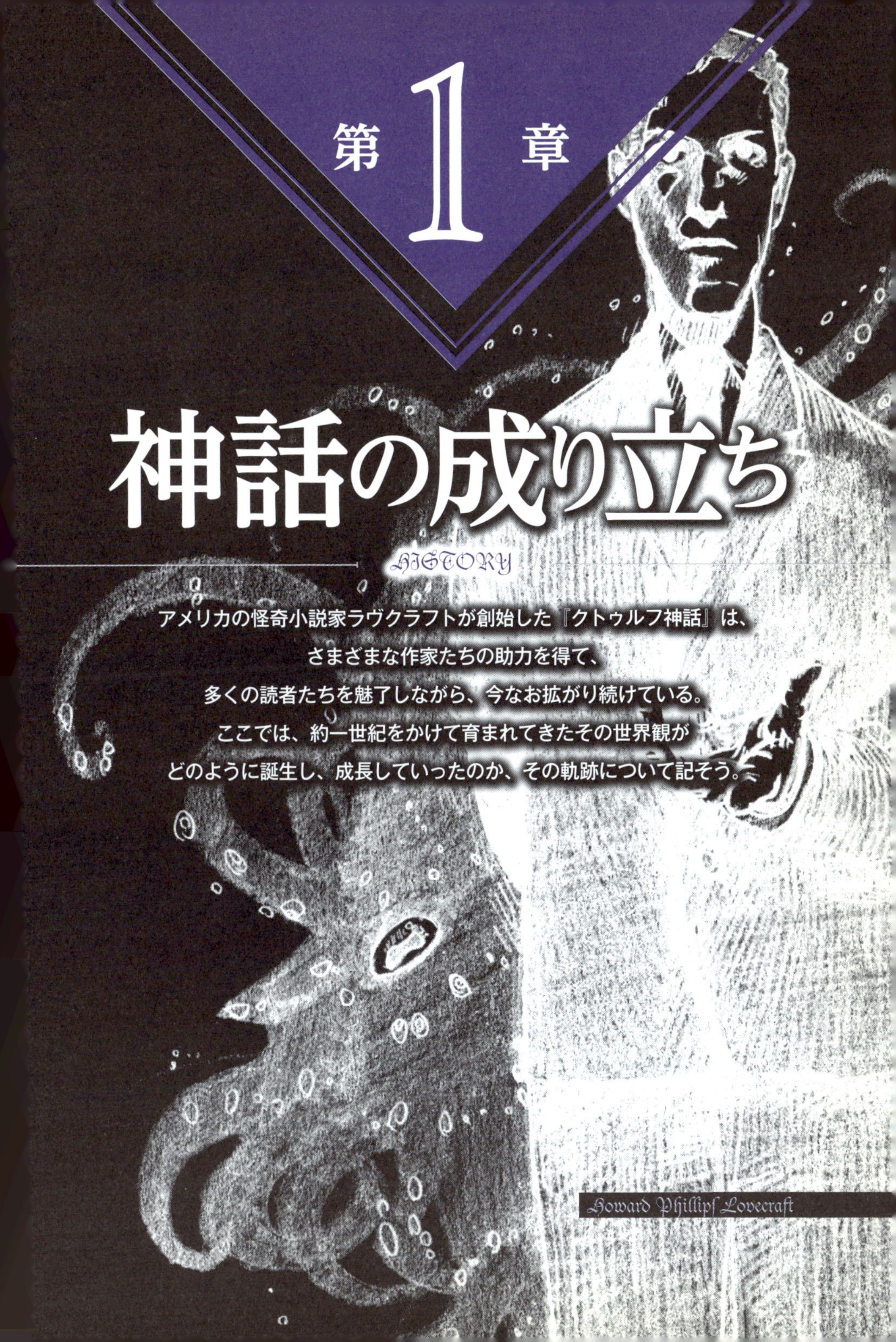

Howard Phillips Lovecraft

『クトゥルフ神話』の成り立ち

ラヴクラフトに始まり、多くの人の手で紡がれた『神話』の歩み

『クトゥルフ神話』 の成り立ち

History of the Cthulhu Mythos

今日『クトゥルフ神話』として知られる魅力的な世界観。その土台を形作ったラヴクラフトと、世界観の拡張に大きく貢献した彼の作家仲間たちが、どのような過程で神話を紡いでいったのか。その足跡について考察する。

ラヴクラフトという人物

　現在『クトゥルフ神話』として知られる世界観は、1920 ～ 30 年代に活動したアメリカ人の怪奇作家ハワード・フィリップス・ラヴクラフトの手で始まった。彼の世界観が商業作品として初めて世に出たのは、1923 年に『ウィアード・テイルズ』というパルプ・マガジン（一般大衆向けの小説雑誌）に掲載された『ダゴン』というのが通説だ。だが、『クトゥルフ神話』の世界観は初めから完成品として提供されたわけではなかった。それは、ラヴクラフトや彼の作家仲間たちが、さまざまな作品を執筆していく過程で次第に形作られていったものなのだ。そこで、まずはラヴクラフトが如何にして神話作品の執筆に辿り着いたかについて話そう。

　アメリカ合衆国ロードアイランド州の州都プロヴィデンス。北米大陸東岸に位置するこの大都市で、1890 年 8 月 20 日、ラヴクラフトは誕生した。彼は幼い頃から、祖父であるフィップル・フィリップスの影響で、物語や古い書物をとても好んだ。好きなジャンルはギリシャ神話、アラビアン・ナイト、グリム童話など神話や御伽噺が中心で、成人してからはエドガー・アラン・ポー（英国の著名な推理・ホラー小説作家）やダンセイニ卿（アイルランド出身のファンタジー小説の大家）の作品に感銘を受けるようになった。また読むだけに留まらず、6 歳の頃にはすでにオリジナルの物語を書き始めたらしいが、生来病弱だったことや「小説は詩や随筆に劣る」というちょっと斜に構えた価値観が芽生えたこともあり、それは長く続かなかった。

　それから長い年月がたち、間もなく 30 代になろうかという頃、ラヴクラフ

トに創作意欲が再燃する。そのきっかけのひとつとなったのが、先に述べたダンセイニ卿の『ペガーナの神々』に代表される架空の神話との出会いだ。

　格調高い文体で綴られたダンセイニ卿の作品を読むにつけ、従来の偏見を打ち破られた彼は、同時に「神話を創造する」という表現手法を学んで執筆活動を再開。自らが思い描いた世界観を少しずつ作品に盛り込んでいき始める。ラヴクラフトが神話を創造する際に柱となったものが大きく分けて３つあるが、そのひとつがこの"神話への関心"だった。

　ふたつ目の柱は、彼が思春期に入れ込んだ"科学に対する知識"である。なかでも「宇宙」という未知の領域はラヴクラフトを強く魅了し、地元の新聞に天文学のコラムを寄稿するほど虜にした。そうして蓄えられた知識が、やがて宇宙からの来訪者である「旧支配者」を生み出す源となったことは想像に難くない。同時にこれは、科学的論拠によって説得力を与えることを重視するようになるきっかけでもあった。ラヴクラフトは後に、フィクションにリアリティを与えるためには、科学的な解説が不可欠だということを述べている。こうし

初期の代表的な神話作家たち
ハワード・フィリップス・ラヴクラフト
Howard Phillips Lovecraft

1890年8月20日生、アメリカ合衆国ロードアイランド州プロヴィデンス出身。幼い頃から本が大好きで、若干6歳の頃から独自の物語を書いていたという。天文学にも関心が深く、10代前半で新聞に投書やコラム記事を寄稿するなど、かなりの才人だった。だが、生まれつき体が弱く、10代後半から神経病が悪化したことなどから、物書きをやめてしまう。30歳近くになり体調が回復すると、作家として本格的に活動を始めるが、1937年に腸癌に倒れ、46歳という若さで亡くなった。代表作は『クトゥルフの呼び声（The Call of Cthulhu:1928）』『ダンウィッチの怪（The Dunwich Horror:1929）』他多数。最後の作品は『闇をさまようもの（The Haunter of the Dark:1936）』である。

て「科学的論拠に基づいて、さまざまな怪異や神々を描く」というラヴクラフトの執筆スタイルが成立したのだった。

さて、最後の柱は「恐怖」である。ラヴクラフトは恐怖という感情に対して強く惹かれていて、恐怖は彼の作風に多大な影響を及ぼした。それは、彼が『文学における超自然の恐怖』の冒頭で述べた、

「人類の最も古く最も強烈な感情は恐怖であり、
恐怖のなかで最も古く最も強烈なものは未知なるものへ恐怖である」

という言葉に現れており、この文は近代怪奇小説のセオリーになっている。

こうした価値観から、ラヴクラフトは「人間と価値観を異にする、意志疎通のかなわない相手。それは宇宙的、そして根源的な恐怖である」というテーマを表現しようとした。そして、このテーマを"宇宙的恐怖（コズミック・ホラー）"と命名して、多くの作品を書き上げていく。

"宇宙的恐怖"の「宇宙」とは、単に「宇宙発祥の異形がもたらす恐怖」という意味ではない。先にも述べたように、彼が重んじたのは「未知であることに起因する恐怖」だ。人間がもつ感覚では捉えられない、理解できない何か、あるいは人類が解明し積み上げてきたのとはまるで異なる摂理をもつものや事象、それらをひっくるめて「宇宙的（コズミック）」と呼んだ。そうしたものに対して、心の奥底から否応なく湧き上がる、言いようのない強烈な不安や恐怖、それこそが"宇宙的恐怖"の本質なのである。

ただし、注意すべきなのは「ラヴクラフトの神話作品が、つねに"宇宙的恐怖"を表現するわけではない」ということだ。これは彼に続く神話作家たちも同様だ。なぜなら『クトゥルフ神話』と"宇宙的恐怖"は個別の潮流であり、双方は共存できるが、イコールではないからだ。とはいえ"宇宙的恐怖"なくして『クトゥルフ神話』の誕生がなかったのは間違いないだろう。

KEYWORDS ウィアード・テイルズ

1923年にジェイコブ・C・ヘネバーガーが創刊した、アメリカのパルプマガジン（安い紙を使った大衆向け雑誌のこと。日本で言えば『ジャンプ』や『マガジン』のようなものだ）で、SF小説や怪奇小説、幻想小説を専門的に取り扱った。ラヴクラフトをはじめとする、初期神話作家たちのホームグラウンドといえる雑誌で、1920～1930年代にかけて人気を博した。だが、第二次世界大戦による紙不足や、雑誌メディアへの需要低下などから1940年に終刊。その後、何度も復刊しているが、いずれも短命あるいは不定期刊行となっている。

『クトゥルフ神話』の成り立ち

余談だが、ラヴクラフトは海洋生物、とりわけ魚介類に対して異様なほどの嫌悪や恐怖を抱いたようだ。実際、クトゥルフや深きものなど、メジャーなものたちは、魚介類的な造形を持つ傾向が見られる。だが、彼が考案した邪神のなかでそうしたモチーフを持つものは、じつはそれほど多くはない。

『クトゥルフの呼び声』の誕生

さて、創作意欲の高まりを覚えたラヴクラフトは、1910年代後期から精力的に小説を書き始めた。ダンセイニ卿から学んだ表現手法は、最初から世界観を前面に押し出す形ではなく、印象的な神話関連用語を、異なる作品で共用するというものだった。

彼の世界観が初めて商業誌に登場したのは、最初にも述べた通り1923年の『ダゴン』で(これは彼の商業デビュー作でもあった)、神話作品の原点と言われている。が、実はそれ以前から神話の構築は始まっていた。というのも『ダゴン』は執筆自体が1917年に終わっており、1919年には同人誌『ヴェイグラント』で発表されていたのである。また1921年に同人誌『ウルヴァリン』に掲載された『無名都市』には、のちに「ネクロノミコン」の記述とされる一節と、アブドゥル・アルハザードの名が登場した。ほかにも『白い帆船』『ウルタールの猫』など、神話世界の土台となりえる多くの小説を書き続け、『ダゴン』が世に出る1923年までに着々と構築していた。

そして、その流れを加速させたのが翌年に発表した『魔犬』だ。この作品には「ネクロノミコン」の名前が初めて登場し、読者たちを驚愕させた。そして『魔犬』を皮切りに『魔宴』『名状しがたきもの』『ピックマンのモデル』など矢継ぎ早に作品を発表し、神話の断片を散りばめ続け、『ウィアード・テイルズ』1928年2月号で『クトゥルフの呼び声』を発表する。これは神話のスタンダードを確立

初期の代表的な神話作家たち
フランク・ベルナップ・ロング
Frank Belknap Long

1903年4月27日生まれ、アメリカ合衆国ニューヨーク州出身。1924年に『ウィアード・テイルズ』で『ザ・デザート・リッチ(The Desert Lich：未訳)』を発表してデビューした若手小説家。以降、同誌や『アスタウンディング・サイエンス・フィクション』などで活躍した。ラヴクラフトは13歳年下のロングをとても可愛がり、彼の最も親しかった友人だといわれる。また、ラヴクラフトに面識がある数少ない人物でもある。ロングの『喰らうものども(The Space Eaters：1928)』はラヴクラフト以外の作家が、初めて書いた神話作品。この他『ティンダロスの猟犬(The Hounds of Tindalos：1929)』やラヴクラフトとの共著で『恐怖の山(The Horror of the Hills：1931)』などを執筆している。

した記念すべき一作だった。

『クトゥルフの呼び声』は、それまで断片的な登場にとどめられていた旧支配者や、それを崇拝する邪悪な教団、「ネクロノミコン」、海底の魔都市ルルイエといった、神話的要素を意図的に組み合わせた集大成であると同時に、ラヴクラフトが手に入れた作風のひとつの着地点といえるだろう。

『クトゥルフの呼び声』で勢いづいたラヴクラフトは『ダンウィッチの怪』『インスマスを覆う影』『未知なるカダスを夢に求めて』『狂気の山脈にて』など、名著として知られる数々の作品を生み出していく。そして、作品にまたがってキーワードを散りばめるというラヴクラフトの手法は、彼と交流があった作家たち、のちにラヴクラフト・スクールと呼ばれるコミュニティの間にも伝播していった。

やがて、彼らはオリジナルのキーワードや設定を次々と創造し、それらをお互いに貸し借りして個々の作品に組み込むという、作家ならではの密やかな“遊び”に興じるようになる。

ラヴクラフトもこの“遊び”を大いに楽しんでいた。それどころか、彼は当時、他の作家の作品を添削する仕事も請け負っていたのだが、その際、神話的な用語や設定を盛り込んでいる。場合によっては、全面的に神話作品に書き直すことまでやっていたと言うから、ひょっとすると一番熱中していたのは彼だったのかもしれない。

ともあれ、ラヴクラフトとその仲間たちが作り、育んだ設定やアイテム、神々らは『クトゥルフ神話』という独創的で巨大な世界観の礎となる。もし『クトゥルフ神話』の設定が、ラヴクラフト個人の手によるものだったら、ここまで深みと壮大さを獲得するには至らなかっただろう。ただ、その中心にいたのがラヴクラフトであったのは間違いない。

KEYWORDS ラヴクラフト・スクール

当時、ラヴクラフトが交流していた、作家やその卵たちの総称。ラヴクラフト・サークルと呼ばれることもある。囲み記事で紹介しているロング、スミス、ハワード、ブロック、ダーレスの5名のほかに、フリッツ・ライバー、ヘンリー・カットナー、ロバート・プライスらが知られている。無類の手紙魔だったラヴクラフトは、彼らとの交流のほとんどを手紙でのやり取りで済ませており、ダーレスですら直接会ったことはない。が、そのおかげで、作品に記されなかったさまざまなアイディアや考え方を知る重要な手がかりになっている。

ラヴクラフト死後の『クトゥルフ神話』

残念なことにラヴクラフトは短命であり、1937年、46歳という若さで病没する。彼が本格的に執筆を始めたのが30歳前後だったため、作家として活動できたのはわずか十数年でしかなかった。

ラヴクラフトが亡くなると彼の仲間たちは失意に陥り、次第に『クトゥルフ神話』への情熱を削がれていった。もともとマニア嗜好の強い作風だったし、読者へのウケは悪くないものの、文学的な評価はあまり高くなかった。そうした事情から、散発的に『クトゥルフ神話』的な作品は作られたものの、以前のような熱狂は感じられない、そんな時代が訪れる。同時にラヴクラフトの傑作たちも有象無象に紛れ、忘れ去られるかに見えた。

その流れを断ち切るべく立ち上がったのが、オーガスト・ダーレスだ。彼はラヴクラフトと文通だけの交流だったが、ラヴクラフトの門下生を自負し、師の作品を出版して、その世界観を周知させたいと考えていたのだ。

1939年、ダーレスは『クトゥルフ神話』を周知させるべく、ドナルド・ウォンドレイと共に出版社アーカムハウスを設立する。そして、ラヴクラフトの作品を出版するかたわら、彼が遺した創作メモをもとに「師との合作」という形で、次々と神話作品を執筆した。

また、彼はアーカムハウスから刊行した書籍にフランシス・T・レイニーやリン・カーター（P.096コラム）らが執筆した『クトゥルフ神話』の用語事典を収録し、神話の世界観を俯瞰する手段を初めて読者に提示した。

ただ、これには良悪両面があった。ラヴクラフトは必ずしも世界観の整合性にこだわってはおらず、共通のキーワードを雰囲気作りの手段・演出として用いることを重視した。そのため、細かい設定は徹底されず、矛盾もしばしば

初期の代表的な神話作家たち

クラーク・アシュトン・スミス

Clark Ashton Smith

1893年1月13日生まれ、アメリカ合衆国カリフォルニア州ロングバレー出身。もともとスミスは作家というより詩人で、彼の出した詩集に感銘を受けたラヴクラフトが手紙を送ったことがきっかけで交流が始まったという。スミスは神話作品の執筆にあたって、古代の大陸ハイパーボリアという独自の舞台を創作し、そこに旧支配者ツァトゥグァや魔導書「エイボンの書」を生み出したことで知られている。"宇宙的恐怖"とはやや路線が異なる幻想的な作風が特徴で、神話作品を巧みに料理し、彼独自のスタイルを確立した。代表作は『魔道士エイボン（The Door to Saturn：1932）』『七つの呪い(The Seven Geases：1934)』『白蛆の襲来(The Coming of the White Worm：1941)』他多数。

見受けられる。こうした矛盾は真実を曖昧にし、謎めいた雰囲気を醸し出すスパイスになっていたのだが、ダーレスが目指した「世界観の固定化＝大系化」とは相性が悪かった。未知なる恐怖の感覚が薄れてしまうからだ。

　一方で、大系化は『クトゥルフ神話』に新風を呼び込む利点もあった。漫然として難解で、決して間口が広くはなかった題材を解りやすく提供したことで、神話に関心を持つ作家や編集者が数多く現れたからだ。

　こうして現れたラムジー・キャンベルやブライアン・ラムレイ、カーターといった第二世代の作家たちは、ダーレスに倣って新たな解釈・設定を次々と付け加えて神話世界を拡張すると同時に、ラヴクラフトやスミスたちのように互いの設定を取り込みあい、再び『クトゥルフ神話』の成長が始まったのである。なかでもカーターの活動は、20世紀後半の神話作品を牽引する原動力といえる。彼はダーレスの神話大系化をさらに徹底し、若い頃に同人誌に掲載した『クトゥルー神話の神々』や『クトゥルー神話の魔導書』は、今でも基本資料として広く読まれているほどだ。加えて、神々の関係を補完する設定資料色の強い作品を次々と執筆し、設定上の空白を埋めていった。

　同時に編集者・アンソロジストとしても活動していたカーターは、バランタイン・ブックスから『クトゥルフ神話』の作品集やラヴクラフトの評伝を刊行した。存命中はマイナーだった『クトゥルフ神話』とラヴクラフトの名が全国

初期の代表的な神話作家たち
ロバート・アルバート・ブロック
Robert Albert Bloch

1917年4月5日生まれ、アメリカ合衆国イリノイ州シカゴ出身。ラヴクラフトのファンのひとりに過ぎなかったブロックは、15歳のとき、ファンレターの返事をもらったことをきっかけに、彼に師事し、作家としての道を歩み始めることになった。それゆえ、ラヴクラフト・スクールのなかで最もラヴクラフトの作風に近い作家となり、彼の真の後継者と呼ばれている。もともと作家としての才能も溢れんばかりだったブロックは、弱冠17歳で『僧院での饗宴（The Feast in the Abbey：1935）』を書き上げ小説家デビュー。その後、ニャルラトホテプ物語を中心に『無貌の神（The Faceless God：1936）』『暗黒のファラオの神殿（Fane of the Black Pharaoh：1937）』などを書き上げた。

初期の代表的な神話作家たち
ロバート・アーヴィン・ハワード
Robert Ervin Howard

1906年1月22日生まれ、アメリカ合衆国テキサス州ピースター生まれの小説家。1925年に『ウィアード・テイルズ』でデビューして以来、長短編併せて400編近い作品を書き上げている。神話作家としてよりも『英雄コナン』シリーズ（アーノルド・シュワルツェネッガーの出世映画『コナン・ザ・グレート』の原作）の作者として有名で、ヒロイック・ファンタジー（または「剣と魔法（Sword and Sorcery）」）の開祖といわれる巨匠だ。神話作品でもバイオレンティックで迫力溢れる作風で、他作家とはひと味違った魅力がある。神話作品での代表作は『黒い碑（The Black Stone：1931）』や『夜の末裔（The Children of the Night：1931）』などだが、彼の死後に神話作品として追認されたものも多い。

区で知られるようになったのは、まさにこの時だった。

そして時は流れ、新たな旗手が登場する。カーターの壮大ではあるけれども複雑極まる設定を、より洗練させた男サンディ・ピーターセンだ。彼は、1981年にケイオシアム社から発売されたテーブルトークRPG『クトゥルフ神話TRPG』のゲームデザイナーである。ピーターセンは、カーターが大系化した神話世界を、独自の解釈を取り入れつつ、さらに設定を整理した。

『クトゥルフ神話TRPG』の第一版が発売されてから40年近くが経過したが、そのルールブックをはじめとする多彩な製品群は、作家たちにとっても役立つ資料として重宝されている。また、今日の読者が『クトゥルフ神話』の世界観として自然に受け入れている設定の多くは、このTRPGに強く影響されており、本書の解説も同様だ。

こうしてラヴクラフトが種を撒き、ロングやブロックらが育て、そしてダーレスが世界に公開した『クトゥルフ神話』は、カーターやピーターセンらの次代、次々代のクリエイターとファンに受け継がれ成長した。そしてこれからも、さらに多くの人々が世界を拡張し、語り継いでいくのだろう。

初期の代表的な神話作家たち
オーガスト・ウィリアム・ダーレス
August William Derleth

1909年2月24日生まれ、アメリカ合衆国ウィスコンシン州ソーク出身。17歳のときに『蝙蝠鐘楼 (Bat's Belfry：1926)』を書き上げ、それが『ウィアード・テイルズ』に採用されて小説家デビューを果たす。その後、推理小説の傑作『シャーロック・ホームズ』シリーズのパスティーシュ（模倣作品）である『ソーラー・ポンズ』シリーズが大成功を収め、非凡な作家であることを示した。また『クトゥルフ神話』を世に知らしめた実績は、彼がプロデューサーとしても一流であることを証明したが、宣伝戦略に強引な面があったとして批判を浴びることもある。代表作は『潜伏するもの (Lair of Star Spawn：1932)』『ハスターの帰還 (The Return of Hastur：1939)』など。

第2章

邪なる神々

── PANTHEONS I ──

『クトゥルフ神話』の世界観の中核を成すものといえば、
やはり旧支配者や外なる神といった邪神たちだろう。
しかし、ひと口に邪神と言っても、
彼らはそれぞれ異なる倫理で行動し、個別の目的を抱いている。
この章では、人には推し量れない邪神たちを可能な限り分析していく。

旧支配者と外なる神
Great Old Ones and Outer Gods

はじめに、『クトゥルフ神話』の神々は旧支配者、外なる神、そして旧
神の3つに分類される。本章では、旧支配者と外なる神を取り上げて
いるので、ここではその2種について説明しよう。

まず、旧支配者は気の遠くなるような太古に、宇宙のどこかで誕生し
た存在だ。その誕生については、外なる神や旧神に創造されたとか、
外なる神から産まれたとされる。彼らの力は外なる神には及ばないが
「どちらも対処しようがない」という意味では大差ないため、外なる神
が旧支配者に含まれることやその逆もある。

一方、外なる神は宇宙の起源、またはそれ以前から存在する最強の神
格だ。我々の宇宙外から支配力を及ぼすためこの名で呼ばれ、肉体を
持たない超自然的存在か、純粋なエネルギーの塊だとされる。

Azathoth

クトゥルフ

神話大系の根幹

クトゥルフ

Cthulhu

まだ人類が生まれていない遙かな昔。遠い宇宙からやってきたとされるクトゥルフは、古のものとの戦いの末、ルルイエで眠りについた。いま、彼はときおり呼び声で人々を恐れさせては、ひそかに復活の機会をうかがっている。

主な関連項目	
ゾス三神	▶ P.20
ヨグ゠ソトース	▶ P.30
ハスター	▶ P.64
ルルイエ	▶ P.216

ルルイエに眠る

　もっともなじみ深い神々のうちのひとつ。数多くのクトゥルフ神話に影響を受けたアニメ、マンガ、ゲーム、ライトノベルでその名前を見ることができる（ちなみに名前は本来人間には発音できない音を無理やり言葉にしたもの）。たいていの場合、作品のバックボーンや基本設定として作品に溶け込んでいるので目立たないが、海の神のような扱いでメインキャラクター的な存在になることもある。

　巨大なたこのような頭とこうもりのような翼が特徴で、口の辺りからは蛇なのか触毛なのかよくわからない、うにょうにょとしたものが生えているように描かれていることが多い。実際、クトゥルフ神話の原典である小説『クトゥルフの呼び声』を執筆したハワード・フィリップス・ラヴクラフトも、たこ頭と翼をスケッチにしたためている。表面はうろこまたはゴムのようなぽで覆われていて、このぬめぬめした気持ち悪さはクトゥルフ関連作品に登場する神々に共通だ。

　クトゥルフ神話に登場する邪神たちはさまざまな分類の仕方をされるが、ごく一般的には、クトゥルフは宇宙から飛来、古代の地球を支配していた先住生物（以下、旧支配者や外なる神と表記）である。人類史の初期まで、同じく宇宙から飛来してきた先住異星生物「古のもの」と戦い、活発に動いていたためか、人間からは神のように崇められた。その名残りで、いまでもクトゥルフを邪神として崇拝している者がいる。

　遙か昔、太平洋上に浮かんでいた大陸、おそらくムー大陸に数々の石造都市

を築き、クトゥルフはそのうちのひとつ、クトゥルフ王国の首都とでも呼ぶべきルルイエに住んでいた。しかし地殻変動で大陸ごと海に沈んでしまい、クトゥルフ自身も星辰の変化によって眠ったままになっている。

ところがルルイエは沈みっぱなしというわけでもないようで、ときに海面近くまで浮かんでくることもある。そのときは海水の妨げも少なくなり、クトゥルフの発するテレパシーが人間に届きやすくなるという。これがかの有名な、ラヴクラフトの小説の題名にもなっている「クトゥルフの呼び声」だ。それを聴いてしまったものは恐怖のあまり頭がおかしくなるというから、くれぐれもルルイエの活動には注意を払わないといけない。

この作品中で、ルルイエが水上に顔をのぞかせたのは1925年の3月。これは海底火山の活動によるものだが、クトゥルフ復活を願う銀の黄昏錬金術会が引き起こしたという説もある。この時は感受性の豊かな者から先に、多くの人間が影響を受け、世界中で陰惨な事件が起きた。もうクトゥルフは人の前に姿をあらわさないだろうという油断は禁物だ。

Cthulhu
まさに旧支配者の王。勢力を代表して先住者との戦いに挑んだ勇姿

ゾスよりのもの

　さて、ひとたび人間の前に姿をあらわせば一大事となるような戦術ミサイル並の脅威であるクトゥルフは、そもそもどこからやってきたのだろうか。
　前述のように翼、かぎ爪、タコの頭という特徴を持ちつつも、じつは不定形でどのような姿にも変身可能だという生き物など、地球上には存在しえない。宇宙からやって来た異星生物だといわれたほうが、まだしも納得がいくというものだ。
　クトゥルフは第23星雲で誕生したといわれ、Xoth（ゾス）と呼ばれる二重星に移ったのち、イダ＝ヤアーとのあいだにガタノトアらをもうけた。その後、クトゥルフはサイクラノーシュ（土星）を経て地球に飛来。太平洋上にあった、失われれる以前の大陸に降下し、眷属とともに拠点となるルルイエを建設する。
　しかし、地球には数億年も以前にやってきた古のものが棲んでおり、クトゥルフ、及びその眷属は彼らと戦うことになる。
　クトゥルフの落とし子が古のものの都市すべてを襲撃する全面戦争ののち、終戦。和平が結ばれ、互いの領土を決めてそれぞれを脅かさないことを約束した。こうしてクトゥルフ側がムー大陸を、古のものがそれ以外の地域を獲得し、それぞれに暮らしはじめる。そうしてクトゥルフは大陸にいくつもの石造都市をつくったのは前述のとおりだ。
　クトゥルフは主に夢を通じて人類に自分たちの知識を伝え、崇拝の仕方を教えた。そしてクトゥルフはシュブ＝ニグラスやイグとともに奉られるようになり、クトゥルフ神話は世界中に普及、各地の伝承として伝えられていった。
　このゾスより飛来した邪神を崇拝するカルトは、じつに広範囲に散らばっている。かつてルルイエのあった南太平洋、ハイチやメキシコなどの中米、かつてハイパーボリア大陸が存在していた辺りのすぐ近くに位置するグリーンランド、「ネクロノミコン」がアブドゥル・アルハザードによって記されたアラビア砂漠、シベリア、クン・ヤン、アメリカ合衆国……などなど。本拠は中東の滅亡した都市アイレムに存在していたというが、定かではない。
　インスマスにおけるダゴン秘密教団が事件を起こしたときのように、クトゥルフの尖兵である『深きもの』どもがうごめいていたとしたら、それは危険な兆候だ。

クトゥルフ

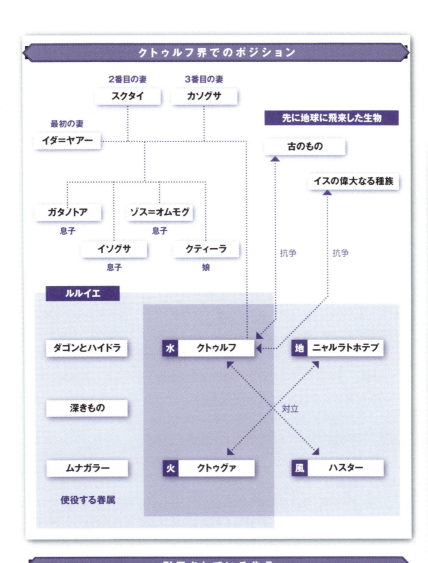

引用されている作品

うらにわのかみさま 邪神さまにおねがい

神野オキナ著『うらにわのかみさま』第3巻のゲストヒロインとして、スクール水着を着た女の子が登場する。じつは彼女は謎の教団が復活させた邪神で、騒動に巻き込まれ、主人公たちに助けを求めることに。ルルイエに眠っていた邪神が地上に出てくるからには水着が必要だろうという発想が見てとれる。

邪神少女クスル 【フィギュア製品】

ドールメーカー「ボークス」から発売されている『ロストエンジェルス』のうち迷子天使、堕天使、人工天使に並ぶ「邪神少女」の筆頭格がクスル。堕天使ギュンナの持つステッキ「くとぅるーちゃん」が少女の姿になったもの。水色の髪には、海の底に眠り、水に縁のあるクトゥルフの設定が活きている。

ゾス三神　（ガタノトア／イソグサ／ゾス＝オムモグ）

大いなるクトゥルフの息子たち

ゾス三神
（ガタノトア／イソグサ／ゾス＝オムモグ）

Ghatanothoa, Ythogtha, and Zoth-Ommog

クトゥルフが地球に来る前にいた惑星ゾス。ここでクトゥルフはイダ＝ヤアーと出会い、彼女との間に3体の男児（と1体の女児）をもうけた。それがゾス三神、すなわちガタノトア、イソグサ、そしてゾス＝オムモグだ。

主な関連項目

クトゥルフ	▶ P.16
無名祭祀書	▶ P.168
ザントゥー石板	▶ P.187
ポナペ教典	▶ P.186

クトゥルフの長男ガタノトア

　クトゥルフはイダ＝ヤアーとのあいだに三柱の息子をもうけた（さらにあとづけでクティーラという娘も）。4人いる子どものうち、家督を継ぐ（？）長男にあたるのがガタノトア、そして次男イソグサ、三男ゾス＝オムモグと続き、これらをゾス三神と呼ぶ。名前の由来は、彼らが誕生した惑星ゾスからだ。

　三神のうち最も知られているのがガタノトア（ガタノソア、ガタノトーアなどとも表記）だ。タコのような眼と触手が生えグニョグニョとした巨体をもつこの旧支配者は、そのおぞましい外見ゆえに姿を見た者を恐怖で石化させる。そして、その犠牲者は石と化した身体で永遠に生き続けるという。

　ガタノトアの記述は、ラヴクラフトが添削した（といってもほぼ彼が書いている）ヘイゼル・ヒールドの『永劫より』に初めてみられ、その後、リン・カーターが設定を膨らませた。それらの内容をまとめると以下のようになる。

　20万年以上も前、今は沈んでいるムー大陸にミ＝ゴが飛来する。彼らは、ムーの聖地クナアにあるヤディス＝ゴー山にガタノトアをすまわせると、いずこかへ消え去った。残された邪神の暴虐を恐れた人々は、止む無く生贄を捧げて邪神を鎮撫する。多くの住民がガタノトアとその教団にひれ伏し、強大な権力を握った教団は我が物顔で振る舞うようになった。

　これに反発したのがシュブ＝ニグラスの大神官トヨグだ。彼は石化から身を守る魔術を用意し、ガタノトアを滅ぼそうとする。だが、この計画はガタノトアの教団に察知され、失敗に終わった。邪魔者を排除したガタノトアの神官たちは増々勢いづき、やがて他の神々への崇拝を全面的に禁じるまでになる。す

ゾス三神 （ガタノトア／イソグサ／ゾス＝オムモグ）

ると今度はイソグサの大神官ザントゥーが激怒した。彼はガタノトアに対抗するため兄弟神のイソグサを召喚。だが、これが巨大な地殻変動の引き金となり、ムー大陸はガタノトアもろとも海底に沈んでしまうのだった。

　こうしてガタノトアは、ヤディス＝ゴー山もろとも海底に封じられた。だが、ガタノトアの信者たちは生き続け、エジプト、アトランティス、クン・ヤン、バビロンなど伝説的な土地で信仰されたという。現在でも太平洋の島々で細々と崇拝が続いており、ガタノトアの復活を待ち望んでいる。

　ちなみに、ガタノトアは正直マイナーな邪神だったが、ふたつの作品によって脚光を浴びた。ひとつは1996年の特撮ドラマ『ウルトラマンティガ』に登場した怪獣ガタノゾーア。このネーミングはほぼ間違いなくガタノトアを意識している。もうひとつは2012年のテレビアニメ『這いよれ！ニャル子さん』に登場した美少女グタタン。ガタノトアにはグ・タンタ、クタン＝タ、グタン、タン＝サといった呼称もあり、そこからもじった名前なのだろう。

Ghatanothoa
形容しがたい外見は、見る者を石に変えてしまうほどの異様な圧力を放っている

21

イソグサとゾス=オムモグ

　さて、次兄のイソグサ（ユトグタとも）と三男のゾス＝オムモグについても解説しておこう。見た目は全然違うのだが、これらは意外と共通した特徴をもっており、なんとなく兄弟らしさを感じさせる。

　まずイソグサはカーターの『時代より（Out of the Ages）』などで言及される邪神で、先にも少し触れた通りムー大陸に教団をもつ邪神だ。見た目の特徴は、二本足で歩行し、手足には水かきと吸盤がある。また頭は触手に覆われたひとつ眼というなかなかにおぞましい容貌のようだ。

　イソグサが地球に飛来した経緯は不明だが、ムー大陸のイエーの深淵と呼ばれる場所に封印されていた。大神官ザントゥーは、そこからイソグサを召喚しようとしたが結果は大陸沈没。イソグサもイエーの深淵だった場所（ルルイエのはるか南にあるらしい）に封じられたままだという。

　ちなみに、誰が作ったのかわからないが、イソグサの像というアーティファクトがあり、持っていると夢の中でイソグサと交信できるようだ。ただ、その代償としてほぼ確実に発狂してしまうのが大変残念である。

　次に、ゾス＝オムモグだが、この邪神はイソグサよりちょっと存在感が薄い。創造主は同じくカーターで初登場も同じ作品だ。

　外見は、後ろにいくほど細くなる円錐形の胴体に、ティラノサウルスの頭蓋骨のような頭から触手を生やしている。さらに、首回りにはヒトデの脚のようなものが４枚あるという不気味な姿だ。イソグサと同じく飛来した経緯は不明だが、今はルルイエの一角で眠りについている。なお、ゾス＝オムモグにもポナペ翡翠像という偶像があり、夢を通じて交信できる。ゾス＝オムモグはこれを信者獲得のために使うそうなので、発狂することはない、かもしれない。

Column
クトゥルフの娘クティーラ（Cthylla）

インスマス沖にある深きものの海底都市で箱入り娘状態にあるというクティーラは、ラムレイが『タイタス・クロウの帰還』で追加した比較的新しい邪神。"クトゥルフの娘"というだけで相当オイシイ役回りだが、さらに凄いのが「クトゥルフの肉体が滅んだとき自らの子宮で復活させられる」という特殊能力だ。クトゥルフの不死性の中枢を担うこの能力をもつがゆえに、彼女の存在はクトゥルフ信者たちにすら長らく秘匿されてきたという。ちなみに、外見は小さな翼をもつ赤い身体と、6つのタコの眼が特徴らしい。うん、やっぱりね。

ゾス三神（ガタノトア／イソグサ／ゾス=オムモグ）

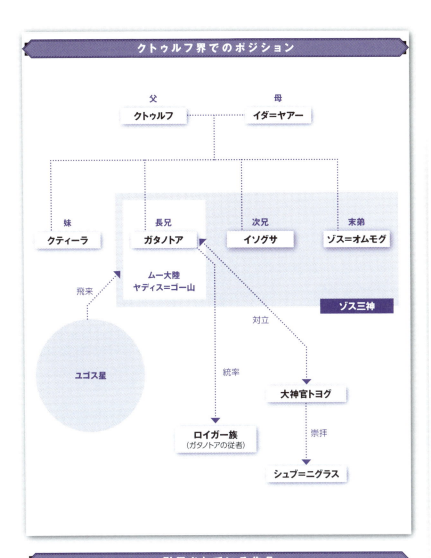

引用されている作品

這いよれ！ニャル子さん

第1期第11話「星から訪れた迷い子」と第12話「夢見るままに待ちいたり」に、迷子の美少女（美幼女？）邪神グタタンとして登場。ガタノソア財閥のお嬢様という設定と、アイキャッチでの髪留め、『ウルトラマンティガ』のガタノゾーアを意識した髪型にガタノトア要素あり。

ウルトラマンティガ

全長200メートル体重20万トン、何がなんだかわからない規模の巨大怪獣ガタノゾーアとして第51話「暗黒の支配者」、第52話「輝ける者たちへ」に登場。南太平洋に浮上した超古代都市ルルイエから姿をあらわした闇の支配者というクトゥルフ的なポジションで、ガタノトアとクトゥルフのフュージョンぽい。

ダゴンとハイドラ

いかにも魚類

ダゴンとハイドラ

崩壊度 **2**		大きさ **4**
女体化度 **1**		知性 **3**

Dagon and Hydra

半魚人またはほぼ魚といった形状で知られるダゴンはクトゥルフほど偉くないわりにポピュラーで重要な存在。人間に感知できないレベルの邪神と比べ、身近で認識できてしまう分、より具体的な脅威として立ちはだかる。

主な関連項目

クトゥルフ	▶	P.16
深きもの	▶	P.102
インスマス	▶	P.214

エンタメにあふれるアイコンの数々

　半魚人＝ダゴンは20世紀からかなりポピュラーなモチーフで、さほどクトゥルフ神話に詳しくない人でもなんとなく知っていたりする。上半身が魚で、下半身が人間というクリーチャーを想像する人が多いかもしれないが、ダゴンのおおもとは旧約聖書にも登場する古代パレスチナで奉られていた豊穣の神で、これは逆に上半身が人間で下半身が魚だ。そしてクトゥルフ神話におけるダゴンはというと、体型は人間で、身体にはウロコ、指には水かきがあり、どんよりした目をもつ異形の姿だ。

　ハーバート・ウェストのエピソードを映画化した『死霊のしたたり』のブライアン・ユズナプロデューサーとスチュアート・ゴードン監督のコンビは、2001年にハワード・フィリップス・ラヴクラフトの小説『インスマスの影』を、その名も『ダゴン』と題して映画化。設定を現代に置き換えて現代ホラー、スリラー的な匂いも漂うという、ラヴクラフト作品にしてはシャープな仕上がりとなっている。

　そのほか小説、ドラマ、映画、アニメにダゴンか、ダゴンに影響を受けたと思しきキャラクターは度々投入されている。アニメ『デジモンアドベンチャー02』に外見がクトゥルフ的な「ダゴモン」なるデジモンが登場したかと思えば、アニメ『這いよれ！ニャル子さん』ではクー子がウィンドウショッピングのさなかに「ダゴモン、ダゴモン」と言い、ショウケースには『ダゴモンアドベンチャー』のタイトルロゴとキャラクターが展開されている。二次創作、三次創作で、どんどん海棲生物のアイコンが拡散していく状況になっているのだ。

中間管理職としてのダゴン

　ダゴンの商業的な位置づけは前述のとおり大人気だとして、クトゥルフ神話関連作品内での位置づけはというと、クトゥルフたちスーパースターと、深きものなどレギュラークラスとのあいだ、いわば中間管理職または現場指揮官的なニュアンスがある。深きものがリトルダゴンだとすると大ダゴン、シニアダゴンの関係であり、深きものの上官、首領にあたる。ハイドラはヒュドラの英語読みで女性版ダゴン。ダゴンとハイドラは連れあいであるというのが現在の神話大系での定説だ。

　外見的には深きものと相似で、半魚人として描かれることが多い。ただしスケールがちがう。第一次世界大戦中の、アメリカ船舶の乗組員の証言によれば身長は6メートル。イタクァのような超巨人レベルではないにしろ、人間からすれば桁外れに大きな脅威だといえる。

　本来ならクトゥルフの眷属であるダゴンは化け物という評価に留まりそうなところ、その偉容もあってか、海の神として崇拝の対象になっている。かつてフェニキア人はダゴンの力を背景に権力を手にしたという。没落してしまったのは、恩人たるダゴンに背を向けてほかの神に走ったからだった。その昔から現在に到るまで、ダゴン崇拝は絶えることなく数千年間つづいている。

Dagon
ダゴンにはさまざまな形態が存在する。いずれもスケールが大きい

ダゴン秘密教団

　ダゴン崇拝カルトの20世紀以降形態がダゴン秘密教団だ。
　この教団は1840年、アメリカ合衆国マサチューセッツ州、エセックス郡マニューゼット川の河口にある港町のインスマスで、オーベッド・マーシュ船長により設立された宗教団体だ。
　この教団は、旧約聖書系である豊穣神崇拝と、環太平洋地域の土着信仰をミックスした教義をもっているが、そればかりでなく実際に深きものとの接触をも伴っていた。
　一時期、深きものどもに町を襲撃させ、反対派やほかの宗教を駆逐してマーシュ船長ら教団系の人間がインスマスを支配するにいたった。その後、旅行者の通報によって駆け付けた政府機関の手で、インスマスの教団と深きものは一掃されたが、各地の教団構成員は海神崇拝を捨てておらず、しぶとく執念を燃やしている。
　この状況はエンタメ制作にも応用され、日本ではクトゥルフ神話系ライトノベルの元祖ともいうべき出海まことの『邪神ハンター』（全2巻、1998年）につながっている。
　士郎正宗のものすごく性的なカラーイラストで知られるこの作品の帯には、「七森サーラを襲うダゴン秘密教団の陰謀！　単身教団の本拠地に乗り込んだサーラを待ち受けるものは!?」とあるが、おおむねそのとおりのストーリーで、カバラ神拳を操る発育優良格闘技少女の七森サーラと、それに敵対しクトゥルフ復活を企てているダゴン秘密教団との全面抗争が、ストーリーの骨格をなしている。
　もっとも、作品自体がソフトなポルノを志向したものなので、教団も実質的にはいわゆる"触手エロ"の実行装置としての役割が大きいように見受けられる。三人のおもな女性キャラクターにはそれぞれ濡れ場が割り振られており、教団の中心人物である魔導士グレゴォルは部下の魔女スルーシャを激しくいじりたおし、そこが見どころにもなっている。
　ホラーからエロまでの応用範囲の広さを考えると、ダゴンも重要な役割を担っているこのクトゥルフ神話の大系は、なかなかに器が大きいということがいえそうだ。

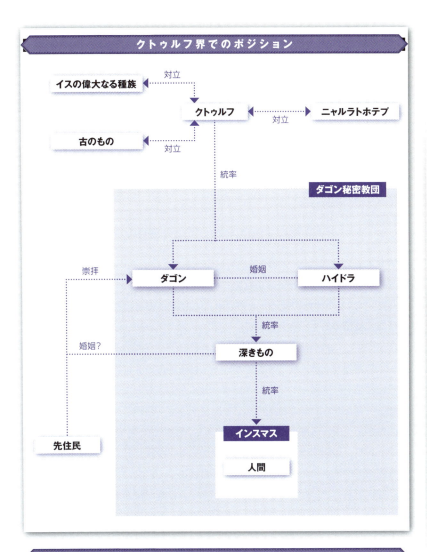

引用されている作品

THE ビッグオー

Act:7「The Call from The Past」にメガデウスのダゴンが登場。作中で重要な「メモリー」をもつ海の主という設定で、『インスマスの影』を彷彿とさせるエピソード。この脚本を担当したシリーズ構成の小中千昭はアニメ『デジモンアドベンチャー02』でダゴモンを登場させるなどクトゥルフの引用が多い。

這いよれ！ニャル子さん

第1期第2話「さようならニャル子さん」にルルイエ直行水上タクシーのダゴンくんが登場。地球ルルイエランドへと向かうニャル子と八坂真尋を大きなからだのダゴンが背中に乗せ、平泳ぎで海を渡って連れていく。この往路でニャル子は「ガールフレンドのハイドラちゃんがこれまたプリティで」と発言。

アザトース

宇宙の中心に住まう外なる神の総帥

アザトース

崩壊度 **5**	大きさ **5**
女体化度 **1**	知性 **0**

Azatoth

「外なる神」を束ねるアザトース。その正体は原初の混沌そのものであり、宇宙の創始者にして破壊者でもある。あまりに強大な力をもつ一方で知性はなく、信奉者にとっても非常に危険な存在だ。しかし、自由を持っていないのである。

主な関連項目

ヨグ＝ソトース	▶ P.30
シュブ＝ニグラス	▶ P.34
ニャルラトホテプ	▶ P.36
レン高原	▶ P.230

強大な力をもちながら不自由な神

アザトースは、ヨグ＝ソトースやニャルラトホテプ、シュブニニグラスといった「外なる神」の総帥だ。常に収縮を繰り返している混沌の塊で、特定の形をもっていない。「原始の混沌」と呼ばれており、宇宙そのものを生み出し、また最後に破壊するといわれている。

宇宙の中心には究極の混沌があり、そこに時間や空間の法則が崩壊したアザトースの宮廷がある。そして、アザトースは玉座のうえに広がり泡立ちながら冒涜の言葉を吐き散らしているという。強大な力をもち「魔王」とも呼ばれるアザトースだが、特殊な神殿の入口や呪文を使って召喚されたとき以外は、自分の意志で玉座から離れることができない。そのため、アザトースは常に飢え、乾いており、玉座の周囲では彼に従う異形の神々が踊り狂い、太鼓や笛の音で彼を慰めている。また、アザトースは「盲目にして白痴の神」とも呼ばれており、知性をもっていない。よって、アザトース自身が何かをすることはごく稀で、大抵はニャルラトホテプがその意思を遂行している。

あまりに強大な力を持つ一方で知性がないアザトースは、赤ん坊が核兵器のスイッチを握っているようなもの。キャラクターのモチーフとするには扱いにくいのか、アザトースを実際に登場させている作品限られるようだが、1988年のコンピュータRPG『邪聖剣ネクロマンサー』ではラスボスに「魔空王アザトース」が登場。アザトースの前にはツァトゥグァ、ヨグソトース（ヨグ＝ソトース）、ハストゥール（ハスター）らが出てきて、もちろんアザトースの代行者たるナイアラトテップ（ニャルラトホテプ）も登場する。

アザトース及び"外なる神"の所在

外宇宙	三次元宇宙
ニャルラトホテプ	シュブ＝ニグラス
宮殿 アザトース トゥールスチャ ダオロス	**地球** アブホース イブ＝ツトゥル ウボ＝サスラ
ヨグ＝ソトース	

引用されている作品

**サガ3 時空の覇者
Shadow or Light**

異次元の神々によって滅びに瀕した世界を救うため、未来から過去へと送り込まれた子供たちが戦うRPG。敵である異次元の神に、クトゥルフ神話の影響がみられる。ぶよぶよした肉塊に触手が生えた姿のラスボス「ラグナ」が、アザトースをモデルにしたものだといわれている。

エンジェルフォイゾン

日本での萌え系のクトゥルフ神話作品のさきがけ的な存在で、その手のものが好きな人たちには有名な作品。ニャルラトホテプをはじめ、外なる神や旧支配者たちを女体化したキャラクターが登場するなか、なんと魔王たるアザトースまでが女子の姿で登場している。

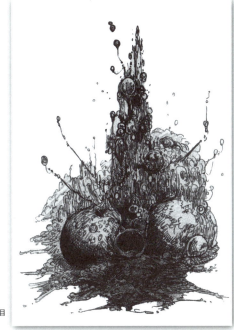

Azathoth
アザトースの姿が見えるということは身の破滅が目前ということだ

ヨグ＝ソトース

超時空的な力を持つ神
ヨグ＝ソトース

Yog-Sothoth

「外なる神」の副王にして旧支配者の父でもあるヨグ＝ソトース。あらゆる時間や空間に現れることができるという非常に強力で恐るべき存在だが、その一方で、ときには人間にも恩恵をもたらすこともあるという。

主な関連項目

アザトース	▶ P.28
シュブ＝ニグラス	▶ P.34
無名祭祀書	▶ P.168
ダンウィッチ	▶ P.227

時間や空間を超越した神

　ヨグ＝ソトースは「外なる神」に属しており、アザトースに次ぐ力ある存在だ。魔導書のひとつである「無名祭祀書」によれば、ヨグ＝ソトースはクトゥルフやハスターの父であり、シュブ＝ニグラスとのあいだにも二柱の神をもうけている。

　ヨグ＝ソトースにはいくつかの化身があるが、通常は触覚をそなえた虹色の球の集合体といった姿をしている。球体は常に形を変えており、さらにくっついたり離れたりを繰り返しているため、「永遠に泡立ち続ける無定形の怪物」と表現されている。

　また、オーガスト・ダーレスの作品中では、ヨグ＝ソトースの本体は球体ではなく、背後の触角をもつ粘液状の物体であるとする。そしてコリン・ウィルソンが手を加えた『ネクロノミコン断章』によれば、本体をおおい隠すように目立っている球体の数は、全部で13個ある。それぞれゴモリ、ザガン、シュトリ、エリゴル、デュルソン、ウアル、スコル、アルゴル、セフォン、パルタス、ガモル、ウンブラ、アナボスという名前の、ヨグ＝ソトースのしもべなのだという。

　ヨグ＝ソトースは、宇宙を構成している次元の裂け目を住みかとしている。すべての時間と空間に接した存在で、どんな時間、どんな空間にも現れることができる。異界に通じる門の番人でもあり、「門にして鍵」とも呼ばれている。ただし、自身の意志で自由に移動できるわけではなく、我々の世界に姿を現すには誰かに召喚される必要があるようだ。

ヨグ＝ソトース

　ミ＝ゴ（ユゴスよりの菌類）は、ヨグ＝ソトースを「彼方なるもの」と呼んで崇拝している。人間と思考回路が異なり、論理的だというミ＝ゴの崇拝は人間よりも純粋なもののように思えるが、人間がヨグ＝ソトースを崇拝する場合はより私利私欲が入るようだ。

　アステカ族や、アヴェロワーニュの人々などがヨグ＝ソトースを崇拝していたというが、そのほかにも、特定の魔術師が見返りを求めてヨグ＝ソトースを崇拝する場合がある。魔術師は崇拝と引きかえに、時間と空間を限定的に制御する力を得る。空間をゆがませて好きな場所に移動したり、時間の流れの外に抜け出して何百年、何千年の時を行き来したりと、限定的とはいえ、人間にとっては万能といってもいい能力が得られる。その代償は、ヨグ＝ソトースがその人間の精神を自分のものにしてしまうことだという。たとえ死んでもその運命からは逃れられないとされる。

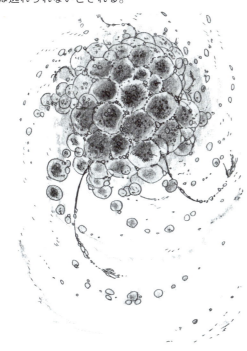

Yog-Sothoth
不思議な形態をしたこの神は、ときに人間の姿をとることもある

創作物におけるヨグ＝ソトース

　大きな代償を伴うものなのに人間に力を貸すという点から創作物では比較的扱いやすいらしく、ヨグ＝ソトースは小説やゲームなどでも比較的見かける機会が多い。

　有名なところではパズルRPG『パズル＆ドラゴンズ』、通称『パズドラ』において、「光ヨグソトース」や「光水ヨグソトース」など、複数の形態で登場している。ゲーム中で強力な存在なのはいうまでもない。

　またクトゥルフほか数々の神の父だけあって、父親としての面がクローズアップされることも多い。人間相手でもおかまいなしに子供を作るようで、ラヴクラフトの小説『ダンウィッチの怪』ではラヴィニア・ウェイトリーというアルビノ（色素欠乏症）の美女相手に、ウィルバー・ウェイトリーとその弟（名前はなく兄よりもはるかに怪物に近い）の双子を産ませている。

　アダルトゲーム『斬魔大聖デモンベイン』では「暴君」の異名をもつ女魔道師・ネロにマスターテリオンを産ませた。

　ちなみに同じヨグ＝ソトースの子でありながら、ウィルバー・ウェイトリーは母が美女であるにもかかわらず不細工で、それに対してマスターテリオンがなぜイケメンであるのかは、考察の対象にもなっている。

　マンガ作品『アリシア・Y』の主人公、アリシア・Y・アーミティッジ（Yは「ヨグ」を意味する）もまたヨグ＝ソトースの子供であるが、こちらも異様な面貌をしているものの、顔立ちは美人といってよい少女だ。

　『ゲゲゲの鬼太郎』で知られる妖怪マンガ家・水木しげるもまた、クトゥルフ神話に関心のあった人物で、日本においては最初期に神話作品を紹介したひとりであったが、『ダンウィッチの怪』の翻案作品（舞台を日本に変更するなどしている）である『地底の足音』において、ヨグ＝ソトースを、なんと「妖怪ヨーグルト」として登場させている。

　このように創作物においては、ヨグ＝ソトースそのものが出る場合もあるが、その子供が扱われる場合のほうが多いようだ。アザトースに次ぐ「副王」とはいえ、絶大な力をもつヨグ＝ソトースは、そのまま登場させてもたしかに扱いが難しいかもしれない。自分の意志でどこにでも現れるわけではないということだけが、唯一の救いだ。

ヨグ＝ソトース

クトゥルフ界でのポジション

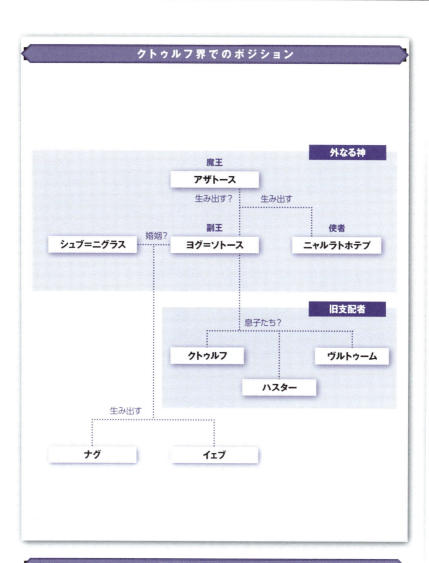

引用されている作品

アリシア・Y

主人公であるアリシアが、ヨグ＝ソトースと人間との間に生まれた半神という設定。ミスカトニック大学の図書館長ヘンリー・アーミテッジの子孫の娘が、魔術によって産まされたヨグ＝ソトースの娘というもので、ラヴクラフトの小説『ダンウィッチの怪』と関連付けられている。

這いよれ！ニャル子さん

「ヨグソトス」という、非常にわかりやすい名前で登場している。旧支配者のひとりであること、あらゆる時間や場所に存在するヨグソトスがすべて同じひとつの存在であること、「○○星人」ではなく旧支配者の一員であることなど、クトゥルフ神話の設定がほぼそのまま活かされている。

シュブ=ニグラス

母なる豊穣の邪神

シュブ=ニグラス

Shub-Niggurath

ヨグ=ソトースやハスターの妻とも、夫ともいう。黒い子山羊とティンダロスの猟犬を生みおとす大地母神的豊穣の邪神。パートナーが大物だけに影に隠れがちだが、クトゥルフ神話界の重要な神性であり、もちろん大きな危険をもつ。

主な関連項目	
アザトース	▶ P.28
ヨグ=ソトース	▶ P.30
ハスター	▶ P.64
ティンダロスの猟犬	▶ P.132

子沢山

　淫蕩とも形容され、さまざまな神性との間に子をなしている。そこは邪神のことで、性別ははっきりしないのだが、どちらかというと女性寄りで考えられることが多い。右ページの図にあるように、シュブ=ニグラスは子沢山であり、あちこちに相手をつくっている。現代女性として考えればビッチキャラということになるが、なにぶん大昔から存在している豊穣の神であるため、額面どおりに受けとらないほうがいいのかもしれない。

　外見については、H・P・ラヴクラフトが「恐ろしい雲」に例えたことから、蹄がある足や触手をもつ肉塊として描かれてきた。しかし、のちにラムジー・キャンベルが作中で具体的に描写した、別の姿で描かれることも増えている。

　フリードリヒ・ウィルヘルム・フォン・ユンツトの記した「無名祭祀書（黒の書）」にはシュブ=ニグラスに関する記述があり、そこにはかつてハイパーボリア大陸で神官トヨグに崇拝されていたと書かれている。赤い月の年（紀元前17万3148年）には打倒ガタノトアを志したトヨグを支援したが、目的は果たされなかった。

　シュブ=ニグラスはミ=ゴやサテュロスといった異形に崇拝されているほか、チョー=チョー、ハイパーボリア、ムー、ギリシャ、クレタといった古代文明の人々に信奉されていた。人にやさしい邪神だったのかもしれない。なお「ネクロノミコン」には「いあ！　シュブ=ニグラス！　大いなる森の黒山羊よ。我は汝を召喚する者なり」で始まり「ウァルフ=シュブ=ニグラス。ダボツ・メムプロト！」で終わる召喚呪文が記載されている。

シュブ＝ニグラス

クトゥルフ界でのポジション

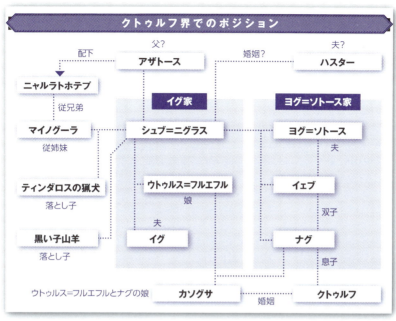

```
             配下      父?                    婚姻?        夫?
ニャルラトホテプ ──  アザトース                        ハスター
              │
         従兄弟│         ┌─ イグ家 ─┐     ┌─ ヨグ＝ソトース家 ─┐
マイノグーラ ──┤        シュブ＝ニグラス      ヨグ＝ソトース
         従姉妹│              │                   │夫
ティンダロスの猟犬 ──┤   ウトゥルス＝フルエフル       イェブ
         落とし子│         娘 │                  │双子
黒い子山羊 ──┘       夫 │  イグ               ナグ
         落とし子                              │息子
     ウトゥルス＝フルエフルとナグの娘   カソグサ ── 婚姻 ── クトゥルフ
```

引用されている作品

ネクロノミコン異聞

クトゥルフ神話＋萌え系美少女＋第二次世界大戦仮想戦記というコンセプトのライトノベル。主人公はドイツ軍の兵士として敵役ソ連軍との戦いに挑む。双方、邪神とその契約者である人間で組織された隊を投入しており、味方側の部隊にはシュブ＝ニグラスの化身が女体化状態で存在している。

這いよれ！ニャル子さん

第1期第4話「マザーズ・アタック！」で八坂真尋に手料理を振舞おうとしたニャル子が「宇宙でも有名なブランド肉なんですよ。シュブ＝ニグラス印の、千の黒い仔山羊！」と食材を説明する。シュブ＝ニグラスの別名「千の仔を孕みし森の黒山羊」が元ネタ。高級食材だが真尋には拒否された。

Shub-Niggurath

単なる雲と侮ってはいけない。毒をはらみ、人が触れれば害がある

人間に最も近い顔のない神
ニャルラトホテプ

崩壊度	4
大きさ	3
女体化度	5
知性	4

Nyarlathotep

このところすっかり有名になったクトルゥフ界のスター邪神、ニャルラトホテプ。神々の上下関係からはみだして奔放に行動しがちなところが好まれるのか、多くのエンターテイメント作品に登場している人気者だ。

主な関連項目

クトゥグァ	▶ P.74
シャンタク鳥	▶ P.120
輝くトラペゾヘドロン	▶ P.194
ンガイの森	▶ P.226

這い寄る混沌

　アニメ『這いよれ！ニャル子さん』で知名度をグーンと上げた無貌の神。作家オーガスト・ダーレスによる神話の大系化作業により、クトゥルフ、クトゥグァ、ハスターなどとともに四大元素を象徴する旧支配者として数えられたり、ほかの３つとは異なる異形の神々としても数えられたり。共通しているのは、そうした神々のなかでも、自分から積極的に人間に近寄っていく性格と自由（星辰の変化、または旧神に敗れたという理由で、多くの旧支配者が幽閉されているなか、ひとりニャルラトホテプは移動の自由を確保している）があること。そして無貌の神の呼び名のとおり、千の姿を持つことだ。

　基本的な外見は触腕、鉤爪、手が突き出た肉の塊に顔のない円錐形の頭が乗っているというもの。しかしどんな姿にも変身できるので、人間の美少女になっていてもおかしくはないし、自分から主人公の前に姿をあらわしてもおかしくないということになる。PCゲーム『斬魔大聖デモンベイン』ではナイアと名乗り、古本屋の女主人として主人公の大十字九郎に接触する。そのように、人間と神々の世界をつなぐ存在として描かれることが多いようだ。

　神話大系によって位置づけは一定していないが、アザトースの部下または代理人というスタンスはどの作家が描いてもほとんど変わらない。また旧支配者と呼ばれる神々同士、あるいは神々とその崇拝者の連絡役も買って出るので、クトゥルフ界の広報マンといった印象もある。クトゥルフ神話の真祖であるラヴクラフトよりものち、ダーレス以降の神話大系設定では旧神の拘束を免れていることから、自由気ままな非正規職員またはフリーランスの印象もある。

千の顔を持つ邪神

　千の顔を持つニャルラトホテプの真の姿はスライムのような粘性生物だという。しかし移動先の対面相手に合わせるためか、多羅尾伴内よろしく何通りもの姿に変身するのだ。

　しかしスタンダードもいえる、ニャルラトホテプがとる姿でいくつか有名なものもある。それは以下のとおり。

◆アトゥ：これが真の姿だろうか？　金色の触手が数本中央から伸びる、粘着質の巨大な山のかたち。巨大な樹木の姿をしているともいう。目撃場所は中央アフリカのコンゴ。

◆黒の男：黒い肌、長身で引き締まった肉体、足にはひづめがある。目撃場所は英国。

Ayarlathotep
不定形で顔のない神らしく、いろいろなものが混じったような表情

◆黒のファラオ：仮面をつけローブをまとう。現代的な装いをすることもある。目撃場所はエジプト。

◆ブラックデーモン：黒い毛に覆われている。目撃場所は不明。

◆黄色い仮面のもの：ドリームランド、レリオン山の都市を、黄色い絹をまとった者が訪れた。ハスターなのかもしれない。

◆黒い風：周囲数マイルに嵐を起こす。ケニアにて目撃。

◆スケルタル・ホラー：戦闘形態。胎児の頭を持ち、巨大なかぎ爪が生えた骨。身長12フィート（365.76センチ）。エジプト。

◆膨らんだ女：5つの口と多数の触手を持つ肥えた女。巨大。黒い扇を持っている。中国で目撃。

◆闇に棲みつくもの：本拠地であるンガイの森で泣き叫ぶ顔のない怪物。その状態からどんな姿にも一時的に変身できる。

◆闇をさまようもの：輝くトラペゾヘドロンを暗い空間で使うことによってトラペゾヘドロン本体を介し、異次元世界から現世に出現できる。巨大なこうもりのような姿。

ニャルラトホテプの社交

　ニャルラトホテプは、カルト教団のもとに現れることもある。例えばイノック・ボウアン教授がプロヴィデンスに設立した「星の智慧派教会」では、教授がネフレン＝カの墓所を発掘中に発見した輝くトラペゾヘドロンを用い、ニャルラトホテプの召喚を試みたという。　ほかにもニャルラトホテプが関わったり崇拝される教団があり、魔術師カール・スタンフォード指導でボストンに設立された「銀の黄金錬金術会」や、顔のないスフィンクス（ニャルラトホテプの化身）を崇める「野獣の結社」。オマー・シャクティが指導する「ブラックファラオ団」、「ネフレン＝カ教団」、「血塗られた舌」などがある。

　アザトースやヨグ＝ソトースの使者として人前に姿をあらわすニャルラトホテプ自身が、人間に崇拝されてしまう。なんとなく、社長ではなく広報、監督ではなくコーチが人気者になる現象に似ている。それもニャルラトホテプの人柄（神柄？）だろう。案外『這いよれ！ニャル子さん』のヒットも、ニャルラトホテプ本来の調子のよさを、うまくアレンジできた成果なのかもしれない。

ニャルラトホテプ

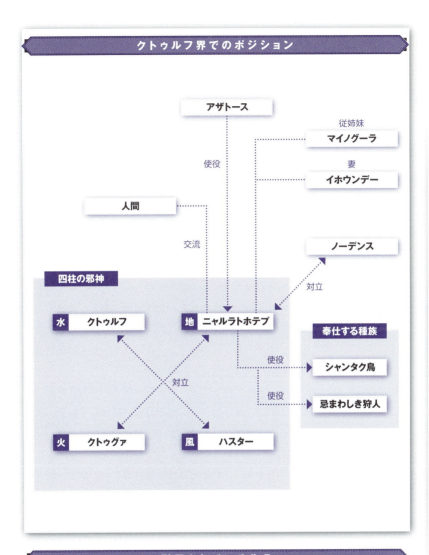

引用されている作品

這いよれ！ニャル子さん

ニャルラトホテプが美少女ヒロインとなって登場するライトノベルが原作。二度フラッシュアニメ化され、通算3期にあたる本格アニメ化で人気が爆発した。ニャルラトホテプはニャル子を名乗る宇宙捜査官。基本設定から小ネタに到るまでクトゥルフのパロディ、引用が満載。女体化萌えクトゥルフの象徴的存在。

斬魔大聖デモンベイン

舞台となる場所からキャラクターまでほとんどの設定でクトゥルフ神話を踏襲している『斬魔大聖デモンベイン』。この作品で、ニャルラトホテプは主人公を魔導書に引きあわせる古本屋の女主人ナイアとして登場した。黒幕的な出方をすることが多いニャルラトホテプの造形パターンを活かしたキャラクター。

ナグとイェブ

謎に包まれた双子の邪神

ナグとイェブ

Nug and Yeb

ヨグ＝ソトースとシュブ＝ニグラスの間に産まれた双子であり、クトゥルフとツァトゥグァの親としても知られるナグとイェブ。だが、この旧支配者の実態は秘密のヴェールで閉ざされており、出自以外、何ひとつ確かな情報はない。

崩壊度	4
大きさ	3
女体化度	1
知性	2

主な関連項目

ヨグ＝ソトース	▶ P.30
シュブ＝ニグラス	▶ P.34
クトゥルフ	▶ P.16
ツァトゥグァ	▶ P.46

ヨグ＝ソトース、シュブ＝ニグラスの子ら

　ナグとイェブは、ラヴクラフトが考案した邪神だ。彼らはヨグ＝ソトースとシュブ＝ニグラスの間に生まれた双子の旧支配者だが、その具体的な姿形や性格、性質についてはほとんど言及されておらず、正体は謎に包まれている。ラヴクラフトが遺した書簡から、ナグはクトゥルフの、イェブはツァトゥグァの親であることは確定しているが、これについても「どのようにして子を生み出したのか」「配偶者は誰なのか」といったことは一切不明だ。

　商業作品では、ラヴクラフトが代作したいくつかの小説で、その名を見つけることができる。それによれば、ナグとイェブは地球でも知られており、アラビア半島にある都市イレムや北米オクラホマ州から行ける地下世界クン・ヤン、それにムー大陸のクナアという土地に、この双子神を崇拝する者たちが住んでいたことが記されている。しかし、ここでも具体的な手掛かりはなく、解っているのは彼らを讃える「ナグとイェブの黒き連祷」と呼ばれる儀式が、吐き気を催すほどおぞましいものだったということだけだ。

　ラヴクラフトが創造したことや、ヨグ＝ソトースの子でクトゥルフの父という重要な地位にありながら実態がほとんど不明な神性は、後世の作家たちの想像力を刺激した。リン・カーターは『奈落の底のもの』のなかで「おぼろげなるナグ」「囁く霧なるイェブ」という二つ名を付与し、その姿をイメージするヒントを提示した。また、ロバート・M・プライスは「ナグとイェブはロイガーとツァールの隠された名である」とか「アザトースの落とし子サクサクルースが、分裂してナグとイェブになった」といった設定を自作に盛り込んでいる。

ナグとイェブ

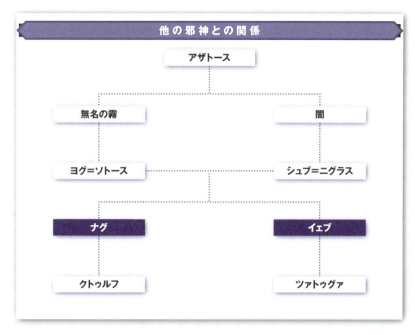

他の邪神との関係

- アザトース
  - 無名の霧
    - ヨグ＝ソトース
      - **ナグ**
        - クトゥルフ
  - 闇
    - シュブ＝ニグラス
      - **イェブ**
        - ツァトゥグァ

外見に関する確たる論はないが、その出自や二つ名から、霧のような不定形の存在だとイメージできる

イグ

蛇の姿の神

イグ

Yig

蛇と人を融合したような姿をもつという旧支配者。人類に対してあまり干渉せず、落とし子である蛇たちを傷つけなければ、危険は少ない。現在は、北米大陸の地下に広がる世界クン・ヤンのさらに奥地に生息しているという。

主な関連項目

ハン	▶ P.43
バイアティス	▶ P.88
ウボ＝サスラ	▶ P.50

人類に友好的な旧支配者

　イグは半人半蛇の姿を持つ旧支配者だ。「大いなる蛇の父」という異名をもつこの旧支配者は、かつてザンダヌアと呼ばれる世界から地球に飛来し、一説によれば爬虫類や昆虫類の創造に関与したという（ちなみに、ザンダヌアにはイグの兄弟であるロコンという邪神が今なお棲んでいるらしい）。その後は、ムー大陸や地下世界クン・ヤンで崇拝されたほか、オクラホマ州近辺やメキシコの先住民の間にも密やかに信仰が広まっていったようだ。現在は、クン・ヤンにある洞窟ヨスの奥底「ンゴスの穴」に棲んでいるという。

　旧支配者としては珍しく温厚な性格を持ち、人類に対して友好的だ。ただし、落とし子である蛇を傷つける者には容赦せず、報いとして蛇に変身させるという。また、秋には穀物を捧げる儀式を行い、イグを鎮撫する必要もある。

　イグはラヴクラフトが考案し、ゼリア・ビショップのために代作した『イグの呪い』で初めて登場した。中米のアステカ帝国で信仰されていた蛇神ケツァルコアトルがモデルとなっていて、人類に友好的だという性質はそこからインスパイアされたものかもしれない。

　ちなみに、ブルース・ブライアンが書いた『ホーホーカムの怪』には、イグ＝サトゥーティ（Yig-Satuti）という蛇神が登場する。蛇の民ホー＝ホー＝カム族に崇拝されていたという設定で、一対の翼をもつ巨大な蛇の姿だとされる。直接的な関係は明示されていないが、イグがベースになった邪神であることはほぼ間違いないだろう。イグ＝サトゥーティの姿が「羽毛ある蛇」という異名を持つケツァルコアトルと酷似していることもその説を後押ししている。

「妖蛆の秘密」に記された謎多き邪神

ハン

Han

「妖蛆の秘密」に記されている予言の三神のうちの一体。イグやバイアティスとの関連が示唆され、蛇人間たちに信仰されているというが、それ以外のことについてはほとんど手がかりがなく、謎めいた存在である。

主な関連項目	
妖蛆の秘密	▶ P.164
イグ	▶ P.42
バイアティス	▶ P.88
ウボ＝サスラ	▶ P.50

予言の三神の一角

　ハンはロバート・ブロックが創造した魔導書「妖蛆の秘密」に記されている旧支配者だ。「妖蛆の秘密」によれば、イグ、バイアティスと共に予言を司る三神の一柱なのだという。イグ、バイアティス共に蛇神であるし、妖蛆（ワーム）とは蛇も含む単語であることから、ハンもおそらくは蛇に関わる旧支配者であることはほぼ間違いないだろう。ただ、ハンについてそれ以外のことはほとんどわかっていない。リン・カーターの『陳列室の恐怖』によればウボ＝サスラの落とし子とされているが、同じカーターの『ネクロノミコン』ではイグの息子で、凍てつくレンに幽閉状態にあるとされており、このあたりの整合性は図れていないのが現状だ。

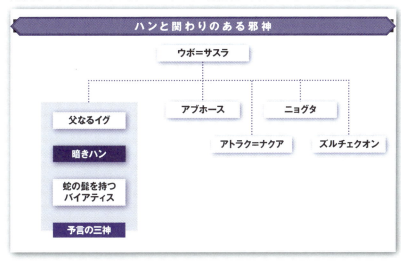

ラーン＝テゴス

北極の旧支配者

Rhan-Tegoth

南太平洋のルルイエや南極の狂気山脈に注目が集まりがちなクトゥルフ神話にあって、ラーン＝テゴスの本拠は北極だったという。実在したとして伝聞のとおりかもわからず、謎の旧支配者にあるのは痕跡のまた聞きのみだ。

主な関連項目
ナコト写本　▶ P.156
ノフ＝ケー　▶ P.126

はさみの触手

　ラーン＝テゴスは3万年前にユゴスより地球に飛来した。「ナコト写本」にはラーン＝テゴスのことが記載されている。第八片によれば、かつて地球の北方を支配していた存在のひとつで、北極に棲みついた旧支配者であるという。生贄を喰らい生きながらえていたが、あるときに冬眠に入ったとされる。

　外見的には、体長は3メートルほど。丸い胴体から6本の触手が伸び、先がはさみになっているのが特徴で、そのポイントは描写した画のどれもが外していない。

　20世紀初頭に、ロンドン蝋人形館の館長ジョージ・ロジャーズが、かつてラーン＝テゴスが棲息していたという都市の辺りを調査した。彼は象牙の玉座で眠るラーン＝テゴスの姿も見た。そしてその神像を持ち帰ったが、この館長は姿を消してしまい、売却された像も倉庫にしまわれたのちに忽然と消えてしまったという。

　言及する作品が少ないこともあり、不明点が多い邪神である。

引用されている作品

蠅声の王

ゲームブック形式の、デジタルノベルゲーム。オリジナルの世界観とシナリオにクトゥルフ神話関連用語を組みこんでいて、独自の雰囲気を醸しだしている。都市の名前をラーン＝テゴスとするというくだりがあるのは、登場頻度の少ないこの生物にしては珍しいケースだろう。

Column
うざ　いぇい！　うざ　いぇい！

召喚の呪文は「うざ　いぇい！うざ　いぇい！いかあ　ぶほう＝いい、らーん＝てごす　くとぅるふ　ふたぐん　らーん＝てごす、らーん＝てごす、らーん＝てごす！」とされている。「うざ　いぇい！」と「らーん＝てごす」の連呼が楽しそうで新鮮だ。

謎の言葉
ンガ＝クトゥン
N'gah-Kthun

オーガスト・ウィリアム・ダーレスが『ハスターの帰還』に混ぜこんだ言葉に明快な説明はなく、さまざまな想像が膨らんだ。答えをはっきりとは出せないが、現状は旧支配者の一角として認識されている。

主な関連項目	
ハスター	▶ P.64

旧支配者の一体か？

　ンガ＝クトゥンは、それが旧支配者を指すのか都市を指すのか判然としない謎の言葉である。

　オーガスト・ウィリアム・ダーレスの小説『ハスターの帰還』においては、亡くなった叔父エイモスの蔵書や資料からポール・タトルが得た知識のなかで、他の旧支配者と並べて語っている。かと思えば、別の見解ではミ＝ゴの首領の名だとか、ンガ＝クトゥンはウルタールの神殿が建設され、ウルターラトホテプを召喚する都市だとする設定もある。

　後世、『クトゥルフ神話TRPG』では惑星トゥンツァ(Tthunngtthua)の地下の亜硫酸の海に住む旧支配者とされていて、いまはこの印象が強いかもしれない。球状の体を持ち、そこから無数のおぞましく震える触手が生え、頭頂部にある大きな口からは聞いた者を麻痺させる、嘲笑うような声を漏らし続けている。もしンガ＝クトゥンが殺されると、ンガ＝クトゥンを崇拝する惑星トゥンツァの住民の一体が急激に変化し、新たなンガ＝クトゥンになるという。

引用されている作品
黄雷のガクトゥーン

クトゥルフ神話関連用語が散りばめられたライアーソフトのスチームパンクシリーズ作品。ガクトゥーンの鐘という言葉も登場する。ンガ＝クトゥンはもともと正体不明の言葉だけに、そこから着想したのであれば、題名や象徴的な事物の命名にしたのはナイス。

Column
クトゥンの汚物とは？

ラーン＝テゴスを扱ったハワード・フィリップス・ラヴクラフトとヘイゼル・ヒールドの小説『博物館の恐怖』に「クトゥンの汚物」という言葉が出てくる。ラーン＝テゴスとともに構想されていた痕跡かもしれないが、真相は定かではない。

怠惰な神性
ツァトゥグア

𝕋sathoggua

人間よりも若干大きめ熊のサイズ、毛むくじゃらの丸っこい肉体、怠惰な性格。どことなく憎めないツァトゥグアはネット世代の日本でなぜか人気者に。もはやクトゥルフ関係なしに愛される存在となった。

主な関連項目

アトラク＝ナクア ▶ P.52
エイボンの書　　▶ P.160
ハイパーボリア大陸 ▶ P.229

となりのツァトゥグア!?

　日本でツァトゥグアの認知度が高いわけがいくつかある。
　栗本薫の小説『魔界水滸伝』で、他の邪神をさしおいて第1巻からツァトゥグアが登場したこと。
　埼玉県郊外を舞台にしたちょっとせつない某ファンタジーアニメ映画のクリーチャーがツァトゥグアを彷彿とさせるものであったこと。
　そして、ネットで流通するAA（アスキーアート）の世界で、もっさりさんから派生した、ツァトゥグアのかわいらしいAAが流行したことである。
　このAAはツァトゥグアが「あ　ふんぐるい　むぐるうなふ　くとぅるう」と言い、それに対してツァトゥグアの落とし子が「いあ　いあ」と合いの手を入れているように見える。このAAによって、ツァトゥグアとルルイエ語？の「いあ　いあ」が一般常識的に定着した感がある。
　本来のツァトゥグアもクトゥルフ神話の邪神にしてはほのぼの系だ。土星から地球に飛来したツァトゥグアはンカイの地下世界やハイパーボリア大陸ヴーアミタドレス山の地下洞窟に棲み、ひたすら怠惰に暮らしてきた（ハイパーボリアでの信仰についてはエイボンの書に記述がある）。クラーク・アシュトン・スミスの小説『七つの呪い』では、食事したばかりだからと、生贄の人間を手放している。作家の垣根を超えて、人にとって危険の少ない存在だと位置づけられてきた旧支配者、それがツァトゥグアなのである。
　通常、眠そうな目をしてもっさりした体をしている、というイメージが定着し、ときに「聖なるヒキガエル」ともいわれるツァトゥグアだが、実際にはそ

の体は無定型だという。ハイパーボリアやンカイの地下世界のほか、地球上においても人類以前に繁栄していたとされる蛇人間や、人類発祥後ではあるが有史以前に存在していた、亜人種たちにも崇拝されていた。『クトゥルフ神話TRPG』においてはホッキョクグマと同程度のサイズとされ、さほど恐ろしいイメージのないツァトゥグァではあるが、もちろん危険がまったくないわけではない。

　同じくスミスの『ヒュペルボレオス極北神怪譚』中の一篇、「アウースル・ウトックアンの不運」におけるツァトゥグァは、宝石を求めて洞窟にやってきた人間を、体から生えた無数の触手で捕らえて、バリバリと食ってしまった。その怪物は、正確には名前がわからないのだが、その特徴からツァトゥグァで間違いないだろうとみられている。

Tsathoggua
どこかのアニメ映画で見たような図体の大きさと丸さが愛らしい

ラヴクラフトが気に入ったツァトゥグァ

　実はツァトゥグァの生みの親はこのクラーク・アシュトン・スミスで、ラヴクラフトではない。1929年著の『サタムプラ・ゼイロスの物語』においてツァトゥグァは初登場をしているが、この作品が発表されたのはアメリカの怪奇・SF専門誌『ウィアード・テイルズ』の1931年11月号だった。その年の8月号でラヴクラフトが発表した『闇に囁くもの』の中にツァトゥグァが登場しているのだ。そのため本家よりも、ラヴクラフトの筆によるツァトゥグァが先に世に出る形となってしまった。

　『サタムプラ・ゼイロスの物語』を書き終えたスミスは、発表前に、ラヴクラフトに送って見せていた。ラヴクラフトはツァトゥグァをたいへん気に入り、そのむねをスミスにも返事したが、気に入るあまりスミスの初期設定も重視せず、ラヴクラフト自身の解釈で自作品や書簡でどんどん設定をつけ加え、ほとんどオリジナルのツァトゥグァをこしらえてしまった。『闇に囁くもの』のツァトゥグァももちろんそのひとつで、ラヴクラフトはそればかりか、ほかの作家にもツァトゥグァを登場させることを、どんどん奨励していたという。

　本家のスミス版においても、ツァトゥグァはさまざまな変化を遂げている。『魔道士エイボン』はツァトゥグァ崇拝がさかんになる前のハイパーボリア大陸のムー・トゥーラン半島が舞台だが、この中でツァトゥグァはゾタクアという名前で呼ばれた。また『アヴェロワーニュ妖魅浪漫譚』の中の一篇、「アゼダラクの聖性」などでは、中世フランスでソダグイの名前で崇拝された。ひとつにはスミスの描くツァトゥグァ像が一貫していないため、彼の手によるツァトゥグァ像が広く世に定着しなかったひとつの要因だろう。

　スミスのツァトゥグァにも、ラヴクラフトのそれに似た印象をもつものは存在する。『七つの呪い』に出てくるツァトゥグァは、ヴーアミタドレス山の地下の洞窟に住んでいる。そこに人間が貢ぎ物として送り込まれてきたのだが、ツァトゥグァはたまたま満腹だったので、その人間をさらに深いところに住むアトラク＝ナクアに、そのままたらい回しに送ってしまうのだ。

　人間を「バリバリむさぼり食う」より、こうしたややユーモラス（？）な対応こそ、ツァトゥグァらしい気もする。いずれにせよ今日定着しているツァトゥグァのイメージは、ほぼラヴクラフトの手によるものと見て間違いない。

ツアトゥグァ

クトゥルフ界でのポジション

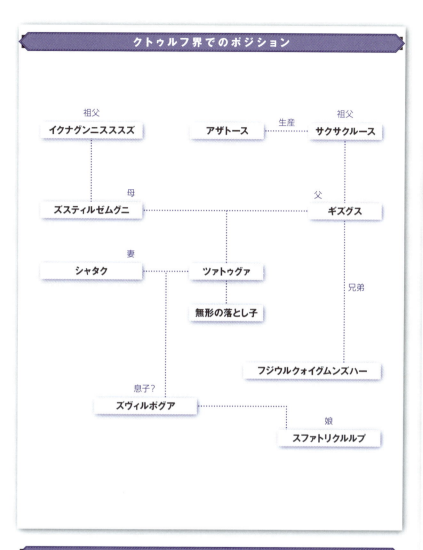

引用されている作品

魔界水滸伝

日本に於けるクトゥルフ神話フォロワーの筆頭格、栗本薫の『魔界水滸伝』で、敵側となる旧支配者最初の刺客としてツアトゥグァがいきなり登場。主人公格の安西雄介と伊吹涼が潜入した藤原家の屋敷で華子の父、オカルトマニアの隆道が召喚してまた登場と、当時としては破格の扱いだった。

這いよれ！ニャル子さん

第1期第1話「第三種接近遭遇、的な」で昼食時「あしたはパン食にしましょう。BLTサンドをつくってきますよ」と言ったニャル子がBLTとはなんの略だと八坂真尋に問われ「ビヤーキー。ロイガー。ツアトゥグァです」と応える。ツアトゥグァの眠たそうな眼を再現した画も完成度が高い。

ウボ＝サスラ

神々の智慧を抱え永遠に蠢き続ける外なる神
ウボ＝サスラ

Ubbo-Sathla

地球に住むさまざまな生命体の起源であり、イグやアトラク＝ナクアなど旧支配者たちの親でもある外なる神。地球誕生時から生息しており、神々の叡智を抱きながら悠久の時をただひたすら蠢き続け、過ごしている。

主な関連項目

エイボンの書	▶ P.160
アトラク＝ナクアとアブホース	▶ P.52
ニョグタ	▶ P.82
ショゴス	▶ P.108

地球のあらゆる生命体の根源

　高名な魔導書である「エイボンの書」や「ネクロノミコン」にも名が刻まれている外なる神、それがウボ＝サスラだ。初登場はクラーク・アシュトン・スミスが著した『ウボ＝サスラ』。「頭手足なき塊」「無定型の塊」「自在する源」「始源にして終末」といったさまざまな異名をもつこの邪神は、地球上のあらゆる生物の源であり、また幾体かの邪神の生みの親としても伝えられる。

　アメーバやスライムに似た形状を持ち、生物的な器官を何ひとつ備えないウボ＝サスラは、地球が誕生したとき、すでに存在していた。そして、粘液と煙に満たされた原初の沼に横たわり、小さな単細胞生物のようなものをひたすら分裂させているという。またその足元には、天地創造以前の神々が記した超星席の銘板が埋もれている。そこに記された叡智を求め、多くの挑戦者がウボ＝サスラの元にたどり着こうとしたが、誰一人として成功していない。

　ウボ＝サスラが生んだ単細胞生物は、進化を繰り返し、やがて地球上に存在するさまざまな動植物となった。そして、地球のすべての生命体は、その生涯を終えるとき、大いなる輪廻を経てウボ＝サスラに回帰するという。

　ちなみに、この生命起源説は、しばしば古のものによる生命起源との矛盾を指摘される。だが、リン・カーターは、古のものが「ウボ＝サスラから生まれた単細胞生物を使ってショゴス（古のもの起源説では、ショゴスの細胞がすべての生物の始祖とされる）を創った」として整合性を取った。

　ウボ＝サスラに関する最後の記録は遙か昔、ハイパーボリアの時代だ。その記録を最後に、この外なる神の足跡は途絶えている。

ウボ＝サスラ

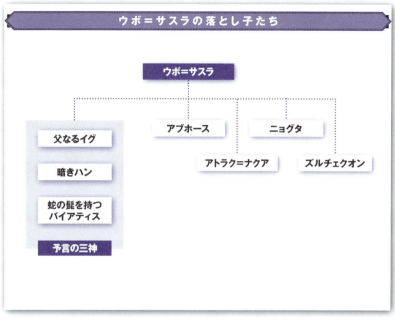

ウボ＝サスラの落とし子たち

- ウボ＝サスラ
  - 父なるイグ
  - 暗きハン
  - 蛇の髭を持つバイアティス
  - **予言の三神**
  - アブホース
  - アトラク＝ナクア
  - ニョグタ
  - ズルチェクオン

Ubbo-Sathla

無定型の塊という異名どおり、ウボ＝サスラの姿は絶えず変化し続け定まった形はない

アトラク＝ナクアとアブホース

橋を紡ぐ蜘蛛と、水たまりのような永久機関

Atlach-Nacha and Abhoth

アトラク＝ナクアはハイパーボリア大陸の一角で延々と橋をかけつづけている邪神で、人間と会話をたしなむこともできる。アブホースとは灰色の水溜まりのような姿をした邪神。ともにクラーク・アシュトン・スミスが生みの親だ。

主な関連項目

ツァトゥグァ	▶ P.46
ドリームランド	▶ P.222
ハイパーボリア大陸	▶ P.229
レン高原	▶ P.230

深淵に身を横たえる神

　アトラク＝ナクアは、ほぼ人間大の蜘蛛のかたちをし、人間に似た頭部をもった邪神。たこの触手や魚のうろこ、こうもりの翼などのパーツがよってたかって大集合した不気味な邪神が多いクトゥルフ神話にあって、メジャーな神々とは毛色が異なる気もするが、それもそのはず、作者がちがうのだ。

　ハワード・フィリップス・ラヴクラフトの小説をもとにオーガスト・ダーレスが大系化したクトゥルフ神話では、宇宙から飛来した邪神による争いが人類発生の頃にあり、その後、眠りについた邪神たちが復活をめざす展開を示すが、アトラク＝ナクアはラヴクラフトと並ぶ『ウィアード・テイルズ（アメリカの雑誌）』の看板作家、クラーク・アシュトン・スミスが生み出したもの。『七つの呪い』という作品に主人公に呪いをかける役割だけで登場する、いわばちょい役だが、それにもかかわらず人気がある。

　スミスは「黒の書」と呼ばれる黒革の手帖に作品の構想をしたためていたというから、現代日本なら中二病扱いされていただろう。彼の生んだ作品群には超古代の大陸ヒュペルボレオス（ハイパーボリア）や超未来の大陸ゾティーク、中世フランスのアヴェロワーニュを舞台にした連作があるが、『七つの呪い』はヒュペルボレオスものの短篇だった。その後アトラク＝ナクアはラヴクラフトやダーレス、リン・カーター、ブライアン・ラムレイの作品でも言及され、クトゥルフ神話の常連となっていく。日本ではPCゲーム『アトラク＝ナクア』（アリスソフト）で比良坂初音として女体化されて以降、すっかりおなじみの邪神となった。クトゥルフ邪神女体化さきがけのひとつである漫画『エ

ンジェルフォイゾン』では、背中から蜘蛛の足を生やしたグラマー美女になっている。

　本来の蜘蛛神アトラク＝ナクアはハイパーボリアの首都コモリウムから徒歩一日のヴーアミタドレス山というところに棲んでいる。その地下洞窟には怠惰な神ツァトゥグァがおり、そこよりもさらに深い場所で延々と自らの糸で下橋をつくりつづけている働き者がアトラク＝ナクアだ。

　眼の色は真紅。からだはエボニー（黒檀）のように真っ黒な剛毛で覆われている。人語を理解し、会話もできるが、その声は正気を失うほどに甲高く耳障りだ。橋をかける作業に集中し、妨げられることを極端に嫌う。なぜ洞窟の奥深く、深淵に橋をかけようとしているのか、動機はわかっていない。橋が完成するときは世界が滅ぶときだとする説もある。ドリームランドには紫色の「レンの蜘蛛」が存在するがアトラク＝ナクアと関係あるのかは定かではない。

　ハイパーボリア時代には「サイクラノーシュ」と呼ばれていた土星からツァトゥグァとともに地球へと飛来。前述のようにヴーアミタドレス山の深淵にいたが、現代では地下世界のン・カイにいるという。シベリアやペルーなど隔たった場所での目撃談もある。

Atlach-Nacha
蜘蛛と言えば蜘蛛だがやはりそのスケール感と圧迫感は並ではない

アトラク＝ナクアからアブホースへ？

　それではアブホースとはどんな邪神なのだろうか。スミスが創造したという点でアトラク＝ナクアと共通している。また、フランシス・T・レイニー『クトゥルフ神話小辞典』で彼らは地球最初の住人であり、地球のあらゆる生命体は彼らから生まれたとされた。そしてリン＝カーターにより、ともにウボ＝サスラの落とし子とされた。

　アブホースは、アトラク＝ナクアと同じヴーアミタドレス山、その最深部に住む。灰色の、巨大な水たまりのような姿をしており、多様性をもった子どもを絶えず生み落としては、それを食うのだ。たまに逃げる子どももいるというが、ともあれ完全な自給自足を実現しており、それ以外の行動をしない。

　それでも「知的」であると称され、テレパシーを使って人間と会話もできる。しかし人間や地上のことに興味がなく、たとえ召喚されることがあっても、それに応じることはないという。

　知性があり、性格もある。慎重派で経験主義であり、ひたすらルーチンワークをくり返すのみで、慣れないことをしたがらない。

　スミスの『七つの呪い』において、主人公ラリヴァール・ウーズ卿は、ヴーアミタドレス山で妖術師エズダゴルに呪いをかけられ、ツァトゥグァへの貢物とされてしまった。彼は呪いにより、自分の足でツァトゥグァのもとへ向かう。

　ところがツァトゥグァは腹が一杯だからいらないという。そしてウーズ卿は２つめの呪いをかけられる。ここでアトラク＝ナクアのところへ行かされた。

　アトラク＝ナクアは網を張るのに忙しく、ウーズ卿に３つめの呪いをかけ、妖術師ハオン＝ドルのところへ行かせた。そうしてウーズ卿はどんどんたらい回しにされる。ハオン＝ドルから蛇人間へ、蛇人間からアルケタイプへ。そして最後に行かされたのがアブホースのところだった。

　アブホースは言う。「試したことのない食物で、わが消化器官を危険にさらすつもりはない。聞くところによると、外世界とよばれる荒涼としてわびしい地獄の辺土があるという。呪いをかけるから、外世界とやらを探しあてよ」。

　こうしてウーズ卿は７つめの呪いにより、無事にそこを離れたのだが……？　その結末はどうなったのか。気になる方は『ヒュペルボレオス極北神怪譚』収録の「七つの呪い」をご一読ありたい。

アトラク＝ナクアとアブホース

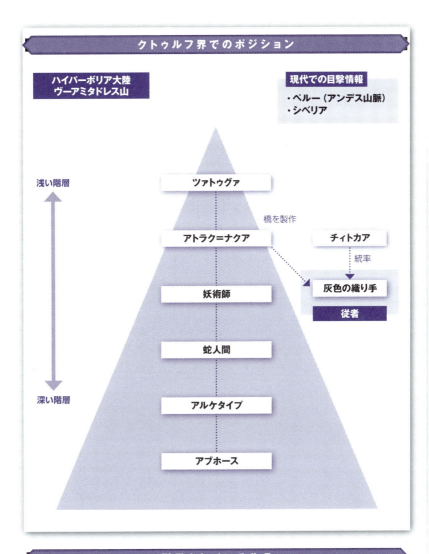

クトゥルフ界でのポジション

ハイパーボリア大陸 ヴーアミタドレス山

現代での目撃情報
- ペルー（アンデス山脈）
- シベリア

浅い階層 ↕ 深い階層

ツァトゥグア
↓
アトラク＝ナクア —橋を製作→ チィトカア
　　　　　　　　　　　　　　↓統率
　　　　　　　　　　　　灰色の織り手
　　　　　　　　　　　　　従者
妖術師
蛇人間
アルケタイプ
アブホース

引用されている作品

南Q阿伝

光永康則の漫画『怪物王女』のスピンオフ。『怪物王女』でサブキャラクターだった南久阿をメインヒロインに据えている。渡来の神から日本を守る蜘蛛の化身で、外見はセーラー服を着た黒髪ストレートの中学生。なお、『怪物王女』では原典のアトラク＝ナクアが橋をかけることを踏襲、橋を建設している。

這いよる！ニャルアニ リメンバー・マイ・ラブ（クラフト先生）

ぬるぬる動かないフラッシュアニメのほうの第2期に、アトラク＝ナクアが「アト子」としてレギュラー登場、ニャル子らとともに八坂真尋宅についていってしまう。典型的な黒髪ストレート美人だが、ピー音で伏せられるレベルの性的な言葉を連発するエロ＆シモネタ担当で、そのギャップがひどい。最後は宇宙コミケに行ってくる。

クァチル・ウタウス

「カルナマゴスの遺言」に記された旧支配者

クァチル・ウタウス

Quachil Utaus

元々『クトゥルフ神話』と関係ない作品に登場していたクァチル・ウタウス。だが、その不気味さは神話ととても近く、のちに旧支配者として迎え入れられた。時を操り、触れたものを灰燼に帰す能力は「塵を踏むもの」という異名に相応しい。

崩壊度		大きさ
2		1
1		3
女体化度		知性

主な関連項目
ハイパーボリア大陸 ▶ P.229

触れたものの時を操る力を持つ

　クァチル・ウタウスは、邪悪な賢者にして予言者カルナマゴスによって記された魔導書「カルナマゴスの遺言」に、わずかに記録が残されている旧支配者だ。遭遇例がほとんどないため知名度は高くないが、「塵を踏むもの」という二つ名と、とても恐ろしい力をもつことがわかっている。

　「カルナマゴスの遺言」によれば、クァチル・ウタウスは触れたものを何でも腐敗させ塵に変えられるようだ。その様子は、さながら触れられたものの時間が、一瞬にして膨大に経過させられたかのようで、このことからクァチル・ウタウスの力は時間を操る能力だと考えられている。

　外見は子供くらいの背丈の人型だが、その皮膚は千年を経たミイラのように干からびてシワだらけだ。細い首の上には髪の毛も目鼻立ちもない頭部が乗っている。骨のような爪をもつ細長い両手は前方に突き出され、まるで何かを永遠に手探りしているかのようだ。また、クァチル・ウタウスが移動する際は、二本の足で歩くのではなく、空中を滑るように進んでいくのだという。

　幸いなことに、クァチル・ウタウスは地球上に生息する邪神ではないので、通常の生活で出会うことはほぼ皆無といっていい。だが「カルナマゴスの遺言」にはこの恐るべき旧支配者の召喚方法が書かれており、邪悪な意図を持った何者かによって顕現する可能性はある。召喚された際は、まず上空から灰色の光の柱が現れて犠牲者を照らす。やがて光の焦点が合わさると、虚空からクァチル・ウタウスが素早く、かつ静かに降り立ってその者に触れる。そして哀れな犠牲者に一瞬で老化による死を与えると、音もなくその場を去るのだという。

また、クァチル・ウタウスと共に「エクスクロピオス・クァチル・ウタウス」という呪文を唱えることで、彼の者と協定を結び不死を授かるという。

クラーク・アシュトン・スミスが創造したこの旧支配者は、元々『クトゥルフ神話』とは無関係な短編作品『塵埃を踏み歩くもの』に登場していた。が、のちにリン・カーターがこの短編に出てくる「カルナマゴスの遺言」をハイパーボリア大陸由来の書物と定めたことから、クァチル・ウタウスは魔導書ともども神話を構成する要素になったという経緯がある。

ちなみに「カルナマゴスの遺言」は935年、グレコ＝バクトリア墓地で「エイボンの書」と共に発見された。発見者の修道士は、この書物をギリシャ語に翻訳して2冊の写本を作ったが、オリジナルと写本の1冊は13世紀ごろに失われたらしい。この書物にはクァチル・ウタウスの召喚方法のほか、邪悪な星ヤミル・ザクラについての記述、死体を崩壊させる呪文などが記されているという。また、この書物は読む者に奇妙な時間的影響を与える。読んでいる間、読者とその周囲の時間はかなり速い速度で流れていくので注意が必要だ。

Quachil Utaus
萎びたミイラという表現がしっくりくるクァチル・ウタウス。その手に触れることは死を意味する

ヴルトゥーム

美しき妖精の姿をした火星の旧支配者

Vulthoom

太古の火星に飛来し、一時代を築いたヴルトゥームは、妖精のような美しい見た目と温厚な性格を有する珍しいタイプの旧支配者だ。計り知れない長寿をもつヴルトゥームは、今も火星に在り、千年の眠りと目覚めを繰り返しているという。

主な関連項目

グラーキの黙示録	▶ P.180
ヨグ＝ソトース	▶ P.30
クトゥルフ	▶ P.16
ハスター	▶ P.64

地下世界ラヴォルモスに潜む

　ヴルトゥームはヨグ＝ソトースの子であり、クトゥルフやハスターと兄弟関係にあるといわれる旧支配者だ。外見は巨大な植物のようで、その太く青白い幹からは枝のような触手が茂っている。また、樹の頂きには巨大な花弁があり、その中央から真珠色のとても美しい小さな妖精が生えている。そして、会話時にはこの妖精が相手を見て話すため、妖精そのものが本体、あるいは人間の頭部に相当する器官だと考えられている。

　性格は物静かで温厚、また極めて理知的でもあるが、戦闘能力が低いわけではない。ヴルトゥームが火星に飛来したとき、火星人たちの激しい抵抗にあった。だが、ヴルトゥームは彼らを制圧し、自らの支配下に収めている。

　火星の支配権を確立したヴルトゥームは、邪悪な征服者として忌み嫌われる一方で、熱心な崇拝者たちも獲得した。だが、しばらくするとヴルトゥームは火星に無感心になる。理由は定かではないが、ともかくヴルトゥームは火星にある地下世界ラヴォルモスに隠遁し、人々の記憶から姿を消した。しかし、ヴルトゥームへの信仰は下層階級のなかで細々と生き続けている。彼らによれば、ヴルトゥームはラヴォルモスで千年周期の目覚めと眠りを繰り返し、熱心な信徒には、計り知れない長寿を与えてくれるのだという。

　ちなみに、ヴルトゥームの初出はクラーク・アシュトン・スミスの『ヴルトゥーム』で、神話とは無関係の作品だった。だが、のちにラムジー・キャンベルが「グラーキの黙示録」で言及させたり、リン・カーターが『陳列室の恐怖』などで取り上げたりした結果、旧支配者の一角となっている。

死体を食する「納骨堂の神」
モルディギアン

Mordiggian

死体を食べるという性質から、グールたちに信奉されていたことがある旧支配者。生者には一切の関心を示さず、干渉もしないことから、人類の脅威とはならない。だが、彼の神に捧げられた死体を奪うような愚かな真似だけは慎むべきだろう。

主な関連項目	
グール	▶ P.114
ドリームランド	▶ P.222

未来の地球で信奉されている旧支配者

　モルディギアンは、グール（食屍鬼）と呼ばれる異形たちに崇拝されていた旧支配者だ。死体を好んで食らうことで知られ、そのことから「納骨堂の神」と呼ばれることもある。同じく死体を食べる種族であるグールがこの神を信奉したのは自然な流れと思えるが、どういった理由からか、現在ではモルディギアンを信奉するグールはほとんどおらず、老いて衰えた極少数の個体が支持しているに過ぎないという。一方で、未来の地球にあるというゾティーク大陸の都市ズル=バ=サイルでは、主立った神としてモルディギアンが信仰されている。そこでは、すみれ色のローブと骸骨をモチーフとした仮面をつけた神官が、死者を神殿に運び込み、モルディギアンに捧げているという。

　モルディギアンはドリームランドに存在する神だが、地下墓地や死体を納める墓穴などから、現世に現れることがある。ただ、彼が関心を抱くのは死体だけで、生者には興味を示さないので心配はない。

　モルディギアンは、眼のない顔と、手足がなく円筒形で巨大な芋虫を思わせる胴体、それらを不明瞭な影、あるいは混沌の渦のようなもので覆った姿として描写される。出現すると、周囲の熱と炎が吸い込まれ、あたり一面、凍りつきそうな死の冷気で満たされる。そして、モルディギアンは燃えさかる炎のように飛び回り、死者を炎で焼き、食らい尽くしていくという。

　なお、モルディギアンの初出はクラーク・アシュトン・スミスの『死体安置所の神』である。本来は神話と繋がりを持たない作品だったが、『クトゥルフ神話TRPG』の拡張パック『デルタ・グリーン』に採用されて旧支配者となった。

チャウグナー・フォーン

吸血鬼のように血を啜るもの
チャウグナー・フォーン

Chaugnar Faugn

長い鼻で生贄の血を啜る旧支配者。ミリ・ニグリ族の創造者で、統率者でもある。人のような体躯に象頭と、ヒンドゥー教の神ガネーシャによく似た姿を持つことから、ガネーシャの原型になったという説もある。

崩壊度	大きさ
2	**3**
1	**4**
女体化度	知性

主な関連項目
ミリ・ニグリ族　▶　P.128

太古の地球に飛来した象頭の邪神

　端的に言えば「象の頭を持つ太った人間」、それがチャウグナー・フォーンの外見だ。大きさは1.2メートルと、人間よりも小柄。だが、その力と残虐性を侮ってはならない。

　この旧支配者はほとんどの時間を、棲み処である中央アジアのツァン高原の洞窟で座ったまま過ごすという。動くのは生贄を食らうときだけで、長い鼻の先についた円盤状の器官を獲物の身体に貼り付け、その生き血を啜り取る。やがて、体内の血液を残らず吸われた哀れな犠牲者は、どす黒いミイラと化すのだ。このことからチャウグナー・フォーンは「吸血鬼のように血を啜るもの」という異名で呼ばれることもある。

　チャウグナー・フォーンは、地球に両生類が誕生した頃に、兄弟たち（外見は似ているが力はチャウグナー・フォーンよりも弱い）と共に飛来してきたらしい。自らに奉仕する種族を欲したこの邪神は、両生類の体組織を用いてミリ・ニグリ族を生み出した。

　それからとても長い年月を経たローマ時代、チャウグナー・フォーンは、兄弟やミリ・ニグリ族とピレネー山麓の村ポンペロ近くの地下洞窟に棲んでいた。しかし、居場所が共和政ローマに知れてしまったため、ツァン高原へ移り住んだ。このとき、兄弟は移住を拒否し、両者は袂を分かっている。

　20世紀初頭、チャウグナー・フォーンはニューヨークのメトロポリタン美術館の職員を操り、自らを美術館へ移送させた。そして、ニューヨークで大量殺戮を行ったが、霊能力者ロジャー・リトルによって過去の時代に飛ばされて

しまった(このときピレネー山脈にいた兄弟たちも共に消滅した)。その後、チャウグナー・フォーンがどうなったかはわからない。だが、カナダのモントリオールで目撃されたという情報もある。

チャウグナー・フォーンの初出はフランク・ベルナップ・ロングの『恐怖の山』だが、実際の発案はラヴクラフトなのだという。ある日、ラヴクラフトはひとつの夢を見て、その内容を小説に落とし込もうとした。ところが、どうにも上手くまとまらない。そこで、夢の内容をロングに譲渡し『恐怖の山』が完成したというわけだ。

なお、ラヴクラフトが書いたお蔵入りバージョンは、彼の死後『古えの民』というタイトルで発表されている。この作品にはマグヌム・イノミナンドゥムという名の邪神が登場するのだが、これがロングによってチャウグナー・フォーンに変更された。またマグヌム・イノミナンドゥムという名称は、のちにリン・カーターの手で、アザトースの子である「無名の霧」の別名として用いられることになる。

Chaugnar Faugn
捕食時以外は、胡坐をかいて微動だにしない。そのため、一見すると単なる石像に見えるとか

イオド

魂を狩りたてるもの

Iod

ヘンリー・カットナーが創造した、人の魂を狩ることを好む外なる神だ。イオドの標的となった哀れな犠牲者には、死体のなかで精神だけが永遠に生き続けるという、身の毛もよだつ運命が待っているという。

主な関連項目

ヴォルヴァドス	▶ P.63
妖蛆の秘密	▶ P.164
クトゥルフ	▶ P.16
イグ	▶ P.42

魂狩りを好む恐るべき邪神

　イオドは、人類がまだ誕生する以前に地球に飛来し、その後、ムー大陸で「輝く追跡者」と呼ばれ、クトゥルフやイグ、ヴォルヴァドスとともに崇拝された外なる神だ。また、古代ギリシャ人はこの邪神を「トルフォニス」、エルトリア人は「ヴェディオヴィス」と呼び、生贄を捧げて崇めたという。

　イオドの姿は、動物と植物、それに鉱物の複合体だと言われる。巨大なひとつの複眼と、ツタのような触手、それに鉱石の結晶体に似た胴体は、鱗に包まれ、脈動する光を放っている。「妖蛆の秘密」によれば、その生態は普段は異次元に潜んでいるが、人間の魂（生命力）を奪うことを好み、時折、我々の次元に現れて「狩り」を行う。

　イオドに狩られた者は、肉体は死んだ状態にありながら、精神（意識）は生き残り続けるという恐ろしい状態に陥るという。このことから「魂を狩りたてるもの」という異名でも呼ばれている。

　「イシャクシャール」「カーナックの書」といった古代の記録には、イオドを安全に召喚し使役する方法が記されており、古代の魔術師のなかには実際にそれを行える者がいたという。しかし、適切な手順を完璧にこなせなければ、自らの魂を狩られてしまうだろう。

　イオドはヘンリー・カットナーが創造し『クラーリッツの一族』で初めて登場した。しかし、この作品では銀河の彼方に住む存在が「源なるイオド」として崇拝していたという程度で、詳細が明かされたのは『狩りたてるもの』という作品だ。

焔を焚きつけるもの
ヴォルヴァドス

Vorvadoff

崩壊度 3 / 大きさ 3 / 女体化度 1 / 知性 3

イオドと同じくヘンリー・カットナーによって創造された邪神。ムー大陸で主に信仰されており、かつて地球侵略を企む異次元存在と戦い、勝利したという。そのことから人類に友好的な旧神と位置付ける者もいる。

主な関連項目

イオド	▶ P.62
クトゥルフ	▶ P.16
イグ	▶ P.42

異次元からの侵入者を撃退する

　ヴォルヴァドスはヘンリー・カットナーが創造した神で、初めて登場するのは『魂を食らうもの（The Eater of Souls：未訳）』になる。ただ、この作品では軽く触れられただけで、詳細がわかるのは彼がキース・ハモンド名義で書いた『侵入者』からだ。

　緑色の炎に覆われた火のような目を持つ存在で「焔を焚きつけるもの」「砂を騒がせるもの」といった異名で呼ばれる。また、ベル・ヤーナクの灰白湾という地で崇拝されていたことから「ヤーナクの灰白湾のヴォルヴァドス」と呼ばれることもある。

　ムー大陸ではクトゥルフやイオド、イグなどとともに、ネルグ＝クンヤンの山頂で崇拝され、多くの者に地球で最も強力な神だと考えられていた。その当時、とある異次元の存在が地球を侵略しようと現れたとき、ヴォルヴァドスは神々の先頭に立って迎え撃ち、侵入者たちを追い払ったと伝えられる。この事例から、ヴォルヴァドスを人類に味方する旧神だと考える者も多い。実際、リン・カーターは『ネクロノミコン』のなかで旧神に位置付けているし、『クトゥルフ神話TRPG』でも旧神に分類されている。

　一方で「イオドの書」によれば、ヴォルヴァドスは外なる神でも旧支配者でも、そして旧神でもなく、場合によって立場を変える神なのだという。

　実際、クトゥルフやイグと並列で崇拝されていたことを考えると、旧支配者に敵対する旧神であるとするには疑問が残る。また侵入者が旧神だったという可能性もあり、真相は定かではない。

ハスター

吹けよ風、呼べよ嵐、黄色をまとう邪悪の皇太子
ハスター

	崩壊度		大きさ
	5		3
女体化度	1		5 知性

Hastur

その名前を憶えるより先に「いあ！　いあ！　はすたあ！」という常套句でなんとなくご存知かもしれない邪神ハスター。黄衣の王という化身の姿にもなり、掴みどころがわかりづらいが、有力な存在だ。

主な関連項目

クトゥルフ	▶ P.16
イタクァ	▶ P.68
バイアキー	▶ P.130
黄衣の王	▶ P.162

風系邪神のリーダー格

　ハスターは地水風火のうち風の属性を持つ旧支配者のうちの一柱だ。代名詞的なキャッチコピーとなっている、「いあ！　いあ！　はすたあ！」とは、バイアキーという種族を召喚するときの、ハスターへの信奉を意味する掛け声。バイアキーについては別項で後述するので詳しくはそちらに譲るが、このなんだか楽しくなってくる言葉「いあ！　いあ！」で称賛されたり、便利そうな奉仕種族がついていたり、あるいは"邪悪の皇太子"と呼ばれたりすることからもわかるように、クトゥルフ神話においてはニャルラトホテプらと並んでスター的な神々の一角に位置づけされていることはまちがいない。

　ハワード・フィリップス・ラヴクラフトが自身の小説『闇に囁くもの』でハスターの名前を使ったときには不明瞭だった設定は、のちにオーガスト・ウィリアム・ダーレスが大系化した際に風属性の旧支配者というように定められた。また、テーブルトークRPGである『クトゥルフ神話TRPG』では、黄衣の王がハスターの化身であるという設定が追加された。これはロバート・W・チェンバースの小説『黄衣の王』にハスターという名前が登場し、それがラヴクラフトに影響を与えたことと関係があるようだ。

　しかしもともとがよくわからないものであったからか、本体の外見的な特徴は「名状しがたいもの」とも呼ばれるようにまったくの不明。代表的な説として知られているのは、眼に見えない精神的な力だというものと、二本足の巨大トカゲだというものだが、それすらもはっきりとはせず謎である。

　結局、人前に姿をあらわすときにはなんらかの姿に変化しているのだろう。

ハスター

そこで黄衣の王のように黄色いローブをまとった人型が、なんとなくハスターのイメージだ、という認識になっているのではないだろうか。

　風属性の神々たちにはイタクァ、ロイガー、ツァールがいるが、ハスターは風の分野ではボス格なので、これらの神々を従えていることになっている。また冥王星を支配するミ＝ゴもハスターに仕えているとする文献もあり、人望がある？　のかもしれない。奉仕種族には前述のとおりバイアキーという空飛ぶ生き物がいて、なかなかの軍勢だ。このバイアキー、黄金の蜂蜜酒を飲み、石笛を吹いて「いあ！　いあ！　はすたあ！」の呪文を唱えると、召喚者を乗せて飛んでいってくれることもあるので、ちょっとしたハイヤー感覚だ。地上だけでなく星間飛行もできることから考えると、黄金の蜂蜜酒は宇宙旅行の準備に欠かせない調整剤のようなものであるらしい。なお蜂蜜酒自体は実在する飲み物なので、クトゥルフ神話ファンがバイアキー召喚ごっこをするときには、雰囲気づくりに有効なアイテムとなる。

Hastur
顔は不明瞭ながら、異形揃いの邪神たちにあって上位の風格が漂う

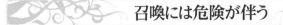
召喚には危険が伴う

　さて配下が多く皇太子と呼ばれハイヤーみたいな飛行生物を呼び、なんだかセレブな感じがするハスターは外交上手でもある。牡牛座の暗黒星ケレーノ（セラエノ）、カルコサなどを支配下に置き、フォーマルハウトのクトゥグァと同盟関係を保っていて、この二国同盟がハスターの安定感？につながっていることはまちがいない。

　四大元素を代表する旧支配者のうち、折り合いが悪いのはクトゥルフだ。クトゥルフの復活を阻止すべく活動をつづけている、アーカムに住むミスカトニック大学教授のラバン・シュルズベリィ博士と同志たちに、加護を求められたこともある。人にやさしい辺りもスター性の証と言えようか。

　ふだんは牡牛座アルデバラン近く、ヒヤデス散開星団の都市カルコサの、そのまた近くにある黒きハリ湖の底に棲んでいるとされる（幽閉されているとする説もある）。

　もうひとつの支配区域ケレーノはプレアデス星団にある星だ。ラバン・シュルズベリィ博士はケレーノの大図書館で『ケレーノ断章』なる本を発見し、バイアキーを呼ぶすべを知ったというから、ハスターは博士の存在を以前から認識していたのかもしれない。

　ただしバイアキーはともかく、ハスターの召喚には危険を伴う。アルデバランが宇宙に見える時間に、Ｖ字に並べたモノリスの前で秘儀をおこなうことで召喚できるが、代償に手足の骨を失い、皮膚が鱗に覆われておよそ人とはいえない魚類のような姿になってしまう。

　アーカムに住む老研究家のエイモス・タトルもこの罠にはまってしまった。クトゥルフの敵ではあるが、必ずしも人間の友人であるとはかぎらないのが実情らしい。

　なお「名状しがたい」という姿のハスターだが、コンピュータゲームではもちろんその姿をイラスト化している。1987年のパソコンRPG『ラプラスの魔』では、頭が脳みそになっているひとつ目のタコが、長い触手を持っているといった姿に。1988年のPCエンジンのRPG『邪聖剣ネクロマンサー』では、名前は「ハストゥール」となっているが、『ラプラスの魔』と似たような姿で、こちらは目のようなものは見当たらず、頭にも触手がある。

ハスター

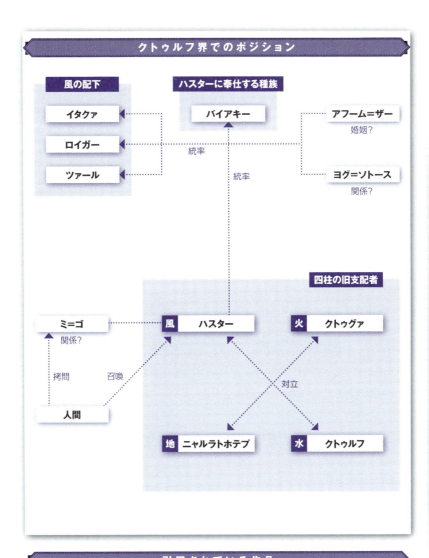

引用されている作品

這いよれ！ニャル子さん

「ハス太」としてまさかのショタキャラ化で神話ファンが驚愕させられた。青年の姿となる本気モードの黄衣の王形態も存在するが、アニメ版第1期ではその場面は描かれず、初披露は2期の3話。クトゥグァと仲がよくニャルラトホテプとは中立の関係という原典の距離感に忠実な相関図で動いている。

魔海少女ルルイエ・ルル

男子高校生「深城奈緒也」をクトゥルフの娘「流家ルル」と奪い合うハストゥールの娘「溝口梢」が登場。娘という設定で女体化を果たしたケースだ。隠れ巨乳の文学少女で、ルルともども第1巻で深城奈緒也に処女を捧げる。エロライトノベルなので。シチュエーションとしては純愛正常位で実質ヒロイン。

イタクァ

とてつもなく巨大な風の精
イタクァ

Ithaqua

ハスターに従属し北極圏を中心に活動するイタクァ。出会った者を連れ去ってしまう恐るべき風の精として古くから人々に恐れられてきた。イタクァに連れ去られたら、死あるのみ。その人間は墜落死したような姿で発見されるのだ。

| 崩壊度 1 | 大きさ 5 |
| 女体化度 3 | 知性 3 |

主な関連項目

ハスター	▶ P.64
ロイガーとツァール	▶ P.72
シャンタク鳥	▶ P.120

北極圏で活動する巨大な神

イタクァは、クトゥルフらと同じく古代の地球を支配していた「旧支配者」に属しており、地球の北方を領域としている神。クトゥルフ神話の関連作品では、単体で扱われるケースこそほとんどないが、邪神たちが多数登場するタイプの作品には、その名がしばしば見られる存在だ。

イタクァは風の精とされており、それを象徴するかのように、イタクァの周辺には常に風が渦巻いている。同じく風の属性をもつとされるロイガーやツァールとともに、ハスターに従属しており、シャンタク鳥を従えているという説もある。

イタクァにはいくつかの姿があり、多く見られるのは水かきがある足と赤い目をもつ人型の姿だ。ほかには、人型をした全身毛むくじゃらの姿があり、ヘラジカのような角と燃えるような目、巨大な牙、かぎ爪がある手、ひづめをもっているという。人型ではないものとしては、暴風雨のなかに怒りにゆがんだ顔として現れる「歩む死」や、知覚をもつ雪の塊としてあらわれる「雪怪物」といったものがある。これらはどれも、巨大であるという点で共通しており、たまに見つかるイタクァの足跡は、一歩の歩幅が800メートルもあるという。

北アメリカに住むネイティブ・アメリカンのあいだには、ウェンディゴと呼ばれる精霊の伝承があり、これがイタクァと同じ存在なのではないかといわれている。2体同時にあらわれ、激しく戦っている姿が目撃されたこともあり、このことからイタクァはウェンディゴという種族の一員であり、ほかにも同じような個体が存在すると考えられている。

イタクァ

　また、イタクァはときおり南方へやってきて人間を連れ去ってしまうことがあり、カナダやアメリカで起きた数々の失踪事件にも関わっているといわれている。
　ただ、すべての人間が行方不明になったままというわけではなく、失踪から数ヶ月、場合によっては数年たったのち、ときおりイタクァに連れ去られた者が発見されることもある。
　これらの人々は、かなりの高さから落下した跡とともに凍死した状態で見つかることが多い。ごくまれに生きている状態で見つかる者もいるが、そうした人々もまもなく死んでしまう。それらの人間は、死ぬ前に、イタクァに「地球外の」さまざまな場所を連れ回されているというから恐ろしい。イタクァは星間移動の能力をもつともいわれているのだ。
　例外的に、イタクァに似た生物に変貌を遂げて生き延びる者もいるようである。しかし、そのまま人類の文明世界には戻ってこれないので、人間の社会か

Ithaqua
イタクァの姿を見た者は例外なくその巨大さに畏怖することだろう

69

らみれば死んでしまったも同然だ。

　北極圏に住む先住民族のあいだでは、イタクァは荒野を歩き回っては出会った不幸な人間をむさぼり食ってしまうといわれ、長いあいだ恐れられてきた。これは、イタクァに連れ去られた者が「食われてしまった」と考えていたからなのだろう。

　こうした先住民族のなかには、イタクァに生贄をささげている部族も存在する。しかし、これは彼らのキャンプが襲われないようにするため必要に迫られてのもので、信奉しているというわけではない。

　その一方で、イタクァに対する信仰は全世界のいたるところで見られるという。イタクァがやってこれない地域の信奉者は、イタクァと直接出会うことはないため実害はない。

　こうした信奉者たちが実際にイタクァと出会ってなお、信者でいられるかどうかは、文字通り神のみぞ知るというわけだ。

　このように、イタクァはほかの神々とは違って直接人間と関わることが多い。その意味では、同じく人間の前によくあらわれるニャルラトホテプと共通しているところがあるが、連れ去られてしまったら生存がほぼ絶望的という点でよりたちが悪い。

　唯一の救いは、イタクァが北極圏から遠くまでは離れることができないことだ。学術調査中にイタクァと出会ってしまったミスカトニック大学のネーデルマン教授のように、場合によってはなんとか逃げ帰ることも可能だ。しかし、このケースでも調査隊メンバーのひとりがイタクァに連れ去られて犠牲となっており、結局のところは仲間の犠牲なしに無事に帰還できる可能性はないようである。

　しかし、イタクァ自身は北極圏からあまり離れることはできないようだが、そのの従者たちは世界中で活動している。イタクァに遭遇しながら逃げることができたとしても、一概に安心することはできない。

　また、イギリスのホラー小説化、ブライアン・ラムレイの設定では、イタクァは北極圏のほか、ボレアという異世界に移動する。ボレアではイタクァに連れ去られた人々とその子孫が暮らしているという。人間を拉致する目的は、種族を増やすために、人間の女性との間に子供をもうけること。なんともおぞましい話である。

イタクァ

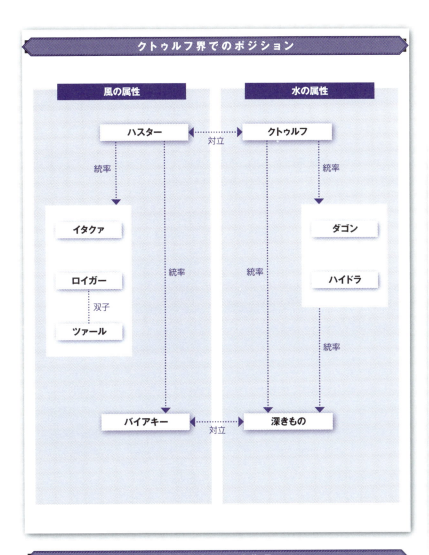

引用されている作品

死図眼のイタカ

とある旧家にまつわる、恐るべき真実を題材とした伝奇ミステリー作品。はるか昔に地球へやってきた Goos と呼ばれる存在が、クトゥルフ神話の神々をモチーフとしている。イタクァは、Goos を殲滅する機関に所属するヒロインの藤咲と、精神が融合した藤咲イタカとして登場している。

斬魔大聖デモンベイン

作中でのイタクァは、ネイティブ・アメリカンからウェンディゴと呼ばれ恐れられている風の精で、イタクァそのものについては原典とほぼ同じ設定になっている。主人公、大十字九郎が所持している拳銃は「イタクァ」の名を冠したもので、この銃を触媒として顕現できるという。

ロイガーとツァール

ミャンマーの地下に封じられし双子の邪神

ロイガーとツァール

Lloigor and Zhar

風の属性をもつ双子の神・ロイガーとツァールは、ハスターに従うという旧支配者の一員だ。ともにミャンマーの山岳地帯にあるという伝説の地スン高原の地下に棲んでいる。「双子のひわいなるもの」とも呼ばれる存在だ。

主な関連項目

ハスター	▶ P.64
イタクァ	▶ P.68
シャンタク鳥	▶ P.120

謎の多い双子の神

　ロイガー、そしてツァールは星間宇宙を歩む「旧支配者」で、双子の神である。風の属性をもつといわれ、同じく風の属性のイタクァとともに、ハスターに従属している。ぶるぶると打ち震えている巨大な肉塊といった姿で、緑色の目と翼、無数の触手を備えている。これはオーガスト・ダーレスの作品におけるロイガーの描写なのだが、むろん双子のツァールも同様の姿なのだろう。

　ロイガーとツァールはスン高原に住んでいる。スン高原は、中国にほど近いミャンマーの山岳地帯にあるという伝説の地で、何千年も前に地球へやってきた存在によって建設されたアラオザルという都市がある。彼らはこの都市の地下にある洞窟を住みかとしている。そして不用意に近づく者があれば触手で引き寄せ、その巨体で押し潰してしまうという。もっとも、「住んでいる」という表現は適切ではないかもしれない。彼らは「旧神」との戦いに敗れてこの荒廃した都市の地下に封印されているともいわれているからだ。ロイガーについての情報が少ないのも（ツァールにいたってはなお少ない）、自由に動けないため人目に触れる機会が少ないからなのかもしれない。

　ダーレスの作品中では旧神との再戦に敗れたロイガーの遺体が発見される。しかしロイガーはのちに再登場することから、遺体はツァールのものかも、あるいは彼らの分体のものかもしれない。

　彼らにも信奉者はおり、チョー＝チョー人に崇拝されている。チョー＝チョー人はアラオザルから、大部分がカナダに移住した。カナダのトロントには「星を歩くものの結社」という、チョー＝チョー人の教団も存在している。

ロイガーとツァール

ロイガーが封じられているスン高原の位置

引用されている作品

這いよれ！ニャル子さん

ともにロイガー星人、ツァール星人という存在で登場。両者はあまり違いがないので「双子といわれている」ことになっている。テレビアニメ版では、1期11話からロイ・フォガーという個体が登場しており、最終話では触手や翼に加えて大きな口がある神話の設定に近い姿を披露した。

ウルトラマンティガ

1996年から97年にかけて放映されたウルトラマンシリーズ作品。50話から52話にかけて登場した超古代尖兵怪獣ゾイガーが、ロイガーをモチーフにしたものといわれる。ただし、超古代都市ルルイエで眠るガタノゾーアに仕えているという設定で、クトゥルフ神話の設定とはかなり異なっている。

𝓛loigor

ロイガーたちの姿は、想像するだけでもなかなかグロテスクだ

焔のすべてを束ねる生命体

クトゥグァ

Cthugha

うお座の一等星フォーマルハウトに棲まうクトゥ
グァ。一万度の焔のなかでその魂を焦がす紅蓮の
王は、あのニャルラトホテプの天敵だと言われて
いる。何千もの輝く光球を従えてあらわれるそれ
は、人類にとっても敵なのか否か――。

崩壊度		大きさ
5		4
女体化度		知性
5		3

主な関連項目
ニャルラトホテプ ▶ P.36
ンガイの森 ▶ P.226

ニャルラトホテプの天敵

　作家オーガスト・ダーレスが大系化したクトゥルフ神話での位置づけは、四
大元素「地水火風」を象徴する四柱の旧支配者のうちのひとつ。水はクトゥル
フ、風はハスターで、火のクトゥグァは地のニャルラトホテプにとっての天敵
とされている。

　ふだんは地球から27光年離れた魚座の一等星であるフォーマルハウトを棲
みかとしている。表面温度一万度で燃え盛る焔も、クトゥグアにとっては心地
よい環境でしかない。自身が巨大な焔の精であるクトゥグァは背後に数千のプ
ラズマ光球を従え、めらめらとうごめき、形を変えつつ活躍の機会をうかがっ
ている。しばしば生きている焔と表現され、強大な戦闘力を持つクトゥグァを
召喚する呪文は、神話界隈ではおなじみの「ふんぐるい　むぐるうなふ……」
で始まる。フォーマルハウトが地平線に近いところにあるときに唱えると、
27光年もの隔たりを超えて地球上に焔の化身が姿を現すのだ。

　神話作品のうち、ダーレスの『闇に棲みつくもの』では地球に召喚されたク
トゥグァが、ニャルラトホテプの棲むンガイの森を焼き尽くしている。これが
クトゥグァにとって最大の見せ場だろう。対ニャルラトホテプの秘密兵器と考
えると頼もしいが、なにぶん火力が強力すぎて人間に被害が及ばないともかぎ
らない（クトゥルフ神話の世界に於いては現実にもあった火事、1666年ロン
ドン大火の原因となっている。木造建築が多かったロンドン市内の大半の家屋
が失われた、世界でも稀にみる大火災）し、誤ってヤマンソを呼び出してしま
う可能性もあるから、十分な注意が必要だ。

ヤマンソとはクトゥグァ同様の焔の精である。エドワード・ポール・バーグランドが邪神のいち分類「古きもの」の一員として創造した。召喚者の願いを叶えることもあるクトゥグァのようには人に甘くない危険な存在で、基本的には人類を滅ぼそうと思っているばかりか、召喚者を喰ってしまうこともあるという。

　しかしこの闘争本能、捕食本能は、その召喚者が敵対する人間やクトゥグァへの牽制ともなるので、うまく使おうとする術者はあとを絶たない。ヤマンソを使いこなすには、自分から離れた敵陣にヤマンソを召喚するか、ヤマンソがあらわれるタイミングに敵を呼び寄せるなどの工夫をすることになる。クトゥグァのために開いた魔法陣を長く開けておいて出現する隙を与えるか、召喚に失敗すればヤマンソがあらわれることになる。そのうえで生贄を捧げるなどして時間を稼げば、倒したい対象にヤマンソの焔を向けることが可能になるかもしれない。

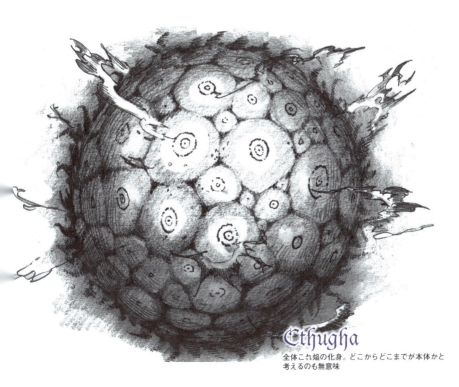

Ethugha
全体これ焔の化身。どこからどこまでが本体かと考えるのも無意味

地球が誕生したのは約45億4000万年前。クトゥグァは、まだ地球がどろどろに溶けたスープのような、マグマ状態だった頃に一度飛来している。古のものもまだ地球に来ておらず、実はクトゥグァが一番最初に地球を訪れた旧支配者だった。

その後、地球が冷えて固まってくると、クトゥグァは眷属たちとともに地下へ潜った。のちに古のものやクトゥルフとその眷属が地球を訪れ始め、人類はおろか恐竜よりもよりも先に勢力を拡大していく。クトゥグァは相変わらず地底にこもっていたようだが、やがて彼らも含めた旧支配者と旧神とのあいだで紛争が起こる。このときばかりはクトゥグァも無関係ではいられず、戦いに参加したといわれている。

結果、旧支配者たちは敗北してクトゥグァも宇宙へ追放され、さらに悪い事には多量の悪しき物質（宇宙放射線だといわれる）を浴びて永久の狂気に陥ったという。クトゥグァがややネジが緩んだキャラクターとして扱われるとすれば、その辺りの経緯が影響しているのかも知れない。

ライトノベル『這いよれ！ニャル子さん』では、ニャルラトホテプの天敵という設定を活かし、ニャル子の恋愛を妨害するキャラクター、クー子として女体化されている。クトゥルフ神話に登場する邪神たちのなかでもスター性の高いニャルラトホテプがもっとも苦手として意識するクトゥグァは、ストーリー制作上の使い勝手がかなりよさそうである。作中でクー子はニャル子にあらゆる障害をものともせず熱烈なアプローチをするのだが、ニャル子のほうは単に人間形態上の同性だから拒絶するだけでなく、「天敵同士」という本来の立ち位置にもこだわっている。

なおクトゥグァにはアフーム＝ザーという子どもがいて、こちらは親とは対照的に灰色の焔という外見をしている。操る武器も熱い焔ではなく冷気であり、陸地を凍らせ都市を破壊するという。子の代での争いや親子の共演などもあるとすると、妄想はかなり拡がるだろう。

なお、最初にクトゥグァを創造したのはダーレスだが、ドナルド・ワンドレイの作品『炎の吸血鬼』（1933年）に登場した宇宙生物で、地球を侵略（吸収）しようとする移動天体クティンガの首領、フサッグァを参考にした可能性が指摘されている。またフサッグァがクトゥグァの化身のひとつであるとする説もある。

クトゥグア

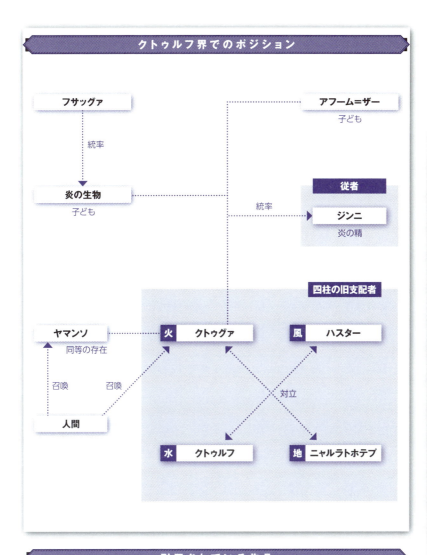

クトゥルフ界でのポジション

- フサッグァ —(統率)→ 炎の生物（子ども）
- アフーム=ザー（子ども）
- 炎の生物 —(統率)→ ジンニ（炎の精）【従者】
- 四柱の旧支配者
  - 火 クトゥグア
  - 風 ハスター
  - 水 クトゥルフ
  - 地 ニャルラトホテプ
  - （火⇔水、風⇔地の対立）
- ヤマンソ ←(同等の存在)→ クトゥグア
- 人間 —(召喚)→ ヤマンソ／クトゥグア

引用されている作品

這いよれ！ニャル子さん

ニャル子と犬猿の仲だという邪神の美少女クー子として登場。じつはクー子の側が一方的にニャル子に惚れていて、ニャル子はクー子を毛嫌いしているという関係。人間形態ではふたりとも女性なので同性愛ということになるが、そもそも旧支配者レベルの邪神になると本来は性別がないので特に問題はない。

斬魔大聖デモンベイン

マスターテリオンと戦った際に脱落したページにクトゥグアが記されていたという設定。アル・アジフに回収されてからはオートマティック拳銃クトゥグアを媒介に発現する武装扱い。クトゥグアモーゼルカスタムはイタクァのリボルバー銃とセット、二丁拳銃として、主人公の乗るデモンベインが使用する。

ルリム・シャイコースとアフーム=ザー

凍てつく冷気を武器にする2体の邪神

Rlim Shaikorth and Aphoom-Zhah

ルリム・シャイコースとアフーム=ザーは、いずれも冷気を操る邪神である。強大な旧支配者であるクトゥグアに関連したこの2体は、ハイパーボリアに甚大な被害をもたらしたが、前者は滅ぼされ、後者は地下深くに封じられてしまった。

主な関連項目

エイボンの書	▶ P.160
ナコト写本	▶ P.156
クトゥグア	▶ P.74
ハイパーボリア大陸	▶ P.229

ルリム・シャイコースとアフーム=ザーの関係

　ルリム・シャイコースは、ハイパーボリア人が隆盛を誇っていた時代に、巨大な氷山イイーキルスとともにいずこも知れぬ宇宙からやってきた。

　その身体はゾウアザラシよりも巨大で、白い蛆虫に似た不気味な姿をしている。また胴体の前端には肉厚な顔のような部位があり、その中央には開閉を繰り返す、歯も舌もない醜い口がある。鼻らしきものの上には一対の眼窩があるが、眼球はなく、ただ血のように赤い玉が次々と生まれてはこぼれ落ちていくだけだという。

　ルリム・シャイコースは、極めて高い魔術の素養と知識をもち、その力で時おりイイーキルスを動かし、ハイパーボリア大陸沿岸の街を訪れた。イイーキルスから放たれる強烈な冷気は、近づいただけで街を荒廃させ、人をはじめとする多くの動植物が凍りづけになったという。

　冷気の厄災から生き残った者たちは、ルリム・シャイコースの洗脳を受けて従僕イーリディームとなった。彼らの末路は、食料としてこの邪神の体内に幽閉されることだった。だが、従僕のひとりである魔術師エヴァグが正気を取り戻し、ルリム・シャイコースの腹を引き裂いて滅ぼした。そのとき傷から滴り落ちた体液でイイーキルスも溶け去ったという。

　ルリム・シャイコースは、クラーク・アシュトン・スミスが創造した邪神で『白蛆の襲来』という作品に登場する（余談だが『白蛆の襲来』は「エイボンの書」の一部という設定になっている）。この作品が発表されたとき、ルリム・シャイコースは他の邪神とは関連を持たない独立した存在だった。だが、のち

ルリム・シャイコースとアフーム＝ザー

にリン・カーターが『白蛆の襲来』を踏まえた続編的作品『極光からの光』を執筆。そのなかでアフーム＝ザーという新たな神を登場させ、イーリディームをアフーム＝ザーの従属下にあるとし、ルリム・シャイコースをその長に定める。加えて、アフーム＝ザーはクトゥグァの落とし子であるため、クトゥグァ＞アフーム＝ザー＞ルリム・シャイコース＞イーリディームという上下関係が確立された。ルリム・シャイコースはレッサー・オールド・ワンと呼ばれ、旧支配者よりもワンランク下の存在として位置付けられるようになる。

　さて、そのアフーム＝ザーはいかなる邪神かというと、姿はクトゥグァと似た炎の化身だ。だが、その色は灰色で、熱ではなく触れたものをすべて凍らせる冷気を放っている。「ナコト写本」によれば、クトゥグァが封じられているフォーマルハウトで生まれたアフーム＝ザーは、地球に飛来したのち、北極圏のヤーラク山に腰を落ち着けた。しかし、旧神に発見されてしまい、ヤーラク山の地下深くに封じ込められた。それでもアフーム＝ザーの強烈な冷気は、ヤーラク山から漏れ出し、ハイパーボリア大陸の北部を凍り付かせたという。

Rlim Shaikorth
巨大な白蛆ルリム・シャイコース。落ち窪んだ眼窩からは血のような玉が滴り落ちる

ボクルグ

両生類種族に崇拝された神

ボクルグ

崩壊度	大きさ
2	3
1	3
女体化度	知性

Bokrug

石造都市イブに住むスーン＝ハーたちに信奉され
ていた旧支配者ボクルグ。信者たちを滅ぼされた
怒りは数世紀にわたって蓄積されたあと、敵対者
の頭上に振り下ろされた。愚かな敵対者の都市は
跡形もなく消滅したという。

主な関連項目

ドリームランド	▶ P.222
ムノムクア	▶ P.81

都市サルナスを一夜にして滅ぼす

　ボクルグはラヴクラフトが『サルナスの滅亡』で言及した旧支配者だ。『サ
ルナスの滅亡』によれば、ボクルグの姿は巨大な水トカゲのようであり、ムナー
ルという地域の石造都市イブに住むスーン＝ハーという両生類的な種族に崇拝
されていたようだ。

　今から一万年以上前、イブの近くに遊牧民が築いたサルナスという都市がで
きた。異種族であるスーン＝ハーを毛嫌いしたサルナスの民は、あるときイブ
に攻め入ってこれを滅ぼす。このとき、戦勝の証としてボクルグの像を持ち帰
り、その後、千年に渡ってボクルグを冒瀆した。

　しかし、千回目の戦勝記念が行われた日、ついにボクルグの怒りがサルナス
の民に降りかかる。その結果、サルナスは一夜にして消滅し、跡地には広大な
湿原が出現した。

　のちに、湿原でサルナスの像を発見した人々は、サルナスを襲った災厄がボ
クルグの怒りであったことを悟る。そして、それを恐れたムナールの人々はボ
クルグを崇拝するようになったという。

　なお、ムナールという地が具体的にどこを指しているのかについては実は定
まっておらず、ふたつの有力な説がある。ひとつは、サルナスの近くにあると
いう都市のいくつかが『未知なるカダスを夢に求めて』に登場する都市と同じ
であることから、ドリームランドのどこかかという説。ここは、旧き印の作製に用
いられるムナールの石の産地でもある。そしてもうひとつは、ブライアン・ラ
ムレイやリン・カーターの作品から、サウジアラビアのどこかにあるという説だ。

ムノムクア

ムーン・ビーストに信奉される巨大な邪神

Mnomquah

崩壊度 2 / 大きさ 4 / 女体化度 1 / 知性 3

「黒い湖の主」あるいは「月の怪物」という異名で呼ばれる旧支配者ムノムクア。ドリームランドの月の中、ウボスという湖に封じられているが、時が来れば放たれて、妻であるオーンとともに地球の破滅に手を貸すという。

主な関連項目

ドリームランド	P.222
ボクルグ	P.78
ゴル＝ゴロス	P.94
ムーン・ビースト	P.123

月の地底湖にて解放を待つ

　ムノムクアはリン・カーターが創造した旧支配者で、二本足で立つトカゲのような姿をしている。初めて登場するのは『月光の中のもの（Something in the Moonlight：未訳）』だ。カーターにとって重要な神だったようで、ムノムクアは彼の複数の作品で言及されている。ただ、作品によって設定が断片的で謎めいており、全体像をつかむのは難しい。

　確度の高い情報を羅列すると、まずムノムクアは、ボクルグとその信奉者スーン＝ハーの主人であるということ、ヤーナクに居た頃にヴォルヴァドスに敗北していること、ゴル＝ゴロスまたはグロス＝ゴルカと兄弟であるということ、無名都市にムノムクアの像があったということなどだ。

　また、ムノムクアは旧神の手で月の中に封じられたとされるが、ブライアン・ラムレイが『幻夢の狂月（Mad Moon of Dreams：未訳）』で設定を上乗せし、ドリームランドの月の核にあるウボスという湖に封じられていること、ムーン・ビーストという月の民に信奉されていることなどを付与した。加えて、ラムレイはムノムクアの大きさが頭だけでも800メートル近くあるといい、この邪神にとてつもない巨体を与えてもいる。そして、旧支配者たちが地球に破滅をもたらすとき、ムノムクアは月の牢獄から解き放たれ、ドリームランドの地上に封じられている妻オーンと再会するという。

> **Column**
> **ムノムクアの妻たる邪神**
>
> ムノムクアには伴侶となる旧支配者オーン（Oorn）がいる。オーンはドリームランドにあるサルコマンドの深淵に封じられている。かつてレン人の首都だったサルコマンドは今は廃墟となっており、ムノムクアとオーンを崇拝するムーン・ビーストの住処となっている。

スライムのような旧支配者の一員
ニョグタ

Nyogtha

ぶよぶよとしたゼラチン状の塊であるニョグタは、特定の「出口」から世界中に現れることができる「旧支配者」の一員だ。撃退方法が明確にされている珍しい存在でもあり、その知識さえあれば恐れることはない。

主な関連項目	
ツァトゥグァ	▶ P.46
ウボ＝サスラ	▶ P.50
シアエガ	▶ P.83

撃退法が知られているゼラチン状の塊

「あり得べからざるもの」という通り名をもつ「旧支配者」の一員。ツァトゥグァ、もしくはウボ＝サスラから誕生したとされている。

その姿は、黒っぽい玉虫色をしたゼラチン状の塊といったもので、巨大なアメーバとも形容される。その体から触肢を伸ばし、不幸な犠牲者を引きずってゆくのだ。

ニョグタは地下の洞窟、もしくはアークツルスと呼ばれる星の周辺にある暗黒の中に潜んでいるといわれ、特定の「出口」からのみ出現することができる。ニョグタを崇拝する人間もおり、通常、儀式は少数の魔女によって行われることが多い。中でも知られるのはニューオリンズにおける崇拝集団だ。

ニョグタは呪文による召喚にも応じ、世界のあちこちに出現するが、一方で「ネクロノミコン」に撃退方法の記載されており、環頭十字（アンク）や「ヴァク＝ヴィラジの呪文」などで撃退できることが知られている。弱点があり、人間が対抗できるという点では、邪神の中では珍しい存在といえる。

引用されている作品

這いよれ！ニャル子さん

ニョグタ星人の一個体であるニョグ太として登場。ニャル子やクー子、ハス太とは小学校の同級生という設定。クトゥルフ神話の設定とはあまり関係がない。もっとも、ただのゼラチンの塊では見栄えも悪い。そのまま引用しないのは、当然といえば当然だ。

Column
異界の存在の描写が抽象的なわけは？

異界の存在について、ラヴクラフトの描写は抽象的なものが多いが、これは読者の想像力をフルに働かせるためだ。抽象的な情報を得た読者は、自身で対象の姿を思い浮かべ、その姿に自身で恐れおののくという仕組みなのだ。

シアエガ

力を引き出されるために幽閉された旧支配者

崩壊度	大きさ
4	3
女体化度	知性
1	3

Cyaegha

巨大な緑のひとつ目から無数の触手が生え出ているという旧支配者。姿形は異なるが、ニョグタと兄弟関係にあるという。ドイツ西部の片田舎にある「闇の丘」に今なお封印されており、近隣の町人たちに信仰されていた。

主な関連項目	
ニョグタ	▶ P.82
ウボ＝サスラ	▶ P.50
ツァトゥグァ	▶ P.46

ニョグタの兄弟神

　シアエガはニョグタと近しい旧支配者で、おそらくウボ＝サスラ、またはツァトゥグァから生み出された存在だ。エディ・C・バーティン作『暗黒こそ我が名（Darkness, My Name is：未訳)』に登場し、緑色の眼球が無数の黒い触手で取り巻かれている姿で描かれるが、その本質はニョグタと同じ無定形の塊である。また、ニョグタが弱点とするヴァク＝ヴィラジの呪文などにも弱いなど、共通点が多々ある。

　シアエガは、ドイツの小さな町フライハウスガルテンの人々に崇拝され、村近郊の「闇の丘」の地下に封印されている。封印にはヴァイエンという精霊が宿った5つの石像が用いられる。信徒たちは、定期的に若い娘を生贄に捧げており、一見、シアエガを崇めているように見える。だが、実際には儀式を通じて邪神のパワーを吸い出し、自分たちの活力に変換するのが目的だという。

シアエガを封印する悪魔像の名称

The Green Moon (緑の月)

The White Fire Which Is Darker Than The Night (闇夜より暗き白炎)

The Winged Woman (翼ある女)

The White Dark Which Is More Red Than The Fire (炎より赤き白闇)

The Black Light (黒き光)

グラーキ

幽霊湖を根城にする旧支配者
グラーキ

Glaaki

崩壊度	4
大きさ	3
女体化度	1
知性	3

数百年前、隕石と共に飛来し、幽霊湖に棲みついた旧支配者。催眠効果のある夢で人間を操り、自らの眷属に仕立て上げる力を持っている。眷属となった者は、いわゆるゾンビのような状態となり、さらなる犠牲者を求めて彷徨うという。

主な関連項目
グラーキの黙示録 ▶ P.180
アイホート ▶ P.85

夢引きで人間を従属させる

　グラーキは、英国ブリチェスター北部にある幽霊湖に潜んでいる旧支配者だ。地球へやってきた時期がかなり新しい邪神で、数百年前に隕石とともに飛来し、このときの衝突で幽霊湖が生成されたという。容姿は、幅が少なくとも３メートルはある楕円形の胴体、背中には極彩色の金属的な棘が無数に生えている。楕円の細くなっている部分は頭部のようで、先端が黄色い眼になっている細く伸びた３本の器官、それに丸みを帯びた不気味な口が付いている。腹部には三角形の器官が多数見受けられ、これを動かして移動すると考えられている。

　新進の旧支配者だからかグラーキの活動は精力的で、幽霊湖周辺に催眠術的な夢をばら撒き（「夢引き」という）人間たちをおびき寄せては従者に仕立て上げている。現在は、グラーキの力が弱まっているせいで、夢引きの範囲はさほど広くはないらしい。

　夢引きに囚われると、グラーキに招かれるまま湖に近づき、背中の棘から液体（おそらく体液であろう）を注入される。そしてグラーキの眷属となり、以後、グラーキが他の犠牲者を捕らえるのを手伝うようになるという。眷属化した者はグラーキと記憶を共有するほか、太陽光のような強い光を浴びると「緑の崩壊」と呼ばれる体組織の崩壊現象を起きるようになる。この弱点から、眷属化はゾンビの起源だとする説もある。

　ラムジー・キャンベルが創造したグラーキは『湖畔の住人』で初登場するほか、他のキャンベル作品でも言及される。また『湖畔の住人』の後日談として、ドナルド・R・バーリスンが『幽霊湖（Ghost Lake：未訳）』を執筆している。

アイホート

ブリチェスターの地下に広がる巨大迷宮の主

アイホート

Eihort

ブリチェスターの地下迷宮に潜む旧支配者で、迷宮の神と呼ばれる。この邪神は人間と出会うと二つの選択肢を突きつけるという。それはすなわち、その場で殺されるか、あるいはアイホートの雛を植え付けられて少し生きてから死ぬかである。

| 崩壊度 | 4 | 大きさ | 2 |
| 女体化度 | 1 | 知性 | 3 |

主な関連項目
グラーキの黙示録 ▶	P.180
グラーキ ▶	P.84

契約者の身体を苗床にする

　アイホートはラムジー・キャンベルが創造した旧支配者で、『嵐の前（Before the Storm：未訳）』に登場する。イギリスのブリチェスター近郊には、かつて魔女が住んでいたという廃屋がある。その地下には広大な迷宮が広がっており、そこがアイホートとその分身である数多くの雛の棲み処になっている。そのことから「迷宮の神」と呼ばれることもある。

　外見は大きく青白い楕円形の胴体と、それを支える蹄のついた無数の足といった様子だ。顔に相当する部分にはたくさんの眼がついている。また、雛たちの姿は太った蜘蛛のような見た目をしている。

　迷宮の近くにはアイホートの信者たちが住んでおり、ときおり彼らのなかから契約者が送り込まれる。するとアイホートは契約者の身体に雛を埋め込み、自分の従僕とする。従僕となった者は、異界の恐ろしい映像を目の当たりにするようになり、やがてそれに耐え切れずに身体を破裂させる。そしてその死体からは、幾百匹ものアイホートの落とし子が誕生するという。

Column

ジョン・ラムジー・キャンベル (John Ramsey Campbell)

1946年1月4日生まれ、英国リヴァプール出身。2018年現在も存命で、ホラー小説の大家として世界的に知られている。デビュー当時のキャンベルは、いわゆる第二世代を代表する神話作家で、オーガスト・ダーレスのサポートのもと『湖畔の住人』を含んだ短編集を発行した。彼はラヴクラフト作品を読んで作家を志したと公言するほど、ラヴクラフトから強い影響を受けていたが、その作風や世界観は、独自のものを中心に据えられている。これにより、神話世界が大いに拡張されたほか、ラヴクラフトとはひと味違った新たな語り口の確立にも成功している。

イゴーロナク

人体に憑依し、人間社会に潜む旧支配者

Y'golonac

イゴーロナクは、標的とした人物の肉体を乗っ取り、人の姿で社会に溶け込む異色の旧支配者だ。存在しないはずの「グラーキの黙示録」第12巻に記されており、イゴーロナクに関する記述を読んだだけで、その者の側に立ち現れるという。

主な関連項目
グラーキの黙示録 ▶ P.180

幻の第12巻に記されし邪神

　頭部を失い、白熱してぶよぶよとたるみ切った成人男性、それがイゴーロナクの真の姿だ。その両掌にはそれぞれ鋭い牙が並び、濡れそぼった口が付いていて、哀れな犠牲者を貪り食うという。このことから、イゴーロナクの崇拝者たちは「食らう手の息子たち」と名乗っている。

　だが、イゴーロナクは人間に憑依するタイプの旧支配者なので、この真の姿を見ることはほとんどない。また憑依した際には、対象の外見に準じた姿に変身する。もし、対象が女性だった場合は、両掌のみならず股間にも「第三の口」が生じるようだ。

　この旧支配者の存在は「グラーキの黙示録」の第12巻に記されているらしい。本来「グラーキの黙示録」は全11巻であり、12巻は存在しないはずなのだが、ある男が不思議な夢に導かれて12巻を記し、それがのちにブリチェスターの書店に買い取られたのだという。

　第12巻によれば、イゴーロナクは「地中の夜の深淵を越えた先にある煉瓦の壁の向こう側で眠る存在」だという。だが、イゴーロナクの名が呼ばれたり、「グラーキの黙示録」でイゴーロナクについての箇所を読まれたりすると顕現し、その者に自らの祭司になるよう要求する。もし、この要求を拒めば、たちまち食い殺され、イゴーロナクの憑依体にされるという。

　イゴーロナクはラムジー・キャンベルの『コールド・プリント』で初めて登場するのだが、それ以外ではほとんど言及されていない。イゴーロナク自身も、今のところは影響範囲の拡大を目論んでいないようである。

ダオロス

ヴェールをはぎ取るもの

Daoloth

ユゴスやトンドで「ヴェールをはぎ取るもの」という異名で崇拝されていた外なる神ダオロス。「グラーキの黙示録」には、この邪神の召喚方法が記されており、首尾よく招来できれば過去や未来を見通す力を授かるという。

主な関連項目
グラーキの黙示録 ▶ P.180

高位の智慧を授けてくれる外なる神

　外なる神ダオロスは、人類に対して友好的とまではいかないが、取り立てて害のある存在ではない。かつてユゴスやトンドといった星の住民には「ヴェールをはぎ取るもの」という異名で崇拝され、地球でもアトランティスの予言者が崇めていたという。それというのも、ダオロスは自分を信奉する者に、過去や未来を覗き見る方法や高次元を知覚する方法などを授けてくれるからだ。「グラーキの黙示録」にはダオロスの召喚方法が記されており、必要な素材を揃え、儀式を完璧に行えばダオロスを招来し、その恩恵を受けられるという。

　ダオロスの見た目は、長い棒状の何かに囲まれた、多色にきらめく不定形の塊といった言葉で表現される。絶えず形を変化させており、人間の視覚では上手く捉えられない。無理に知覚しようと、長時間見つめると発狂してしまうので注意が必要だ。

　なお、ダオロスはラムジー・キャンベルが創造した邪神で、初めて登場するのは『ヴェールを破るもの』だ。

ダオロスの招来に必要なもの

- ・ダオロスの偶像
- ・ナイトゴーントの髑髏
- ・2本の黒い蝋燭
- ・金属製の杖
- ・平面の五芒星
- ・呪文　うとごす　ぷらむふ　だおろす　あすぐい…
　　　　来たれ　ああ　汝よ　視界のヴェールを取り除き　彼方の実在を示したまえ…

バイアティス

バークリィの墓蛙
バイアティス

Byatis

見る者に嫌悪感を抱かせる姿の旧支配者。「蛇の髭を持つバイアティス」「バークリィの墓蛙」といった異名を持つ。生贄を催眠状態で引き寄せ、それを食らうたびに肥大化していく性質を持つが、それが仇となり、地下牢に幽閉状態となった。

主な関連項目	
妖蛆の秘密	▶ P.164
イグ	▶ P.42
ハン	▶ P.43

太り過ぎて地下牢から出られなくなる

　旧支配者バイアティスを創造したのはロバート・ブロックだが、実際に肉付けしたのはラムジー・キャンベルとリン・カーターだ。初めて登場したのは『星から訪れたもの』だが、この段階ではイグやハンと共にほとんど名前だけの存在であり、神話だった。そこへ、キャンベルが『城の部屋』でバイアティスを主題とした作品を執筆し、さらにカーターが『陳列室の恐怖』や『最も忌まわしきもの』などで脚色していった。

　さて、そんな経緯をもつバイアティスは、ちらちらと変色する単眼、顎に生えた蛇のように蠢く無数の触手、墓蛙を連想させる胴体、それにカニのようなハサミを持つという嫌悪感をもよおす姿をしている。このことから「蛇を髭のように生やすバイアティス」「バークリィの墓蛙」などと呼ばれる。また、催眠術を操ることができ、哀れな犠牲者を捕食するのに用いるという。

　「モンマスシャー、グロスタシャー、バークリィの妖術覚書」という魔導書によれば、バイアティスはいつの頃からかブリテン島に封印されていた。あるときローマ軍によって封印が解かれ、自由になったバイアティスはバークリィの森に棲み処を移す。

　18世紀、魔術師ギルバート・モーリー卿によって古城の地下室に幽閉されたバイアティスは、そこでモーリー卿のために他の旧支配者（クトゥルフ、グラーキ、ダオロス、シュブ＝ニグラス）と交信した。しかし、その見返りとして与えられた生贄を食らい過ぎたバイアティスは、肥大化して地下室から出られなくなったという。

先触れなるもの
グロース

Ghroth

惑星まるごとという規格外の大きさを誇る外なる神。宇宙を彷徨いながら、邪神たちがいる星々を訪れ、美しい歌声で目覚めさせるという。近づくだけでも恐るべき破壊をもたらすことができ、かつてシャッガイを滅ぼした。

主な関連項目
グラーキの黙示録 ▶ P.180

美しい歌で邪神たちの眠りを覚ます

　惑星そのものである外なる神。物理的な本体を持つ邪神のなかではおそらく最大サイズである。所々にひび割れが入っている赤錆びた鉄球のような外観で、中央には極めて大きなひとつ目があるが、それは常に閉じられている。

　星辰の並びが適切なとき、グロースは宇宙空間を旅して旧支配者が眠る星々を訪れる。そして、旧支配者にしか聞こえない美しい歌を唄い、邪神たちを眠りから目覚めさせるという。邪神の目覚めはその星の破滅を意味し、このことから「先触れなるもの」という異名で呼ばれている。

　800年以上前、グロースは2つのエメラルド色の太陽を巡る惑星シャッガイを訪れた。グロースに最接近されたシャッガイには光と炎が巻き起こり、破滅的な破壊がもたらされた。この出来事は、シャッガイからの昆虫（シャン）が地球に飛来する原因となった。

　グロースを創造したのはラムジー・キャンベルで、『誘引（The Tugging：未訳）』で初めて登場する。この作品では「グラーキの黙示録」からの引用という体で、グロースの姿形を「膨れ上がった剥き出しの内臓や眼球のように見える触手を持つ塊」と記されている。また望遠鏡でグロースの姿を確認した者は、錆びにまみれた球体と表現した。

　その後、ゲヴィン・ロスの『天球音楽（The Music of the Spheres：未訳）』では、2600万年周期で地球に大破壊をもたらしてきたネメシスこそ、グロースそのものであるとした。このことからグロースは「妖星」「ネメシス」と呼ばれることがある。

クトーニアンたちの指導者
シャッド＝メル

Shudde-M'ell

グレート・オールド・ワンと呼ばれる旧支配者に接点こそあれど、ぽつんと孤立した感じのクトーニアン。地中に幽閉されて以来、岩を掘って掘って掘りまくっている彼ら。そして、シャッド＝メルとはその長を意味している。

崩壊度	大きさ
2	4
女体化度	知性
1	3

主な関連項目
クトゥルフ　▶　P.16

はたして殺せるのか

　イカにも似た触手をもつ、地中を掘る生物がクトーニアンである。特にブライアン・ラムレイ作品『地を穿つ魔』などでよく知られる。

　岩をも掘削し、成虫であれば4千度の高温にも耐え、地球の核まで行くこともできる彼らは、グハーンという、アフリカの都市の近くに封印されていた。しかし彼らは岩盤を掘ることで脱出し、世界中へと散っていった。

　なぜ、封印されていたのか。ラムレイ作品におけるCCD、すなわちクトゥルフ眷属邪神群（クトーニアンを含む）は、実はかつては旧神だった。しかし強大な自らの力におぼれ、堕落し、邪悪なるものへと変貌していった。

　そのため正統な旧神たちは、彼らを幽閉する措置をとらざるを得なかった。かつての同胞を皆殺しにはできないため、封印することにしたのだ。そしてクトーニアンらは地中へと封印された。これはクトーニアンが水に弱く、大量の水を浴び続けると死んでしまう性質をもつためだと思われる。

　クトーニアンたちはテレパシーの能力をもち、同族やテレパシーをもつ多種族との交信をするだけでなく、人間を強制的に従わせることもできる。

　また彼らの縦横無尽な掘削行動は、地殻変動につながる。過去に発生した地震のうちのいくつかはクトーニアンのしわざであるといわれる。彼らが協力して起こせる地震のマグニチュードは最大で9だという。

　シャッド＝メルにいたっては単体でも大地震を引き起こすことができる。また、巨大で不死身に近い生命力をもつ。クトーニアンたちは自分たちの卵や子どもたちを必死に守り、危害を加えるものには全力で襲いかかってくるが、

もちろんシャッド＝メルも同様だ。『地を穿つ魔』においてCCDのせん滅をもくろむ組織ウィルマース・ファウンデーションに幼体を捕らえられたため、シャッド＝メルは一族とともにその救出に向かう。そしておとりの幼体に仕掛けられた核爆弾が爆発。幼体に高熱に耐える力はなく、成体でも放射線には弱いため、普通の爆弾では死なないクトーニアンたちといえども全滅してしまった。しかしシャッド＝メルは深手を負いながらも生きていたのだ。

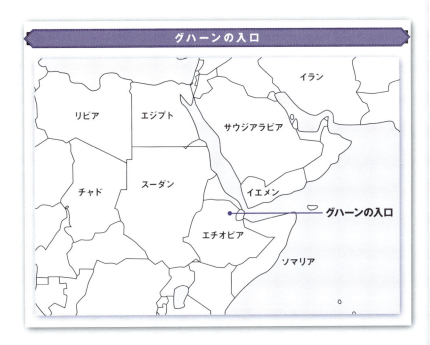

グハーンの入口

Column

ブライアン・ラムレイ（Brian Lumley）

1937年12月12日生まれ。英国ダーハム出身で、2018年現在も存命。神話作品やヒロイック・ファンタジーを執筆するホラー小説家で、少年期に読んだロバート・ブロック『無人の家で発見された手記』の影響で『クトゥルフ神話』にハマったという。その後、オーガスト・ダーレスに認められ、1968年『深海の罠』でデビューし、数々の神話作品を手掛けた。代表作にはオカルト探偵タイタス・クロウが主人公の「タイタス・クロウ・サーガ」や、死者と話す能力を持つ主人公の物語『ネクロスコープ（Necroscorpe：未訳）』シリーズがある。

イブ=ツトゥル

ニャルラトホテプの子にしてナイトゴーントの主
イブ=ツトゥル

崩壊度		大きさ
3		**3**
4		**3**
女体化度		知性

Yibb-Tstll

ニャルラトホテプに連なる外なる神イブ=ツトゥル。「水神クタアト」によれば「第六サスラッタ」という呪文が手に入ればこの邪神と接触できるという。また、ドリームランドにはイブ=ツトゥルの領域に繋がる入口があるようだ。

主な関連項目
ニャルラトホテプ ▶	P.36
ナイトゴーント ▶	P.116
水神クタアト ▶	P.182
ドリームランド ▶	P.222

イブ=ツトゥルと接触する方法

　宇宙の外側にある混沌の領域に住まう外なる神（旧支配者だとする説もある）。ニャルラトホテプの息子でありナイトゴーントたちの支配者だという。緑色の外套を纏った人型の邪神だが、大きさは人の３倍もある。外套の下には複数の乳房があり、取りついたナイトゴーントたちを養っている。このことから、イブ=ツトゥルは息子ではなく娘だとする説もある。

　イブ=ツトゥルはかつてティームドラ（太古の地球にあった大陸）の北方人たちに崇拝されていた。神官たちはドリームランドを通じて混沌の領域に至り、邪神に仕えた。イブ=ツトゥルの領域へは、ドリームランドのクレドの密林にある聖なる泉の宮殿（象牙の宮殿）から行ける。その宮殿の裏には石造りのアーチがあり、そこが混沌の領域への入口になっているのだという。

　また、混沌の領域に至らずにイブ=ツトゥルと接触することもできる。ひとつは「水神クタアト」に記述された「第六サスラッタ」と呼ばれる呪文を用い、夢の中で接触する方法。もうひとつは一年の最初の日に13人で「第六サスラッタ」を唱えるというもので、こちらは我々の次元にイブ=ツトゥルを召喚できるという。ただし、安全な召喚には「ナアク=ティトの障壁」が必要だが、この障壁を作り出すための呪文は失われている。

　イブ=ツトゥルの名はブライアン・ラムレイの『地を穿つ魔』が初出だが、具体的な設定が語られるのは『黒の召喚者』『オークディーンの恐怖（Horror at Oakdeene：未訳）』からだ。またリン・カーターも『深淵への降下』で掘り下げを行い、ニャルラトホテプやナイトゴーント関連の設定を付与した。

ヨグ＝ソトースに仕えるイブ＝ツトゥルの同胞
バグ＝シャース

Bugg-Shash

イブ＝ツトゥルの同胞であり、共にヨグ＝ソトースに仕えているとされる。アトランティス時代から名を知られた邪神で、召喚・退去の呪文が「水神クタアト」や「ネクロノミコン」に記されているらしい。

主な関連項目	
ヨグ＝ソトース	▶ P.30
イブ＝ツトゥル	▶ P.92
水神クタアト	▶ P.182

アトランティス時代から知られる邪神

　多数の口と多数の眼に覆われた漆黒の塊、それがバグ＝シャースの姿だ。この旧支配者は、イブ＝ツトゥルの同胞とされ、共にヨグ＝ソトースに仕えている。アトランティス時代から知られている邪神で、魔術師たちはときおり、この邪神を招来していたようだ。バグ＝シャースの招来には「力の五芒星」と生贄が必要で、生贄がない場合は召喚者が代わりを務めることになる。光を嫌う性質をもち、明るい場所では生贄を操ることで行動する。このことから、暗闇にしか存在できないと言う者もいるが、実際には光ある場所でも活動できる。

　バグ＝シャースの起源はデイヴィッド・A・サットンの『デモニアカル（Demoniacal：未訳）』である。『デモニアカル』は神話とは無関係な作品だったが、これを読んだブライアン・ラムレイがサットンの許可を得て続編『バグ＝シャースの接吻（The Kiss of Bugg-Shash：未訳）』を執筆し、神話作品へと招き入れた。バグ＝シャースの名は、ラムレイの『盗まれた眼』にすでに登場していたが、サットンの設定を取り込む形で再構成されている。

バグ＝シャースと他の邪神の関係

忘れられたオールド・ワン

ゴル=ゴロスと
グロス=ゴルカ

Gol-Goroth and Groth-Golka

「黒い石の神」とも呼ばれるゴル=ゴロスと鳥の神グロス=ゴルカ。ロバート・E・ハワードが創造し、『クトゥルフ神話』とは無関係だったこの神々は、やや複雑な経緯を経つつ、邪神として迎え入れられた。

主な関連項目

シャンタク鳥　▶ P.120

暗黒神ゴル=ゴロスと怪鳥グロス=ゴルカ

　ロバート・E・ハワードが書いた『バル=サゴスの神々』という作品がある。これは神話とは無関係なヒロイック・ファンタジー小説なのだが、そのなかに暗黒神ゴル=ゴロス（石像だけの登場）と怪鳥グロス=ゴルカという敵役が登場する。それからしばらくして、これらのキャラクターを魅力的に感じたリン・カーターは自身の神話作品『外世界からの漁師（The Fisherman of Outside：未訳）』にゴル=ゴロスを登場させた……のだが、このゴル=ゴロス、一本足にひとつ目の巨大な水鳥の姿、それにシャンタク鳥の支配者という設定になっていて、どちらかというとグロス=ゴルカを想起させる特徴をもっていたのである。

　『外世界からの漁師』はカーターの死後に公表されたのだが、この矛盾点に対し、彼の遺産管理者だったロバート・M・プライスは「カーターが名前を間違えたのだ」という論を展開。ゴル=ゴロスの表記をグロス=ゴルカに修正してしまう。さらにプライスは、ハワードの作品に登場する名もなき神や怪物たちを「暗黒神ゴル=ゴロス、またはそれにまつわるもの」として統合し、『クトゥルフ神話』に組み込んだ。このときに発表した記事のタイトル（Gol-Goroth, Forgotten Old One：未訳）にちなみ、ゴル=ゴロスは「忘れられたオールド・ワン」と呼ばれることもある。

　さて、それぞれの邪神についてだが、まずゴル=ゴロスはぬるぬるとした鱗のある皮膚に鋭い牙が生えた口をもつ旧支配者だ。全体的なフォルムはヒキガエルに似ているが、前脚はなく、首や肩から何本かの触手がぶら下がっていて、

後足には蹄が付いている。普段は腹這いになってゆっくり進むが、急ぐときには立ち上がり、短時間ながら走ることもできるようだ。つねに涎を垂らし、卑しい声でクスクスと笑う姿は、この神の邪悪で不気味な本質を感じさせる。

ゴル＝ゴロスの棲み処は、地中深く掘り下げられた地下の神殿、もしくは地球外にある宮殿であるといわれ、召喚されたときにのみ地表に現れる。だが、ゴル＝ゴロスの制御は不可能であり、召喚は自殺行為だ。

ゴル＝ゴロス崇拝は、現在ではほぼ行われていないが、人類史以前には野蛮な部族の間で信仰されていた。その儀式は、獣じみた姿、あるいは半獣人の邪悪な祭司によって取り仕切られ、狂気的で奇怪な踊り、崇拝者同士による性交や鞭打ち、若い娘を生贄に捧げるなど、野蛮で邪悪な内容だったという。

グロス＝ゴルカはというと、外見的な特徴は上記で触れた通り。南極の地下に棲んでいるとされ、「悪魔の鳥神」「バルサゴの鳥神」といった異名をもつ。この旧支配者はムノムクアの兄弟であり、シャンタク鳥の長クームヤーガを従えている。ただ、『クトゥルフ神話TRPG』ではシャンタク鳥の支配者であるという設定は除外されているようだ。

ゴル＝ゴロスとグロス＝ゴルカの変遷

ロバート・E・ハワードが闇の神ゴル＝ゴロス、
鳥の神グロス＝ゴルカを創造する。
ただし、これらの邪神はほぼ名前だけで、実態は明らかにされていない

▼

リン・カーターがゴル＝ゴロスをシャンタク鳥の支配者として
『外世界からの漁師』に登場させる

▼

カーターの死後、彼の盟友で遺産管理者でもあったロバート・M・プライスは、
カーターがゴル＝ゴロスとグロス＝ゴルカを間違えたのだと主張して、
『外世界からの漁師』での表記をグロス＝ゴルカに差し替える

▼

プライスはさらに、ハワードの作品に登場する正体が曖昧な神々や怪物に対し、
「ゴル＝ゴロスとそれにまつわる邪神たちである」という解釈を与えた

アザトースの宮廷に住まう外なる神
トゥールスチャ

Tulzscha

死と腐敗を糧とし、アザトースの宮廷で他の邪神たちと踊り続けているというトゥールスチャ。ラヴクラフトの『魔宴』でおぼろげに記されたその描写は、『クトゥルフ神話TRPG』によってより具体的な姿を与えられた。

主な関連項目
アザトース	▶ P.28
ネクロノミコン	▶ P.152

TRPGに実体を与えられた邪神

　トゥールスチャは、ラヴクラフトの短編作品『魔宴』に登場する邪神に対して、『クトゥルフ神話TRPG』のサプリメント『マレウス・モンストルムス』が名前や具体的な追加設定を盛り込んだ邪神だ。この神は白痴の魔王アザトースに仕える外なる神で、死、腐敗、そして衰退を糧とし、アザトースの宮廷で主の無聊を慰めるため、トルネンブラの楽曲に合わせて絶えず踊り狂っている。その姿は、踊っているときは緑の球体のようであり、他の場所に召喚されたときは燃え上がる緑炎の柱のようだと言われる。

　トゥールスチャを崇拝する者たちは、西インド諸島、フランス、イタリア、それに中東にも存在する。また、マサチューセッツ州キングスポートにも信者の拠点があったようだが、これは250年ほど前に壊滅させられた。信者らは、春分、夏至、秋分、冬至の日に「ネクロノミコン」を掲げ、礼拝の儀式を行っていた。この邪神の最も忠実な崇拝者には不死を授かるという。ただ、それは精神だけであり、腐敗していく肉体に永遠に閉じ込められるという。

Column
リン・カーター (Linwood Vrooman Carter)

1930年6月9日生まれ、米国フロリダ州セントピーターズバーグ出身。『レムリアン・サーガ』シリーズで有名な、ファンタジー・SF作家兼編集者。他作家が書いた幻想文学全般にも強い関心を示し、神話作品はもちろん、J・R・R・トールキンの世界観やロバート・E・ハワードのヒロイック・ファンタジーについての研究・考察も行っている。『クトゥルフ神話』については、実際に作品を執筆するだけでなく、第一世代の作家たちの書簡などを精査して、神話大系の再構成と拡充を行うなど大きな影響を与えており、中興の祖と言うべき人物である。

漫画から誕生した旧支配者
ムナガラー

M'nagalah

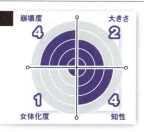

アメリカン・コミック界から生まれた異色の旧支配者ムナガラー。人間の腕に腫瘍という形で寄生し、やがて宿主や周囲の生命体を食らって肥大化していく。太古の昔、クトゥルフの片腕としてテティス海を支配していたとも言われている。

主な関連項目
グラーキの黙示録 ▶ P.180

坑道の奥で完全体になる時を待ちわびる

　ムナガラーは、小説ではなく漫画が初出というちょっと変わった出自をもつ邪神である。『バットマン』や『スーパーマン』で有名なDCコミックス社の作品『スワンプ・シング（原作者はレン・ウェインとバーニー・ライトソン）』の第8話「第13号坑道に潜むもの！」に敵役として登場した。

　このなかでムナガラーは、主人公であるスワンプ・シングを誘惑し、自らを完全体にするため貪り食おうとする。もちろん、主人公は誘惑をはねのけ、ムナガラーが棲み処としていた坑道は崩れ落ちて滅びたかに見えた。だが、ムナガラーは近隣に住む町人の一人に密かに寄生し、生き延びている。

　この漫画で描かれているムナガラーの姿は、地球上のさまざまな生命体の一部（その多くは内蔵だ）を融合させたような醜く不定形な塊だ。DCコミックス社の設定説明によると、ムナガラーはおよそ20万年前に未知なる世界から地球に到来して以降、生命体の進化過程に介入してきたという。また、人類が繁栄してからは、テレパシーを使ってさまざまな人物にインスピレーションを与え、文化の発展を促したらしい。その人物のなかには、エドガー・アラン・ポーやアンブローズ・ビアス、そしてラヴクラフトの名も挙がっている。彼らが作家として成功したのは、ムナガラーが彼らの想像力を刺激した成果だというが、あくまでムナガラー自身がそう語っただけであって、真相は定かではない。

　なお、ムナガラーが『クトゥルフ神話』の邪神として認められた背景には、ラムジー・キャンベルの影響が大きい。彼は自身が創作した魔導書「グラーキの黙示録」にムナガラーの記述があると述べ、神話作品に迎え入れている。

ヨス＝トラゴン

九大地獄の王子

ヨス＝トラゴン

Yoth-Tlaggon

「九大地獄の王子」の異名で知られ、復讐者に力を貸す存在として知られる旧支配者ヨス＝トラゴン。ラヴクラフトの書簡に残された名称が、日本の神話作家・朝松健の手で息吹を与えられ、邪神の一柱として降臨する。

主な関連項目	
バイアキー	▶ P.130
深きもの	▶ P.102

崩壊度 4　**大きさ** 4　**女体化度** 1　**知性** 3

日本発祥の邪神ヨス＝トラゴン

　はじめに、ヨス＝トラゴンという名称自体はラヴクラフトが創造したもので、彼がクラーク・アシュトン・スミスに宛てた書簡の「ヨス＝トラゴン──真紅の源泉／不規則に反射する時間（At the crimson spring / Hour of amorphous reflection）」という記述が初出である。

　この文章は長らく誰にも触れられてこなかったのだが、約70年の時を経て、我が国の怪奇小説作家・朝松健氏がこの名に実体を与えた。朝松氏はアマチュア時代にもヨス＝トラゴンの名を小説に盛り込んでいたようだが、商業ベースの作品で初めて登場させたのは『逆宇宙』シリーズの第2巻『魔霊の剣』で、「九大地獄の魔王ヨス＝トラゴン」と言及している（ちなみに、二つ名の"魔王"はのちに"王子"に変更されたようだ）。ただ、本格的に登場するのは短編集『邪神帝国』に収録されている『ヨス＝トラゴンの仮面』からである。

　ヨス＝トラゴンは滅多に地球上に姿を表さない邪神のようで『ヨス＝トラゴンの仮面』のなかにも直接顕現する描写はない。ただ、ルドルフ・ヘスという人物がアーティファクト「ヨス＝トラゴンの仮面」をかぶり、そこで映し出された"アトランティスが未だクシャと呼ばれ、レムリアがシャレイラリィと呼ばれていた時代"の映像から、邪神の姿を垣間見るシーンがある。

　それによると、鱗とシワだらけの巨体から5〜6本の触手が生え出ており、顔とおぼしき場所には知的な光を湛えた無数の眼がついている。全身はぬめぬめとした粘液で覆われ、ナメクジのような光沢を放っているらしい。また、バイアキーとの関連が指摘されており、彼らを使役することができるという。

日本のアーカムを目指した夜刀浦市

　朝松作品では『邪神帝国』シリーズ以外でも断片的にヨス＝トラゴンの名を用いている。氏の作品でしばしば用いられる真言立川流の分派・根本義真言宗の本尊が誉主都羅権明王（よすとらごんみょうおう）だったり、架空の都市・夜刀浦（やとうら）の地下に、黒曜石で作られた誉主都羅権明王の像が隠されたりする。ちなみに、夜刀浦市は朝松氏が"日本のアーカム"を目指してデザインした街で、現実の千葉県勝浦市付近が所在地となっている。人口約５万のこの街は、真言立川流の僧侶が弾圧から逃れて辿り着いたとか、深きものとよく似た夜刀浦人という異形が住んでいるなど、作品に応じたアレンジが施されている。ほかにも、朝松氏以外の作家がこの地を元に神話作品を執筆したり、『クトゥルフ神話TRPG』向けの設定資料が作成されたりするなど、舞台装置として徐々に広がりを見せているようだ。

Yoth-Tlaggon
鱗とシワにまみれた巨躯に数多くの眼が光る不気味な姿。これを目にした者は必ず発狂するという

第3章

異形なるものども
── MONSTROSITY ──

『クトゥルフ神話』には現実には存在しえないはずの、
さまざまな知的生命体が息づいている。
その多くは人類に対して敵対的、あるいは好戦的で非常に危険だ。
邪神たちに仕えているものや、邪神から生まれた眷属であることもある。
彼らの食料や生贄にされたくなければ、可能な限り近づかないのが賢明だ。

異形のもの
Creatures

人類にとって未知なる存在でありながら、神格を備えるほどではない
生命体。それが人ならざる者たち＝異形（クリーチャー）だ。たいて
いの場合、宇宙からの招かれざる来訪者だが、地球由来のものもいな
いわけではない。彼らの出自はバラバラで、旧支配者とともにやって
来たもの、単独で辿り着いたもの、はては人間が変異して異形と化し
たものまでさまざまなバリエーションがある。また、邪神と違ってユ
ニークな存在ではなく、種族単位の存在なのも特徴のひとつだ。
彼らは概ね人類に敵対しており、ときには他種族の異形とも敵対関係
にある。なかには人類に友好的に接してくれるものたちもいるが、そ
れは少数派だ。加えて、特定の邪神に仕えている種族もおり、クトゥ
ルフを崇拝する深きものなどはその好例と言える。

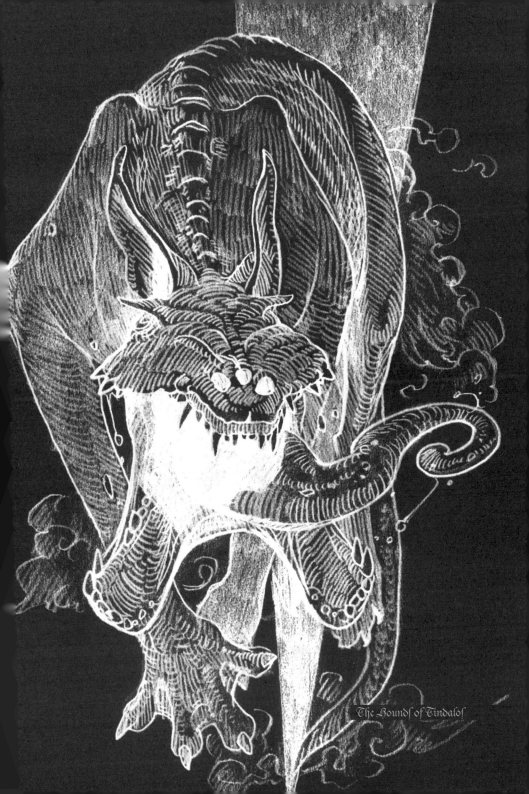

The Hounds of Tindalos

深きもの

人間の欲望につけ込んで増殖するクトゥルフの眷属

Deep One

広大な海を住みかとする深きものは世界中の海底に都市を築いて暮らしている。不気味な姿をしたこの両生生物は大いなるクトゥルフの復活を待ち望みながら、今日もどこかで人間社会を密かに侵食し続けている。

主な関連項目	
クトゥルフ	▶ P.16
ダゴンとハイドラ	▶ P.24
インスマス	▶ P.214

海底都市で暮らす両生生物

　深きものは、クトゥルフをはじめ、その眷属であるダゴンやハイドラに仕えている種族だ。クトゥルフ神話を取り入れた作品のなかでは、主であるクトゥルフとセットで登場することが多く、かなりメジャーな存在といえる。

　深きものがどのようにして誕生したのかは定かでないが、次のような二つの説がある。ひとつは、クトゥルフと一緒に地球へやってきた存在が、水中での活動に適応できるよう進化したという説。もうひとつは、彼らはもともと地球にいた固有の種族で、地球へやってきたクトゥルフを崇めるようになったという説だ。

　いずれにせよ、彼らが水陸両用の生物という点では変わらない。幅が狭い頭部にまばたきをしない大きな目、首の左右にあるエラ、水かきがある手足など、外見の特徴は変わらず、見た者に両生類や魚類を思い浮かばせる姿なのは間違いない。

　また、彼らは寿命がない不死の存在で、暴力行為や事故以外では死ぬことがない。生きている限り成長し続けるといわれ、彼らが仕えているダゴンやハイドラは、彼らのなかでもっとも大きく成長し、かつ年老いた個体なのではないかという説もある。

　彼らは陸上でも活動できるが、やはり普段は海中で生活をしている。彼らは「ルルイエ」が沈んでいるポリネシアの海域を中心に、世界のあちこちに石造りの海底都市を築き、そこを住みかとしている。イギリスの南西沖にあるアフ＝ヨーラや北海の北方にあるグル＝ホーなどがその例だが、もっとも有名なも

のといえば、やはりアメリカのマサチューセッツ州沖にあるイハ＝ンスレイだ。ここを拠点としていた深きものは、港町インスマスに住んでいたオーベット・マーシュの一族と豊漁や金塊などを見返りに結託。クトゥルフの眷属を崇拝する「ダゴン秘密教団」を結成させて、クトゥルフの信奉者を増やしていった。

　また、彼らは人間との混血をもうけることが可能で、インスマスでは儀式の一環として定期的に行われていたという。しまいには、住民の大半が彼らとの混血種になっていたほどだった。

　深きものは、人間の言葉を話すことはできない。しかし、意思の疎通は可能なようで、見返りをちらつかせて欲深い人間と手を結び、勢力を拡大していく。人間との交わりも、勢力を拡大する手段のひとつなのだ。

Deep One
カエルや魚を思い起こさせる姿は見るものに嫌悪感を呼び起こす

彼らの血を引く者を待ち受ける運命

　深きものとのあいだに生まれた子どもは、普通の人間の子と変わらない。しかし、成長していくに従って外見に変化が表れる。

　まず20歳ごろになると目が大きく膨らみはじめ、逆に鼻は低く、耳は小さくなっていく。さらに歳を重ねると、皮膚がうろこ状になるとともに、首のまわりの皮膚がたるみ、手足には水かきが生じてくる。そして、初老を迎えるころには骨格にも変化が生じ、「インスマスづら」と呼ばれるカエルのような風貌になってしまう。このころになると、よろめくように歩くことしかできなくなり、なかには首の左右にエラが生じる者もいる。そして、海底都市の夢を頻繁に見はじめ、やがては眷属の輪に加わるべく海へと潜り、多くの場合はそのまま戻ってこなくなる。

　つまり、人間との混血とはいいながらも、最後は実質的に深きものの一員になってしまうのである。

　こうした変化は、深きものの血を引く者に共通して起こるもので、逃れられない宿命といえる。しかし、1割ほどの者は最終段階まで変化せず、半分人間のまま余生を過ごすという。しかし、身体の変化が進んでしまっている以上、人目を忍んで生活を送るしかない。呪われた家系に生まれてしまった者は、彼らの仲間入りをしてしまったほうが幸せなのかもしれない。

　さて、冒頭でも述べたように、深きものはクトゥルフ神話のなかでもメジャーな存在で、彼らそのものや彼らをモチーフとしたクリーチャーが登場する作品は多い。

　一般には「深きもの」という本来の名ではなく、栗本薫氏の小説『魔界水滸伝』に登場した「インスマス人」の名でもよく知られている。ゲームでは『邪聖剣ネクロマンサー』のように、「インスマウス」の名で登場していることも多く、長年のクトゥルフ神話ファンの中にはこれらの名前で覚えている方も大勢いるのではないだろうか。

　深きものは、ほかの神々やクリーチャーに比べ、個体あたりの戦闘力はそれほど高くない。実体を備えていて人間の武器も通じることから、扱いやすい存在なのだろう。

深きもの

深きものが築いた海底都市

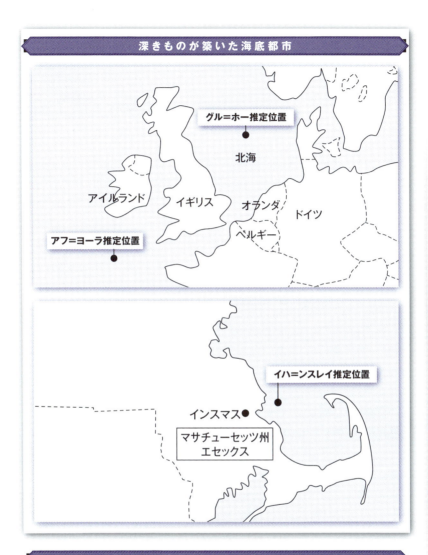

- グル=ホー推定位置
- 北海
- アイルランド
- イギリス
- オランダ
- ドイツ
- ベルギー
- アフ=ヨーラ推定位置
- イハ=ンスレイ推定位置
- インスマス
- マサチューセッツ州エセックス

引用されている作品

魔法少女プリティ☆ベル

世界を救う魔法少女が、35歳の暑苦しい筋肉男という異色の作品。主人公たちと敵対する勢力に海魔族という一派があり、クトゥルフの眷属をモチーフとしている。なかでもマイヤーはルルイエを拠点とする海魔族という設定で、「深きものども」という異名をもっている。

終末少女幻想アリスマチック

滅亡の危機を迎えた世界を救うために集められた、少年少女の活躍を描いた作品。深海に仕えし者という半魚人が登場しており、血を引く者は旧き蕃神（旧支配者）や眷属の呼び声が聞こえて体が徐々に変化するなど、クトゥルフ神話の深きものそのままの設定になっている。

古のもの

超古代の地球を支配
古のもの

Elder Thing

高度な科学技術とそれを生む知性を持ちながら、クトゥルフに攻めこまれ、ショゴスには反旗を翻され、内憂外患のまま歴史の表舞台から姿を消した古のもの。いまは地球最初の支配者として名前を残すのみだ。

主な関連項目	
ショゴス	▶ P.108
狂気山脈	▶ P.218
ミスカトニック大学	▶ P.224

ショゴス生みの親

　クトゥルフなどよりも先に宇宙から飛来し、地球を支配。現在ある地球上の生物をつくったという先住生物が古のものである。

　人間よりもやや背が高く、円筒状の胴体の上にヒトデのような頭がついていて、背面には翼がある。植物と動物の中間的な性格を持ち、人間のような個体認識や家族意識が薄い反面、種の保存に際して仲間との結びつきは強く、他の生物とは徹底して争った。

　また、古のものは現在の地球人類を超越した科学技術を有していたといわれ、その象徴が奉仕種族として彼らが作り出したショゴスである。古のものは、この粘性状の人造生命体を酷使し、結果として反乱を招いた。また時系列は不明だが、前後してクトゥルフなど、あとから地球にやってきた旧支配者の一群との戦いに追われてもいる。

　結局、クトゥルフたちとは協定を結び終戦。領土を分けあうことになった。またショゴスの反乱も鎮圧し、平穏が訪れたかに見えた。しかしおそらくは大氷河期の訪れとともに、ハワード・フィリップス・ラヴクラフトの小説『狂気の山脈にて』に登場する南極の山脈地下に撤退、消息を絶ってしまった。

　ライトノベル『うちのメイドは不定形』にあるように、ショゴスをいじめたイメージがあるからか「子」のショゴスよりもそれを生んだ「親」である古のものの人気は低めとなってしまっている。

　因果応報だろう。

古のもの

クトゥルフ界でのポジション

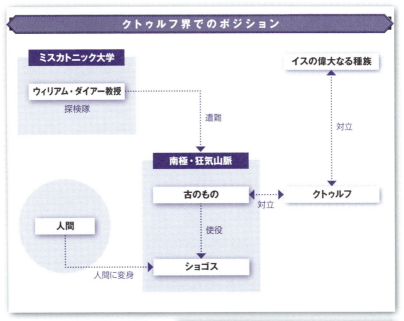

引用されている作品

うちのメイドは不定形

ショゴスのメイド、テケリさんが、主人公に、出自を語るうち「私たちは以前の主人に創られたご奉仕用の人工生命体です」と古のものにつくられたことを説明。「以前の主人はすっごく怒ったんですよ」「以前の主人ときたら、それはそれはヒドかったんですよ！」と古のものについて激白する。

這いよれ！ニャル子さん

第1期第2話「さようならニャル子さん」と第12話「夢見るままに待ちいたり」に、いわゆるモブ（群衆）の一部として登場。第2話では地球ルルイエランドにて深きものどもや蛇人間、クトーニアンらと、第3話では町内をミ＝ゴやガグらと練り歩いている（両方、メンツはだいぶん被っている）。

Elder Thing

地球上の生物とは異なる生態系のものか、奇怪な構造をしている

ショゴス

てけり・り！で人気の巨大アメーバ

Shoggoth

「てけり・り　てけり・り」と鳴いては南極をうごめく粘性の奉仕種族で古のものに仕えている。自在に変形する能力を活かし、人間社会に紛れこむこともあるという。もしかしたらあなたの近くに存在しているかも!?

主な関連項目

古のもの	▶ P.106
狂気山脈	▶ P.218
ミスカトニック大学	▶ P.224

南極でうごめくアメーバ

　遙か太古、地球に飛来した先住生物「古のもの」につくられた、アメーバ状の人造生物。「てけり・り！　てけり・り！」という独特の鳴き声でデビューしたのはハワード・フィリップス・ラヴクラフトの小説『狂気の山脈にて』。鳴き声の元ネタはエドガー・アラン・ポーの作品「ナンタケット島出身のアーサー・ゴードン・ピムの物語」に於ける「南極の」鳥の鳴き声というのが定説で、それをラヴクラフトがクトゥルフ神話の世界観と組み合わせ破壊力抜群のネタに仕立てた。ジョン・カーペンターの映画『遊星からの物体X』とその原作小説『影が行く』にも影響を与えたと考えられる。

　ショゴスは、直径およそ4.5メートルのぬめぬめとした塊。表面にはさまざまな器官がついているが、人間の形態になることもできる。初めはたいした知性はなく、催眠教育を施されたり、呪文やテレパシーで命じられたとおりに労働に勤しみ、南極大陸で巨大都市をつくっていたが、数百万年が経ち知性が発達すると奴隷同然であることを自覚し、反抗を企てる。1億5000万年ほど前の反乱はきわめて激しく、ショゴスは古のものに痛手を負わせたが、結局反乱は鎮圧。ショゴスは再教育を施されもとの労役にもどる。水のなかを好む古のものは、やがて南極を去り、水中都市へとショゴスを連れていったという。

　幼生のショゴスはもともと人間に似ていて、茶褐色の日焼けしたような肌をしているが、体表の大きな裂け目から内臓器官のようなものが見えたり、手足を自在に伸び縮みさせたりと妖しい点は多い。それでも服を着、狡猾な知性を用いれば、人間社会に紛れて生き延びるショゴスがいてもおかしくはない。

ショゴス

> ### 引用されている作品
> #### うちのメイドは不定形
>
> ヒロインの名前が、ショゴスの鳴き声「てけり・り」そのままに「テケリ」さん。ショゴスが古のものに対する奉仕種族という設定を、不定形のメイドと解釈して女体化、主人公の人間に仕えさせているところがナイスアイデア。原典のショゴス同様、南極出身という設定。父親から荷物として送られてくる。
>
> #### 沙耶の唄
>
> そうと明記されてはいないものの、その描写や設定からおそらくショゴスをモチーフにしたのだろうという見方が一般的になっている。虚淵玄がシナリオを書いたストーリー重視の作品。主人公の知覚障害から異常な世界へのシフトは、いかにも虚淵節だ。クトゥルフ云々を抜きにしても名作といわれている。

Shoggoth
ねばねばとした塊。これが人間に変形可能だとは想像もできない

クトゥルフ界でのポジション

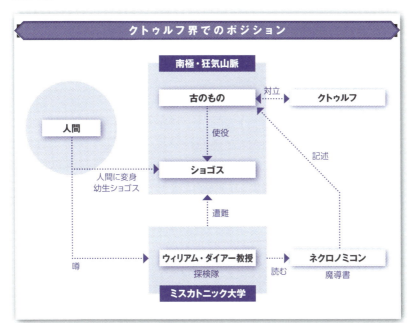

109

ミ＝ゴ（ユゴスよりの菌類）

人間に無関心な宇宙生物

ミ＝ゴ
（ユゴスよりの菌類）

Mi-go

これって蚊だよね？　と、いいたくなる外見をしているミ＝ゴだが、ちょっと待った。じつは菌類で、しかも体長は5フィート、約152センチである。ユゴスより飛来した謎の知的生物で、邪神を信仰するばかりか外科手術まで得意とする。

主な関連項目	
クトゥルフ	▶ P.16
シュブ＝ニグラス	▶ P.34
ニャルラトホテプ	▶ P.36
古のもの	▶ P.106

脳が好き

　ユゴス（冥王星の都市とも、別の惑星ともいわれる）より何度か飛来している宇宙生物。もともとは太陽系どころか、宇宙の外からやってきたとの説すらある。

　高度な知的生命体だが精神構造は人間と異なり、感情や創造性がなく、おそらく昆虫のように当座の目標を優先して論理的に行動をするものと思われる。

　ミ＝ゴは脳みそ収容容器を開発したことでよく知られている。どんな生物の脳でも外科手術で取りだし、筒型の容器に移植できる。身体は仮死状態で保存される。脳は筒に入った状態でも活動でき、機械に繋げばコミュニケーションが可能になる。なんとも嫌な発明だ。

　初めて地球に飛来したのは人類誕生前のジュラ紀のことで、地球を支配していた古のものを駆逐し、北半球を制圧した。現在は南北のアメリカ大陸やヒマラヤ、ネパールなどの、山岳地帯で活動している。なんとヒマラヤの雪男の正体はミ＝ゴだという。しかし宇宙を飛行する翼を持ち（ヒマラヤの種族には翼はない）、頭にはアンテナのような突起物が生え、かぎ爪のついた手足を多数持つという姿は、われわれのイメージする雪男とは似ても似つかない。これは単にラヴクラフトがブータンにおける雪男の呼称「ミゲー」を作品中に出したため、混同されたもののようだ。

　彼らはニャルラトホテプやシュブ＝ニグラスなどの邪神を崇拝している。月にもコロニーを持っていて、そこでは彼らと協力関係にある人間たちと地下都市で暮らす。コロニーにはシュブ＝ニグラスの祭壇があるという。

ミ＝ゴ（ユゴスよりの菌類）

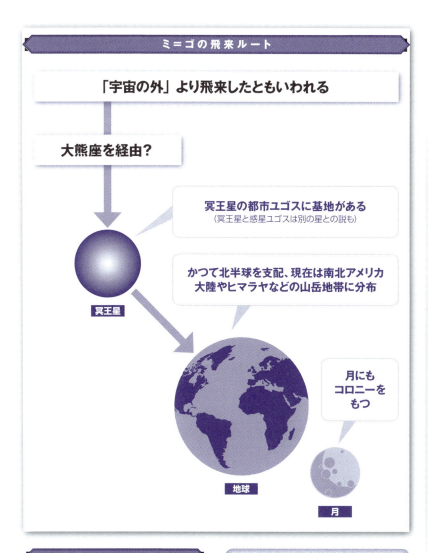

引用されている作品

這いよれ！ニャル子さん

ファンの間では有名な生物ながら、一般的にはいまだマイナーなミ＝ゴだけに、ヴィジュアルで確認できる映像は貴重。第1期第2話「さようならニャル子さん」と第12話「夢見るままに待ちいたり」では大勢の邪神やクリーチャーが登場する場面で、群集に埋まっている。

Column
ミ＝ゴのカードゲーム

脳みそ収容容器を開発したミ＝ゴの偉業を讃えてか『ミ＝ゴの脳みそハント』というカードゲームが発売されている。トレーディングではなく気楽に遊べるパーティゲームなのでちょっとした集まりに適している。対象年齢8歳から。

イスの偉大なる種族

太古に飛来した偉大なる存在

イスの偉大なる種族

Great Race of Yith

はるか彼方にある超銀河宇宙「イス」で、極めて高度な科学文明を築いた精神生命体の一族。時間の秘密を解き、それを征服することに成功した彼らは、穏やかに暮らせる場所を求めて旅を続けた結果、4億年以上前に地球を見出した。

崩壊度	大きさ
3	1
女体化度	知性
1	5

主な関連項目

ナコト写本　▶ P.156

時間の法則を解明した驚異の種族

　イスの偉大なる種族は、超銀河宇宙イスで高度な文明を築き上げた精神生命体で、単に「偉大なる種族」ということもある。彼らは、極めて強い知的探究心をもち、時間の秘密を解き明かしたことから"偉大"と呼ばれる。

　彼らは、大きさが3メートルほどの虹色をした円錐状の生物だ。頂点には感覚器官をそなえた4本の触手があり、そのうちの2本はカニのハサミのようになっている。我々が想像する知的生命体とはかけ離れた奇妙な姿だが、実はこれは彼ら本来の姿ではない。そもそも精神生命体である彼らには実体がなく、代わりにほかの生物と精神を交換して、身体を乗っ取る能力がある。彼らが地球へ来たのも、種族が破滅する運命から逃れるためで、このとき新たな肉体に選んだのが4億年前ごろの地球にいた円錐状生物だったというわけなのだ。

　ただし、身体を完全に乗っ取るのは滅びの危機に瀕した場合だけのようで、通常は数年で入れ替えた精神をもとの身体に戻してくれる。その間、彼らは乗っ取った生物の一員として暮らしつつ文化や歴史などの知識を集め、それをオーストラリアの砂漠地帯にある都市ナコトゥス（「記録庫の都市」という意味がある）の保管所に集積し続けている。要は体験学習というわけだ。ちなみに、魔導書の「ナコト写本」はイスの偉大なる種族が編纂したといわれており、書名の"ナコト"は"ナコトゥス"に由来するという。

　イスの偉大なる種族はラヴクラフトの『時間からの影』に初登場するほか、オーガスト・ダーレスとの共著『異次元の影』、それにリン・カーターの『陳列室の恐怖』や『炎の侍祭』に言及がある。

イスの偉大なる種族

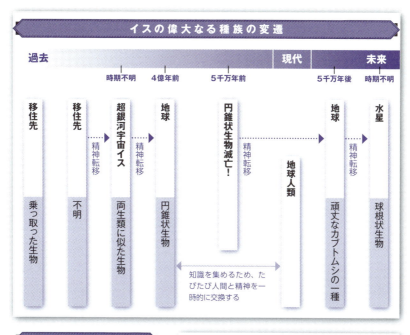

イスの偉大なる種族の変遷

	過去				現代		未来
時期	時期不明	4億年前	5千万年前			5千万年後	時期不明
場所	移住先	移住先	超銀河宇宙イス	地球	円錐状生物滅亡！	地球	水星
生物	乗っ取った生物	不明	両生類に似た生物	円錐状生物	地球人類	頑丈なカブトムシの一種	球根状生物

（精神転移→精神転移→精神転移→精神転移→精神転移）

知識を集めるため、たびたび人間と精神を一時的に交換する

引用されている作品

怪物王女

引用作品では扱われることが少ないイスの偉大なる種族が、ほぼ『クトゥルフ神話』で描かれた姿そのままで登場するレアなケース。作中では主役の姫に敵対する者として扱われ、「昏睡王女」と「廃屋王女」の2回に、時空を操る力をもつものと、夢を操る力をもつものがそれぞれ登場している。

這いよれ！ニャル子さん

「イスの偉大なる種族」の「イス香」として登場。主人公・八坂真尋のクラスメイトである暮井珠緒や、ヨグソトスの生体端末と精神交換をして地球へやってくる設定になっている。姿こそ円錐状生物ではないが、神話の設定を最大限に活用したキャラクターといえるだろう。

Great Race of Yith

外見は円錐状生物のものだ。その姿は奇怪ではあるものの、同時に不思議な愛嬌も感じられる

グール（食屍鬼）

腐肉を食らい、人を攫う異形

グール（食屍鬼）

Ghoul

崩壊度	2
大きさ	2
女体化度	1
知性	2

さまざまなファンタジー作品に出演し、ポピュラーなモンスターとして知られるグール。「死体を食らう」というシンプルなおぞましさと、「強くもないが、弱くもない」という扱いやすさは『クトゥルフ神話』においても健在だ。

主な関連項目

モルディギアン	▶	P.59
ニャルラトホテプ	▶	P.36
ドリームランド	▶	P.222

アラビアの伝承に登場するグールとの違い

　小説やゲームなど、さまざまなファンタジー作品において、お手ごろな敵役として登場することの多いグール。たいていの場合はアンデッド・モンスターであり、ゾンビよりも少し強い立ち位置か、その亜種といったパターンだが『クトゥルフ神話』に登場するグールはそれらと少し違う。というより、本来のグールにより近い異形と言えるだろう。

　そもそもグールは、イスラム教以前からあるアラビア地方の伝承に登場する人型の悪魔のことで、アラビア語の「アル＝グル（Al Ghul）」が、英語化されてグールとなった（男性型をグール、女性型をグーラーと呼ぶ）。

　このグールは体色変更と変身能力を持ったモンスターで、砂漠に棲み、墓を漁って死体を食べたり（このことから日本語では「屍食鬼」または「食屍鬼」と書かれる）、子どもや迷い込んだ旅行者を攫って食べたりする。普段はハイエナに化けていることが多いが、人間そっくりに変身して社会に溶け込みつつ獲物を狙うとか、美女に化けてたらし込むなど、じつに知能的な行動をとることもある。他にも「卵から生まれるが赤子には授乳する」「グールの乳を吸った人間はグールの仲間になれる」など、いろいろな逸話があるようだ。

　では『クトゥルフ神話』のグールはどうなのかというと、外見は犬のような頭と蹄のついた両足をもち、素早く移動する際には四つ足で走る。変身能力はないが、ハイエナ成分が若干混じっているのが窺えるだろう。また、皮膚はゴムのようであり、カビのにおいを撒き散らしているという。

　彼らの棲み処は現実世界とドリームランドの双方にまたがっている。現実世

グール（食屍鬼）

界では、ボストンのノースエンド地区の地下やニューヨークの地下鉄、ドリームランドではナスの谷近くの墓地に棲んでいるようだ。その食性はオリジナルとだいたい同じで、腐った死体を好んで食べる。もちろん、生きた人間を殺して食べることも少なくない。さらに、人間の赤子と自分たちの子どもをすり替えることも行っているらしい。

　とはいえ、必ずしも人間と敵対するわけでもないようだ。「ネクロノミコン」の著者アルハザードは若い時にグールと旅をしたと言われ、ボストンの画家リチャード・アプトン・ピックマンもグールと親しい関係にあることから、何らかの方法で意思疎通を行えるのは間違いない。ただし、グールとの長期間にわたる交流は、人をグールへと変容させるため大変危険である。

　グールは、邪神を崇拝するカルトを形成することもある。確認されているのはモルディギアン、ニャルラトホテプ、それにニョグタやナグを崇める集団だ。また、ドリームランドに棲むグールが、ナイトゴーントと同盟を結んでいる事実は、彼らなりの社会的秩序が営まれていることを示している。

Ghoul
最も特徴的なのはイヌ科の動物のような頭部。その大きく力強い顎で、死体を食い漁る

ナイトゴーント（夜鬼）

太古に飛来した偉大なる存在

ナイトゴーント（夜鬼）
Night-gaunts

敵か味方かナイトゴーント。上司であるノーデンスが人にやさしいようなら味方、ちょっと挙動があやしいようなら敵となる。ノーデンス以外の邪神たちにも仕えており、いずれにせよ組織のザコ隊員的な位置づけには変わりない。

主な関連項目

クトゥルフ	▶ P.16
シュブ＝ニグラス	▶ P.34
ニャルラトホテプ	▶ P.36
古のもの	▶ P.106

ナイトゴーントはショッカー隊員！？

　ドリームランドではノーデンスに仕えていることで知られるナイトゴーント。夜鬼ともよばれる。じつは様々な神に奉仕しており、さながら悪の秘密結社旧神団の平隊員、ショッカー隊員といった印象がある。そのせいかアニメ『這いよれ！ニャル子さん』ではザコ敵として大々的にフィーチャーされてしまった。その長、つまり首領はイェグ＝ハである。

　ナイトゴーントはングラネク山を中心にドリームランド（幻夢境）の各地で活躍している。しかし夢の世界の住人だとたかをくくっていてはいけない。ナイトゴーントは覚醒中の現実世界にも存在する。丸腰の状態が多いようだから、人間は対ナイトゴーント用に武器のひとつももっておいたほうがいいのかもしれない。外観は全身真っ黒でこうもり状の翼をもち、特撮ヒーローまたはその悪役と親和性がありそうな感じ。ただし顔には何もない。もしかしたら感覚器官が埋まっているのかもしれないが、眼も鼻もないのにどうやって周囲を捉えているかは不明である。その攻撃は「くすぐり」。しかし単に無害なものではなく、対象を深淵に引きずり込むというから恐ろしい。

　ングラネク山では警備が主要な任務となっており、興味本位でやってきた人間をつかまえるとひょいともちあげ、ドール族の棲むナスの谷間に連行してしまう。対旧支配者という点では、ニャルラトホテプとその奉仕種族シャンタク鳥にとって目の上のたんこぶとなるだろう。また、ドリームランドのグールとは友好関係にあり、グールが長距離を移動する際、ナイトゴーントが運んであげることもあるようだ。

ナイトゴーント（夜鬼）

引用されている作品
這いよれ！ニャル子さん

旧支配者と、あるいはニャルラトホテプと対立する神々に奉仕する種族のヴァリエーションが少ないためか、ナイトゴーントは何度も何度もやられ役として作中に登場している。シャンタッ君との対戦成績は第1話までで99勝1分けと、シャンタク鳥に対して圧倒的に強い力関係も原典そのままで、クトゥルフ神話的に引用の仕方がかなり正しい。第1期第1話のアバンタイトルとAパートとBパートで別々の個体がきっちり一体ずつ、合計3回もニャル子に物理攻撃（名状しがたいバールのようなものや、尖った石塊による殴打）でやられて霧散する光景はグロくて痛そうだが笑いを禁じえない。やはり原典でニャルラトホテプと明確な対立関係にあるノーデンスに仕えているところが、ナイトゴーントには悲劇だったのかも。

Night-gaunts

ノーデンスに仕えて戦う場合のイメージはこっち系？　かっこいい！

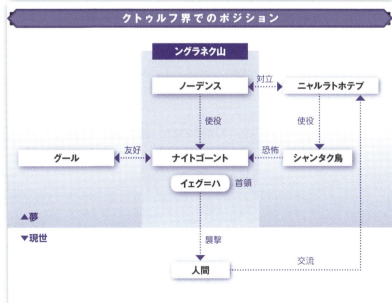

クトゥルフ界でのポジション

地下世界で反目し合う住人たち
ガグとガスト

Gug and Ghast

ラヴクラフトの『未知なるカダスを夢に求めて』は、人間の夢の世界、ドリームランドを舞台にした作品だ。この世界にも地球と同じくさまざまな生物がおり、暗く広大な地下世界にはガグとガストが棲んでいる。

主な関連項目
- グール（食屍鬼） ▶ P.114
- 大地の神々 ▶ P.148
- ドリームランド ▶ P.222

地上から追放された巨人たち

　ガグは身長が6メートルもある毛むくじゃらの巨人で、人型をしてはいるものの、頭や腕が人間とはかなり異なっている。頭に対し、牙を備えた大きな口が垂直についており、上下ではなく左右に開く仕組み。顔の両端には、5cmほど飛びだしたピンク色に輝く目がついている。両腕は肘から先に短めの前腕を2本備え、75cmほどもある手には鋭い鉤爪がある。彼らのコミュニケーション方法も独特で、声が出せないために言葉はなく、表情で会話するという。
　ガグは、誕生した当初から地下世界に棲んでいたわけではない。かつて、彼らは地上にある魔法の森に棲んでおり、「夢見人」を捕えて常食としていた。しかし、ガグは邪悪な神々やニャルラトホテプを崇拝し、環状列石を築いて忌まわしい儀式を続けた。この結果、ガグは大地の神々の怒りを買い、地下世界へ追われたという。

　以後、ガグは地下世界に石造りの都市を築き、同じく地下世界に棲むガストを常食として暮らしている。都市の中心には「コスの印」が刻まれた巨大な塔があり、その頂点には魔法の森へ通じる大きな石の揚げ戸がある。彼らの力をもってすれば、揚げ戸から地上へ出るのは容易なはずだが、呪いをかけられたガグが扉に触れることはない。

　ときおり、この揚げ戸から地上に棲むグールがガグの都市に侵入してくる。グールの目的は、中央の塔からほど近い場所にあるガグの墓場。彼らの巨体ひとつで、グールの社会を約1年ほど養えるからだ。しかし、理由は不明ながらガグはグールを恐れており、彼らに気づくと逃げ出してしまうという。

荒々しい地下世界の住人

　ガグの墓地の近くには、地下世界のより下層へと続く入り口がある。ここから先はガストたちの棲家で、「ズィンの窖（あな）」と呼ばれている。ガストは小さな馬くらいの生物で、人間と同じく手足を２本ずつ備えている。強靭な足には蹄を備え、カンガルーのように飛び跳ねて移動する。一対の目は黄色がかった赤い色。顔はどこか人間じみているが、額や鼻などの重要な部分が欠落している。視力がどの程度かは不明だが、嗅覚は優れているようだ。彼らは喉にかかる咳こむような声で会話し、集団行動をする程度の知能はある。ただし、彼らは基本的に粗野で残忍な性質で、平気で共食いをすることもあるという。

　また、ガストはガグに捕食される立場ではあるが、ガグとて絶対的な捕食者ではない。ガストはガグに強い恨みを抱き、寝静まった頃合いを見計って襲撃することもある。ガグが寝静まる時間帯は、グールがガグの墓に忍び込むタイミングでもある。ガストは見境なくグールにも襲い掛かるため、グールにとってはガグよりガストの方がやっかいなようだ。

Gug
夢見人の甘美さはガグたちの伝説になっている。地下世界に行くならグールに変装するのがベスト

シャンタク鳥

鱗が生えた馬面の巨鳥
シャンタク鳥

Shantak-bird

ドリームランドに多数生息している巨大な異形の怪鳥・シャンタク鳥。しばしば人間にも使役されている存在だがアザトースやニャルラトホテプといった「外なる神」と大きな関わりがある。なお、利用して油断していると……？

主な関連項目	
ニャルラトホテプ ▶	P.36
イタクァ ▶	P.68
ナイトゴーント（夜鬼）▶	P.116
ドリームランド ▶	P.222

ニャルラトホテプに仕える怪鳥

　シャンタク鳥は、ドリームランドに多数生息している鳥だ。邪神に仕える下級の奉仕種族で、ドリームランドのレン人たちはシャンタク鳥を乗用にしたり家畜にしたり、その卵を交易品にしたりしている。特段強いわけでもないが、しかし普通の人間にとっては油断できない。なにしろその大きさは、象よりも大きいのだ。
　シャンタク鳥の頭は馬のようで、皮膜の張られたコウモリのような翼をもつ。身体には羽毛ではなく、ツルツルとしたウロコが生えている。そのため騎乗するとすべって乗りにくいという。またシャンタク鳥はドリームランドの空のみならず、宇宙空間すら飛ぶことができる。しかも乗ったものが油断していると、アザトースの玉座まで一直線に飛んでいってしまうというのだ。
　彼らはすりガラスをひっかくような声で鳴く。彼らを使役するレン人たちもまた、彼らに命令するときは彼らの声に近い、おぞましく響く声で命令する。そこまでする必要があるのかは不明だが、ともかくもシャンタク鳥は人間の言葉を話せぬ一方、完全に理解はしているという。
　シャンタク鳥とレン人たちは、ともにニャルラトホテプに仕えている。そのことは比較的よく知られているが、シャンタク鳥はイタクァにも仕えているとする説がある。
　また旧神ノーデンスに仕えているナイトゴーントを極度に恐れており、ナイトゴーントが生息するングラネク山には決して近づかない。シャンタク鳥はナイトゴーントがやってくると一目散に逃げてしまうという。なぜ恐れるかは明確ではないが、互いが仕えるニャルラトホテプとノーデンスの対立関係が影響

シャンタク鳥

しているのではないかといわれる。

　ハイパーボリア大陸のヴーアミ族は、シャンタク鳥の中で最古・最大の個体を飼っている。クームヤーガと呼ばれるこの個体が、すべてのシャンタク鳥の始祖だといわれている。クームヤーガは一本足で、緑色のひとつ目を持っており、ゴル＝ゴロスに仕えている。しかしクームヤーガが住むハイパーボリア大陸はドリームランドではなく、本当にシャンタク鳥の始祖なのかどうかも、断定はできない。「シャンタク鳥の神」を、ゴル＝ゴロスではなくグロス＝ゴルカであるとする場合もある。

　シャンタク鳥が生息する場所は、ドリームランドのセレノリア海北岸にある縞瑪瑙で作られた都市、インガノクの周辺。付近の忘れられた採掘場にはシャンタク鳥の巣があり、彼らは洞窟に巣を作るという。

　またあまり知られていないところで、小型の種族もいるという。通常のシャンタク鳥よりずっと小さく、羽毛が生え、立派なかぎ爪をもつなど外見も大きく異なる。しかしナイトゴーントを恐れる点は同じだ。

引用されている作品

這いよれ！ニャル子さん

ニャル子のカプセルペット、シャンタッ君として登場。馬のような頭をもつ外見ということだが、アニメではきわめてコミカルに描かれ、カバのようにも見える。対ナイトゴーント戦のためニャル子に召喚されるが、あっという間に返り討ちにあい、この時の消耗でシャンタッ君のサイズは小さくなってしまった。ニャル子いわく、対戦成績は99敗1引き分けとのこと。しかし本来のシャンタク鳥なら戦うどころか逃げ出すはずで、ニャル子にはよほど忠実であることがうかがえる。乗り物として使われるという点では、「マシンシャンタッカー」というバイク状態に変型することができる。これはシャープなデザインの完全なバイクで、本来不格好であるシャンタク鳥のイメージはかけらもない。なお好物はニンジンで、これは「馬のような顔」というシャンタク鳥の特徴からきているものと思われる。

Shantak-bird

乗り物には本来不向き。全力でしがみつかないと振り落とされるという

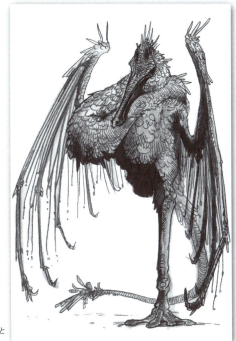

レン人

悪魔のような姿の人型生物

レン人

崩壊度 1	大きさ 2
女体化度 1	知性 3

Men from Leng

悪魔のような姿をしたレン人は、ドリームランドのレン高原に棲んでいる。かつては大都市を築いて繁栄したが、ムーン・ビーストに征服されてしまい、彼らの奴隷としてさまざまな活動をしている。

主な関連項目

ムーン・ビースト ▶ P.123
ドリームランド ▶ P.222
レン高原 ▶ P.230

悪魔的な姿をした亜人

　レン人は、ドリームランドのレン高原で暮らす人型の生物だ。人間とほぼ同じくらいで、ずんぐりした体型。全身は柔らかな毛で覆われ、口はかなり大きく、頭には小さな角、足の先には蹄、さらに小さな尾も備えている。西洋の悪魔とかなり似ているが、人間と同程度の知能があって会話もできる。

　夢の国におけるレン高原は、世界の北方に位置している。雲が垂れこむ、灰色で荒涼とした高原で、レン人は粗末な石造りの小屋を建てて生活している。

　彼らの来歴については未知の部分が多いが、レン高原の修道院にはレンの歴史を描いたフレスコ画がある。これによると、レン人はかつてサルコマンドと呼ばれる石造りの大都市を築き、かなり繁栄していたようだ。付近の谷で紫色の巨大なクモと戦う姿も描かれており、このようにして生活圏を広げていったと思われる。しかし、のちにレン人は月からやってきたムーン・ビーストに征服され、以後は彼らを神としてあがめ、その奴隷に成り下がってしまった。

　ムーン・ビーストは、人間たちが自分たちを見てどのような感想を抱くかを理解している。このため、レン人は人間の商人に化けてさまざまな街を訪れ、ムーン・ビーストに代わってさまざまな物資を入手している。ときには主が崇拝する隠然たる邪神の意を汲み、各地で暗躍することもあるようだ。

　こうしたレン人の姿は、H・P・ラヴクラフトの『未知なるカダスを夢に求めて』で描かれたもの。ほかの登場作品としては、ブライアン・ラムレイの『幻夢の時計』がある。こちらでは「角族」と呼ばれ、ドリームランドを支配せんとする邪神と密接に関わる存在として描かれている。

ムーン・ビースト

月の裏側に棲むレン人の主人

Moonbeast

ドリームランドの月の裏側に棲むムーン・ビースト。レン人を奴隷として従える彼らは、人間を食料にしている怪物的な生物だ。身体の仕組みをはじめ、暮らしぶりや来歴など多くのことが、まだ明らかにされていない。

主な関連項目
レン人	▶ P.122
ドリームランド	▶ P.222

月に棲む不気味な人食い生物

　現実世界と同じく、夢の国（ドリームランド）の空にも月がある。そして、この月の裏側に棲んでいるのがムーン・ビーストだ。彼らはひどい悪臭を放つヒキガエルのような姿で、灰色がかった白い皮膚にはぬめりがあり、自在に伸縮するという。人間のような目や口、耳などは見当たらず、突き出た鼻と思われる部分の先に、ピンク色の短い触手の束を備えている。外部から見える感覚器官はこれだけで、彼らがいかに見聞きしているのかは不明だ。「ビースト」と呼ばれるのも納得だが、意外にも知能は高い。

　ムーン・ビーストは力も強く、移動する際は黒いガレー船のオールを自分たちで漕ぐ。効率重視なのか、ほかの力仕事もレン人にやらせず自分たちでこなしており、合理的に思考するようだ。なお。彼らは月で採掘した紅玉をレン人に持たせ、人間が住む街で必要な物資と交換させている。その多くは新たな奴隷だが、働かせるのは痩せた者や醜い者だけで、太った者は食料にしている。一部は、彼らが崇拝するニャルラトホテプの生贄にするのかもしれない。

引用されている作品
クトゥルフダンジョン

冒険者を育ててダンジョンに挑む、すごろく型のアプリゲーム。ボスとしてムーン・ビーストが登場する。神話生物は敵として登場。いずれも並のモンスターより手強く、ダイスの目に悪影響を及ぼす恐怖心を高める攻撃をしたりする。しっかり特徴をつかんで描かれたクリーチャーのイラストも必見だ。

Column
ムーン・ビーストは引用しにくい？

ムーン・ビーストがモンスターとして登場するゲームはあるが、それ以外ではあまり見かけない。夢の国の住人とあって舞台が限られるためか、原典でも登場作品は少なめ。邪神ほど知名度がないうえ、姿や習性が怪物的なので、ちょっと引用しにくいのかもしれない。

蛇人間

恐竜誕生以前に栄えた種族

Serpent People

蛇人間は恐竜よりも早い時代に現れ、超大陸パンゲアの中心地で大いに繁栄した。しかし、のちに現れた人間に押されて衰退。今では生き残りもわずかとなってしまい、世界各地でひっそりと隠れ住んでいる。

主な関連項目

イグ	▶ P.42
ツァトゥグァ	▶ P.46
エイボンの書	▶ P.160
ハイパーボリア大陸	▶ P.229

恐竜以前に現れた太古の種族

　蛇人間は太古の地球で繁栄した爬虫人類で、手足を備えた蛇が直立したような姿をしている。彼らがいかにして地球上に現れたのかは解明されていないが、恐竜が誕生する以前に出現した、とても古い種族であるという。蛇人間の繁栄は、ペルム紀に頂点を極めた。彼らはいまや伝説となったコブラの王冠の呪力を使い、当時形成されていた超大陸パンゲアの中心、ヴァルーシアに帝国を築いた。蛇人間たちは巨大な石造りの都市を建設し、彼らが崇拝していたイグやバイアティス、ハンといった神々の神殿が建てられていたという。しかし、帝国は2億2500万年前に滅亡し、蛇人間は各地に散っていった。こうした者たちの中では、とくに北アメリカ大陸の地下にあるヨスへ移った者たちが隆盛し、科学文明を発展させていった。

　ところが、より深淵にあるンカイを探ってツァトゥグァ像を発見。それまで信仰していた蛇神イグではなく、ツァトゥグァへの信仰が広まっていく。この結果、ヨスの蛇人間たちはイグの怒りを買い、多くの者が蛇に変えられてしまった。このとき、イグの大司祭だったススハーがヨス離れようと決意。彼をリーダーとして、災厄をまぬがれた者たちがハイパーボリアのヴーアミタドレス山の地下へ移り、錬金術を用いたさまざまな研究にいそしむようになる。

　一方、人類は蛇人間がかつて支配していたヴァルーシアにも進出し、彼らの王国を築いた。この地にとどまっていた蛇人間は、魔法で要人と入れ替わって影から国を操ったが、最終的には人類の手で打ち砕かれている。以後、蛇人間は人類の繁栄に伴って衰退し、各地でひっそりと隠れ棲んでいる。

蛇人間の基礎設定を固めたリン・カーター

このような蛇人間の姿は、もともと複数の作家が個別に描いたものだった。影からヴァルーシアの支配を目論む蛇人間は、ロバート・E・ハワードの『影の王国』で描かれたもの。ハワードと友人だったH・P・ラヴクラフトが設定の貸し借りをし、ヴァルーシアの蛇人間が神話世界に取り込まれた。ラヴクラフトの「闇にさまようもの」では、ヴァルーシアの蛇人間がかつて輝くトラペゾヘドロンを所持していた設定になっている。蛇人間が登場した時代やヴーアミタドレス山での様子は、クラーク・A・スミスの『ウボ＝サスラ』、『七つの呪い』で描かれた。蛇人間の帝国とコブラの王冠の物語は『コナン』と毒蛇の王国』で語られたもの。この作品を手掛けたリン・カーターが数々の設定を統合、整理し、現在の蛇人間の設定が形成された。

Column
蛇人間を描いたそのほかの作品

蛇人間が呪われた顛末はカーターの『The Vengeance of Yig』に記されているが、まだ未訳。ただ、イグに呪われた人間の姿なら、ゼリア・ビショップの「イグの呪い」に描写がある。なお、蛇人間に関わる作品は『エイボンの書』に多く収録されている。

引用されている作品

セントールの悩み

3巻の終わりから、蛇人間的な姿をした南極人の少女、ケツァルコルトル・サスサススールが登場。『ファイティング・ファンタジー』が元ネタのようだが、ほ乳類よりも進んだ科学技術をもっていたり、地を這っていた祖先が地下都市を築いたりと、クトゥルフ神話が由来と思われる設定もある。

Serpent People

かつて高度な文明を築いた蛇人間たちは、各地で隠れ潜みながら復権の時を待っているという

極北で対立したふたつの種族

ノフ=ケーと
ヴーアミ族

Gnoph-Keh and Voormis

太古の時代、極北に近いハイパーボリア大陸には、対立するラーン=テゴスとツァトゥグァを崇拝する、ふたつの異なる種族が棲んでいた。しかし、大陸での出来事も遠い過去のものとなり、現在は古書にその名をとどめるのみだ。

主な関連項目

ラーン=テゴス	▶ P.44
ツァトゥグァ	▶ P.46
エイボンの書	▶ P.160
ハイパーボリア大陸	▶ P.229

極北近くに棲んでいた6本足の怪物

　ノフ=ケーは、現在のグリーンランド付近に生息していた生物。姿や生態については不明な点が多い。ただ、毛むくじゃらで角があること、足が6本あって直立したり4本足でも歩けること、人喰いの性質をもつことはわかっている。また、ノフ=ケーはラーン=テゴスを崇拝しているだけでなく、ラーン=テゴスがノフ=ケーの姿で顕現することもあるという。

　ノフ=ケーが初登場したのは、H・P・ラヴクラフトの『北極星』。この作品では、ロマールの民の祖先がゾブナから南進した際、腕が長い毛むくじゃらの人食いノフケー族を蹴散らしたと語られた。のちの『未知なるカダスを夢に求めて』ではロマール王国の最期が明かされ、最終的にノフケーが王国を滅ぼしたことがうかがえる。具体的な姿は、『博物館の恐怖』が初。ただ、作中ではノフ=ケー（Gnoph-keh）で従来のノフケー（Gnophkeh）と異なっており、リン・カーターの『クトゥルフ神話の神々』やダニエル・ハームズの『エンサイクロペディア・クトゥルフ』では、別々の存在とされていた。

　なお、邦訳では「グノフケー」「グノフ=ケー」と表記されたものもあるが、これもノフ=ケーと同じものだ。

エイグロフ山脈で暮らしていた原始的な種族

　ヴーアミ族は、古代ハイパーボリア大陸の原始的な種族だ。人間に似ているが、大きさは人間の半分程度。全身は暗褐色の毛で覆われて鋭い牙と鉤爪を備え、半ば直立した中腰のような姿勢で行動する。エイグロフ山脈の高所にある

洞窟で原始的な生活をしており、とくに最高峰のヴーアミタドレス山には数多くのヴーアミ族が棲んでいる。彼らにちなんで名づけられたこの山の地下にはツァトゥグァがおり、これを崇拝するヴーアミ族は山に向かって儀式を行った。

エイグロフ山脈は、ハイパーボリアの首都、コモリウムから丸一日程度の距離にある。ハイパーボリア人は、その信仰や原始的な生活ぶりからヴーアミ族を獣と見なし、ときには狩りの対象としていた。しかし、あるとき彼らは祖先の形質を色濃く受け継ぐ異形のヴーアミ人、クニガティン・ザウムの脅威にさらされ、コモリウムから追われることになる。

ノフ＝ケーとヴーアミ族の歴史

ヴーアミ族の起源について、当初はツァトゥグァとの関わり以外は明確でなかった。のちに、ツァトゥグァ信仰を広めた太祖ヴーアムが、父ツァトゥグァと下級神の母シャタクとの間に生まれたとされ、さらにツァトゥグァが敵視するラーン＝テゴスを崇拝するノフ＝ケーとの、対立の歴史が綴られていった。かつて、ノフ＝ケーはハイパーボリア大陸の北にあるムー・トゥーラン半島を支配していた。ヴーアミ族は、彼らを極北の巣穴へと追い落として半島の支配者となるが、彼らも新たに現れた人間に追いやられることになる。こうした一連の経緯は、リン・カーターの『モーロックの巻物』などで描かれている。

Gnoph-Keh

異形の生物ではあるが、ノフ＝ケーはそこまで強力な存在ではなかったのかもしれない

ミリ・ニグリ人とチョー＝チョー人

アジアに潜む邪神のしもべたち
ミリ・ニグリ人と
チョー＝チョー人
Miri Nigri and Tcho-Tcho

邪神たちの眷属のなかには、崇拝する邪神から直接的に生み出されたものもいる。ここで紹介するミリ・ニグリ人はチャウグナー・フォーンから、チョー＝チョー人はロイガーとツァールから、それぞれ生み出された存在だ。

主な関連項目
チャウグナー・フォーン ▶ P.60
ロイガーとツァール ▶ P.72

アラオザルの廃墟で暮らす矮人

チョー＝チョー人は、身長が1.2ｍを越えない小柄な種族で、頭髪はなく、妙に落ち窪んだ眼窩にはとても小さな目が収まっている。チョー＝チョー人はアジアのいくつかの場所で確認されている。ミャンマーの奥地にあるというスン高原を本拠地とする一方、レン高原とも関わりがあるようだ。

スン高原の地下には、かつて旧神に敗れた風の邪神、ロイガーとツァールが封じられている。しかし、２柱の邪神はただ手をこまねいて封じられたわけではなく、その前に眷属の種を残していた。チョー＝チョー人はこの種から生まれた種族なのだ。

スン高原には恐怖の湖があり、湖上の島には緑色の石で建てられた古代都市、アラオザルの廃墟が残っている。このアラオザルこそ、かつて旧神が地球を訪れた際にとどまった場所。旧神が去ったのち、チョー＝チョー人は廃墟となったアラオザルを棲家とした。そして、7000年ものあいだ生きている長老エ＝ポウのもと、彼らは封じられた神々を崇拝しつつ、解放する手立てを探っている。

チャウグナー・フォーンが生み出した下僕

フランスとスペインのあいだに連なるピレネー山脈。険しい山あいの洞窟には、数千年前からゾウに似た姿の邪神、チャウグナー・フォーンが潜んでいた。この邪神が従者としてヒキガエルの肉からつくりだしたのが、浅黒い肌をもつ小柄な種族、ミリ・ニグリ人だった。

古代ローマ時代、ピレネー山脈のふもとにはポンペロという小さな町があり、ミリ・ニグリ人は毎年夏になると一度だけ、街に現れて商人と物々交換をした。その一方、彼らは年に2回ほど山中で怪しげな儀式を行っており、そのたびに街の住人を数人さらって生贄にしていた。

ある年、街に降りたミリ・ニグリ人が住人と衝突する事件が起き、ローマ軍がピレネー山脈へ出動する事態となった。チャウグナー・フォーンはローマ軍を退けたが、さらなる衝突は望まず山脈を離れようと決断。ミリ・ニグリ人は主の命令に従って、チャウグナー・フォーンを中央アジアのツァン高原へ運んだという。とはいえ、ツァン高原はチベット付近にあるとされ、ピレネー山脈東端からの直線距離でも約8000km離れている。チャウグナー・フォーンを運ぶ手段はせいぜい輿か荷車しかなかったはずで、この距離を踏破できたのは人ならざるミリ・ニグリ人ならではだろう。

ミリ・ニグリ人と、チョー＝チョー人との関係

ミリ・ニグリ人はH・P・ラヴクラフトが夢で見た種族で、彼の死後に発表された『古の民』に登場する。フランク・ベルナップ・ロングの『恐怖の山』は、ラヴクラフトに題材を譲られて執筆したもので、作中で描かれるローマ時代の話は、ほぼ『古の民』と同じだ。ただ、ミリ・ニグリ人については若干の違いがあり、誰も理解できない言語で会話するという『古の民』での設定が、『恐怖の山』では言葉を話せないことになっている。

なお、ミリ・ニグリ人がチャウグナー・フォーンを運んだツァン高原は、リン・カーターの作品ではチョー＝チョー人の生息地として描かれている。ともに邪神から生まれた存在なためか、『クトゥルフ神話TRPG』でのチョー＝チョー人はミリ・ニグリ人と人間とのあいだに生まれたと設定されている。

星間宇宙を駆ける宇宙生物
バイアキー
（ビヤーキー）
Byakhee

ハスターに仕えているバイアキーは恒星間をも一瞬で移動することができる虫に似た宇宙生物だ。主と利害が一致する人間であれば召喚されて手助けをしてくれることもある。その最大飛行速度、なんと光速の400倍!?

主な関連項目

ハスター	▶ P.64
無名都市	▶ P.220

使役することもできるハスターのしもべ

　バイアキーはクトゥルフと並ぶ旧支配者の一員、ハスターに仕えている種族で、ビヤーキー、バイアクヘーとも呼ばれる。

　バイアキーは、体長は2～3メートルで、星間宇宙を住みかとしている。真空中でも生きることができるのだ。彼らの腹部には、フーンと呼ばれる特殊な器官を備えており、これを使うことで恒星間を一瞬とも思える速度で移動することができる。その速度は光速の10分の1ほどだという。さらに「カイム」と呼ばれる空間を作り出すことができ、その中では光速の400倍もの速度で飛ぶという。しかしその際はすさまじい空腹に見舞われる。

　人間と意思を疎通することができ、手続きを踏めば人間が召喚することも可能だ。クトゥルフ復活を阻止しようとしたラバン・シュルズベリィ博士も、たびたびバイアキーを召喚している。この話はファンにはよく知られており、「バイアキーはタクシー代わり」などと言われることもある。

　バイアキーの姿については明確ではない。というのも、その名が最初に登場したオーガスト・ダーレスの作品には、「柔毛が生えたコウモリのような翼をもつ生物」とだけしか記述がないのだ。ラヴクラフトの『魔宴』では、「カラスでもなくモグラでもなくハゲタカでもない、アリやコウモリ、腐乱死体とも違う」という、水かきのある足をもった生物についての記述がある。

　一般にはこれがバイアキーだと考えられており、この描写に基づいてアリにコウモリの翼を備えたような姿で描かれることが多い。ただ、ほんとうに両者が同じものなのかは不明だ。

バイアキー（ビヤーキー）

引用されている作品

邪神ハンター

格闘バカの女子中学生、七森サーラの活躍を描いた作品。クトゥルフ神話を摂りこんだライトノベル作品のはしりともいわれる。作中では、魔導士グレゴォルに召喚されてバイアクヘーの名で登場。大きな4枚の羽根をもつ、ハチかアブに似た巨大な虫のような魔獣として描かれている。

斬魔大聖デモンベイン

クトゥルフ神話の魔導書を擬人化したキャラクター設定が大きな反響を呼んだ作品。作中では、セラエノ断章（ケレーノ断章）によって召喚される鬼械神（簡単にいうとロボット）がロードビヤーキーと名付けられている。セラノエ断章といえばシュルズベリィ博士と関わりが深く、それゆえの命名なのだろう。

Byakhee

昆虫のような姿ではあるが、その手触りは人肌のようだという

バイアキーを召還する手順

『旧き印』が刻まれた石と石笛、黄金の蜂蜜酒を用意

▼

アルデバランが地平線より上に昇るのを待つ

▼

「いあ！ いあ！ はすたぁ！ はすたぁ！ くふあやく ぶるぐとむ ヴぐとらぐるん ヴるぐとむ！ あい！ あい！ はすたぁ！」と呪文を唱える

▼

黄金の蜂蜜酒を飲み石笛を吹く

▼

部屋の窓の外など召喚者の近くにバイアキーがやってくる

131

ティンダロスの猟犬

鋭角からやってくる

The Hounds of Tindalos

実体がない異次元の存在。彼らが犬に似たかたちをとるのは90度以下の角度をくぐり抜けてきたときだけだ。そしてその犬のような顔もやはり犬ではなく異様に長い舌を持つおそろしい形相をしている。

主な関連項目
ヨグ＝ソトース ▶ P.30
シュブ＝ニグラス ▶ P.34
ニャルラトホテプ ▶ P.36
ハイパーボリア大陸 ▶ P.229

執拗な追跡

　どこまでも追ってくる無限追尾兵器のような生物。常に餓えているティンダロスの猟犬は、目をつけた獲物を逃さない。

　ただし次元を超えて人間世界に出現するには90度以下の角度がなければならず、90度よりも角度が大きい場所からは入ってくることができない。もし何も物がない部屋を用意できれば空間の四隅を丸くすることで対応することができる、と古代ギリシャ人が語り残したが、現実的には難しく、一度ティンダロスの猟犬に狙われたら逃げることは不可能に近い。ティンダロスの猟犬は異常に執念ぶかく、しかも獲物を捕らえるまで、次元や時間すら超えて追跡してくるからだ。

　危険な徴候としては、尖った場所から青黒いものが噴きだしてくるというものがある。それは徐々に凝集して塊となり最後にはティンダロスの猟犬のかたちをとるので、発見次第逃げださなくてはならない。また、実体が完全に出現する前に異臭が発生するが、その段階では脱出が間にあわない可能性がある。そして彼らは太く、曲がりくねった注射針のような舌で襲いかかってくる。

　ドールやサテュロスがティンダロスの猟犬を手助けしているという情報を遺した幻想作家ハルピン・チャーマズにしても、襲撃で命を落としたと思われる（青い漿液が屍体に付着していた）から、そもそも人類史上逃げおおせた人物がいたかどうかも怪しい。ジェイムズ・モートン博士はその青い液体を分析したという。はたしてティンダロスの猟犬の正体と、そのものから逃げるすべは判明したのだろうか。

ティンダロスの猟犬

引用されている作品

異形たちによると世界は…

クトゥルフの邪神たちが女の子になって登場するこの漫画にティンダロスの猟犬も出演。90度以内の鋭角がないと出現できない本家ティンダロスの猟犬の設定を活かし、彼女は手製の三角帽子を被っていないと消えてしまうキャラクターになっている。ほのぼのと萌えとゆるい笑いが渾然一体の4コマ。

今日の早川さん

『異形たちによると世界は…』の作者、cocoによる別の4コマ漫画。ホラー小説ファンの帆掛舟が介護をしている与田の家で「ネクロノミコン」を用い、髪型が垂れ耳ふうの女の子、ティンダロスの猟犬を召喚する。ヒロインの早川量子らに対しては親戚の「てん子」ということにして押しきっている。

The Hounds of Tindalos

ふつうの犬に見えなくもないがやっぱり無理。この世のものではない

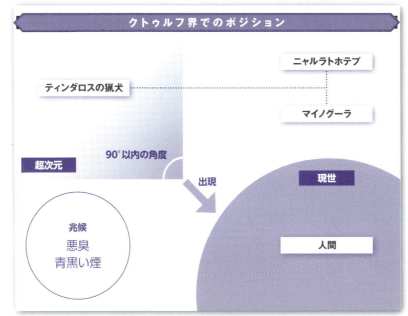

クトゥルフ界でのポジション

ウルタールの猫

猫をいじめるべからず！

A Cats of Ulthar

ドリームランドの村ウルタールには不思議な猫たちが住んでいる。その猫たちを題材にした物語は『クトゥルフ神話』とは思えないほど一般に通用する内容だ。もし、この物語が現実の村にある伝承と言われたら信じてしまいそうなほどに。

主な関連項目	
ウルタール	▶ P.232
ドリームランド	▶ P.222

猫を愛したラヴクラフトの警告

　ラヴクラフトは猫が大好きで、自身の作品にしばしば猫を登場させている。なかでも、彼の猫好きを象徴するのが『ウルタールの猫』という短編だ。

　ドリームランドの村ウルタールには、猫を殺して楽しむ老夫婦が住んでいた。あるとき、メネスという名の少年が隊商とともに村を訪れる。少年は小さな黒猫を飼っていたのだが、老夫婦がこれを捕らえて殺してしまった。それを知ったメネスは深く悲しんだのち、太陽に向かって謎の祈りを捧げると、隊商とともに村を後にした。

　それから数日後、老夫婦はウルタール中の猫に食い殺されるという凄惨な最期を迎える。この出来事を知った村人たちは、猫の殺生を禁じる掟を作り、ウルタールには猫の神殿が建てられた。この物語は「猫を害する者は罰を受けるぞ！」というラヴクラフトの警告であり、戒めの寓話と言えるかもしれない。

　ちなみに、ウルタールの猫は我々の世界の猫とは少し違う不思議な生き物だという。ラヴクラフトの説明では「彼らはスフィンクスの親戚で、その言葉を解し、スフィンクスよりも昔から存在し、スフィンクスが忘れたことも覚えている」という。

　欧米（というかイギリス）には古くから「猫に九生あり（A cats has nine lives）」ということわざがある。これは猫には9つの命があり、生まれ変わることができるという迷信に基づいたもので、猫の執念深さやタフさなどを表した言葉だ。シェイクスピアの『ロミオとジュリエット』にも出てくるほど有名なので、ラヴクラフトがこの言葉から着想を得ていても不思議はないだろう。

クトゥヒ

クトゥルフの星の落とし子

Cthulhi

崩壊度	3
大きさ	1
女体化度	5
知性	4

クトゥルフの肉体から大量生産された小型のタコ型クリーチャー。地球に来てからは各地で首領のために奮闘し、地球支配実現のために働いていた。その健気な量産型的仕事っぷりは某ロボットアニメに喩えるならボールさん？

主な関連項目

クトゥルフ	▶ P.16
ルルイエ	▶ P.216
古のもの	▶ P.106

食用に適しているってマジ!?

クトゥヒとは、クトゥルフとともに地球に飛来してきた落とし子のこと。彼らは飛来するやいなや、ルルイエをはじめとする大都市を建設する大工として働いた。また、古のものの迎撃を受けた際には主戦力として奮闘し、逆に古のものたちを打ち破っている。

クトゥヒは自分の身体を自在に変形させることができる。普段は首領たるクトゥルフの姿に似た形を取っているが、その気になれば人間に扮してまぎれ込み、工作活動に従事することもできそうだ。

クトゥヒのほとんどは、ルルイエが海中に没して死の都となったときに、主とともに眠りについた。そしてルルイエが浮上した際には一斉に目覚めて、クトゥルフの尖兵として働くのだろう。

ちなみに、クトゥヒは外見的に酷似しているタコと同様に、オリーブオイルで調理できるという説もある。もしかすると「実際に戦ってみたら案外弱かった！」みたいなことになるのかもしれない。

引用されている作品

這いよれ！ニャル子さん

クトゥルフの落とし子→株式会社クトゥルーの社員という発想なのか、クトゥヒ（たぶん）を女体化したルーヒー・ジストーンとして登場。新ゲームハード開発に失敗→魔法少女コスプレでステージに→たこ焼き（原料はクトゥヒ？）屋と浮き沈みを体験する。

Column
ハスターとクトゥヒ

ハスターとクトゥルフは対立関係にあり、クトゥヒも同様のはずだが『這いよれ！ニャル子さん』ではハス太とルーヒーのカップリングが進行中。いわゆるおねショタというヤツである。なお、ダーレスの四大属性設定が、恋の障害になっているのかについては不明。

第4章

旧き神々

PANTHEONS II

『クトゥルフ神話』に登場する神々の3分類のひとつである旧神。
彼らは外なる神や旧支配者と対立しているという。
旧神によって旧支配者が封じられたという話はいくつもあり、
そのことから旧神が人類の味方だと言う者もいる。が、本当にそうだろうか。
少なくとも旧神自らが、人の側に立つという宣言をした事実はない。

旧神

Elder Gods

旧神は、オーガスト・ダーレスがあとから追加した神格で、神話作品
で言及されることが極めて少なく、情報がほとんどない。旧支配者ら
も謎めいてはいるが、旧神はそれ以上に未知の存在だ。さまざまな推
測や仮説は立てられているが、多くは謎のままである。
判明していることのひとつは「旧神が、外なる神や旧支配者と対立し
ている」ということ。旧支配者が封印の眠りについた原因は、旧神と
の戦いに敗れた結果であることが多いので、これはほぼ間違いない。
そのため「敵の敵は味方」理論で、旧神は邪神に抗する善なる神とい
う説が主流だ。また「旧神も旧支配者も元は同等の存在で、そのうち
善なるものが旧神、邪悪なものが旧支配者になった」と唱える者もい
る。だが、それが真実かどうかは「旧神のみぞ知る」だ。

Nodens

ノーデンス

ドリームランドの地下を治める王

ノーデンス

崩壊度	大きさ
1	**4**
女体化度	知性
1	**4**

Nodens

オーガスト・ダーレス以降の神話体系で旧支配者のライバル的存在とされている旧神。ただ、具体的に誰がと訊かれると意外に名前が出てこない。そんな旧神に分類されるもののなかでももっとも知名度が高い神がノーデンスだ。

主な関連項目

ニャルラトホテプ ▶ P.36
ナイトゴーント ▶ P.116
ドリームランド ▶ P.222

ひげの威厳

　旧支配者と対立する旧神というカテゴリーのなかではもっとも有名な存在。外見はほぼ人間と同じで、ギリシャ神話に出てくる神に近い。白いひげを長く伸ばし、オールバックの白い長髪と深いしわには威厳が漂っている。そしてオーク（楢または樫）材でできた杖を持つという、老人の姿として描かれることが多い。それはこの姿で人間界に現れることがあるからだ。アメリカマサチューセッツ州のキングスポートという港町に、大いなる深淵につながる不思議な館があり、ノーデンスはそこに現れる。ネプチューン、トリトン、海の精らの神々を従え、天空へと繰り出していくのだ。

　ドリームランド（幻夢境）を舞台にしたハワード・フィリップス・ラヴクラフトの小説『未知なるカダスを夢に求めて』では、人間であるランドルフ・カーターを助けてニャルラトホテプと対立する。使役する奉仕種族はングラネク山を守護するナイトゴーント（夜鬼）で、このノーデンス＆ナイトゴーント組とニャルラトホテプとの抗争は『這いよれ！ニャル子さん』でも採用されている（原典はカーターを助けるノーデンスが善、カーターをだますニャルラトホテプが悪と読める内容になっているので、ノーデンスが敵役で登場する『這いよれ！ニャル子さん』とは視点が逆であるが）。

　ノーデンスはドリームランドの地下に拡がる大いなる深淵をすべ、旧支配者たちの牢獄を監視しているといわれる。このことからもノーデンスは人間の味方なのではと解釈するむきもあるが、夢の世界でノーデンスと接触した人間が帰ってくると腑抜けのようになっているという説もあり、油断は禁物だ。

引用されている作品

エンジェルフォイゾン

クトゥルフ神話の設定を全面的に採用した萌えクトゥルフ漫画としては既にクラッシックの部類に入る。この作品の第4巻でノーデンスは、旧神を束ねる大帝として主人公の工藤ススムたち一行とアザリン（アザ＝トゥース、美少女化したアザトース）復活の前に対面する。威厳のある風貌だ。

這いよれ！ニャル子さん

原作では初登場時に肉塊にされ、その後は同一種別個体が順次出てくるが、アニメ版では常に同一個体の模様。準レギュラーに近い頻度で第1期第2話「さようならニャル子さん」同第9話「僕があいつであいつが僕で」に登場した。第9話ではヒーローショーの悪役としてルーヒーの相手を務めた。

Nodens
大いなる深淵の王。片手は銀の義手となっていて、杖を持っている

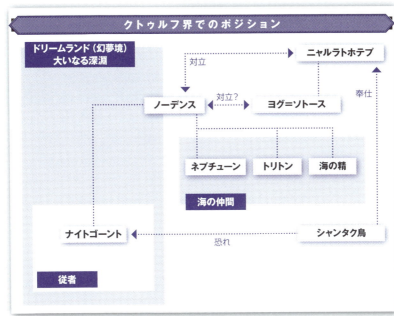

名が知られている大地の神々の一員
ナス＝ホルタース

Nath-Horthath

ナス＝ホルタースは、地球本来の神々である「大地の神々」の一柱。かつてはハイパーボリアで崇拝され、人々を悪夢から守っていた。大地の神々への崇拝が盛んなドリームランドでは、とくに壮麗な都市セレファイスで厚く信仰されている。

主な関連項目

大地の神々　▶ P.148
ドリームランド　▶ P.222
ハイパーボリア大陸　▶ P.228

セレファイスの人々が厚く敬う小神

　ナス＝ホルタースは、大地の神々、古きものどもなどと呼ばれる神々の一柱で、ドリームランドに住まうとされる。あまり詳しいことはわかっていないが、木の葉状の長い耳や尖った顎といった基本的な外見の特徴は、ほかの大地の神々と同じだろう。一方で、ナス＝ホルタースは金髪で肌が黒く、瞳がない眼は銀色に輝き、神聖とみなすライオンを連れているという。

　ドリームランドにはいくつか有名な都市や町があるなかで、とくにナス＝ホルタースの崇拝が盛んなのが、麗しの都セレファイスだ。

　セレファイスはアラン山のふもと、海に面したオオス＝ナルガイの谷にある。いくつもの塔が立ち並ぶ壮麗な都市で、青銅の大きな門と青銅の像が並ぶ大理石の城壁で守られている。道には縞瑪瑙が敷かれており、トルコ石で築かれたナス＝ホルタースの神殿には、蘭の花冠を頂いた80人もの神官が仕えている。

　セレイファスを含めたオオス＝ナルガイの一帯は、クラネスというロンドンの夢見人によって創造された。信仰を集めるナス＝ホルタースの力なのか、それともクラネスの想像力によるものかは不明だが、セレファイスには時の影響を受けないという不思議な特性がある。このため、城壁や神殿が輝きを失うことはなく、ここでは人々も老いることがないという。

　なお、ナス＝ホルタースはかつてのハイパーボリア大陸でも、月の神として崇拝されていた。すべての夢を見守りつつ人々を悪夢から護り、同時に統治者たちを導く存在でもあった。そして、特に気に入った者に対しては、黒い影のようなライオンを下界に送って助けたという。

Nath-Horthath

ナス＝ホルタースは、詳細が知られていない大地の神々のなかでは比較的情報が多い神だ

設定の約半分は未訳作品やTRPGによるもの

　ナス＝ホルタースは、H・P・ラヴクラフトの『セレファイス』や、『未知なるカダスを夢に求めて』に登場した。ただ、作中でセレファイスの神殿や信仰についての様子は描かれていたものの、外見などの詳しい描写はされなかった。そのため、ナス＝ホルタースの外見や連れているライオンの設定は、『クトゥルフ神話TRPG』の『神話図説』で設定されたものだ。

　また、ナス＝ホルタースのような大地の神々については、ドリームランドという夢の領域の神ということもあるのか、そもそも扱っている作品があまり多くはないようだ。やや古い解説本になるが、『エンサイクロペディア・クトゥルフ』のような海外のものでも、参考作品が少ないのがわかる。

　なお、海外のクトゥルフ神話の作品には、まだ日本では翻訳されていないものが数多くある。独自の設定で大地の神々を描いたゲーリー・メイヤーズや、ハイパーボリアにおけるナス＝ホルタース信仰に触れたジョン・R・フルツらの小説も、こうした作品のひとつ。幸い、クトゥルフ作品の翻訳を手掛ける方も昔に比べて増えているようなので、そう遠くないうちに読めるようになることを期待したい。

エルダーサインを生み出した？

ヌトセ＝カアンブル

N'tse-Kaambl

崩壊度	大きさ
1	4
女体化度	知性
5	4

ヌトセ＝カアンブルは、ゲーリー・メイヤーズが生み出した旧神の一柱。この女神はドリームランドで崇拝されているが、関心のほとんどが邪悪な神々との戦いに向けられており、エルダーサインをつくったともいわれている。

主な関連項目	
エルダーサイン	▶ P.206
ドリームランド	▶ P.222

邪神の打倒に燃える夢の国の女神

　ヌトセ＝カアンブルは、「その輝きが世界を砕いた」と言い表されている夢の国（ドリームランド）の女神だ。ローブ、もしくは古代ギリシャ人が身に着けていたようなキトンをまとい、頭には兜を被って槍と旧き印（エルダーサイン）が刻まれた盾を所持している。ギリシア神話で知恵や芸術、戦いを司っているアテーナーを思わせる姿だが、ドリームランドが人間の見る夢の国であること思えば、それほど不思議なことではないのかもしれない。

　ヌトセ＝カアンブルは、封じられている邪神たちの明確な敵対者とされている。この神の関心は、ほぼすべてが邪神たちの打倒に向けられており、重大な脅威が迫った場合には、ほかの旧神も呼びよせて対処するという。

　邪神に対する関心が並々ならぬ一方、人間に対する関心はかなり薄いようだ。ただ、邪神の脅威に立ち向かう人間に対しては、手を差し伸べることもあるという。もっとも、これは積極的に人間を助けるというわけではなく、邪神を打倒するという目的達成のため、「使えるものは何でも使う」ということなのかもしれない。

　また、邪神たちの眷属を退ける旧神の印、エルダーサインは、ヌトセ＝カアンブルが創造したともいわれる。邪神に対するヌトセ＝カアンブルの姿勢を見る限り、これは十分にあり得る話だろう。もっとも、女神のこうした姿勢ゆえに、もとから存在した彼女の印が聖なるものとされた可能性もあり、まだ何とも言えないところだ。なお、ヌトセ＝カアンブルはおもにユスと呼ばれる場所で厚く信仰され、神官たちはエルダーサインで身を守っているという。

引用されている作品

這寄れ！ニャル子さんW

ヌトセ・カームブルの名で第12話に登場した、アニメ版オリジナルキャラクター。惑星保護機構幻夢境管理課の職員で、完成した新型防衛システム「バンシン（恐らくは蕃神）」を見に幻夢境を訪れた主人公たちの案内役を務めた。武装はしていなかったが、やはりアテナを思わせる姿だった。

遊戯王OCG デュエルモンスターズ

光属性、天使族のモンスター、旧神ヌトスとして登場。イラストは槍と盾を所持した女神だ。召喚すると、1ターンに一度、自分のメインフェイズに手札からレベル4のモンスターを召喚でき、墓地へ送られた際はフィールドのカードを1枚破壊できる。召喚が手間だが、使いこなせればなかなか強力だ。

TRPGで肉付けされた女神の設定

　ヌトセ＝カアンブルは、ゲーリー・メイヤーズによって生み出された。彼はオーガスト・ダーレスに見いだされた人物で、神話作品を手掛けた第二期の作家と見なされている。

　彼はヌトセ＝カアンブルをデビュー作の『妖蛆の館』に登場させたが、当初の雑誌掲載ではやや異なる名前だった。名がヌトセ＝カアンブルとなったのは、のちに作品集として出版した際のこと。しかし、このとき変わっていたのは神の名だけでなく、旧神の設定も含めた世界観そのものだった。

　最初に発表した初版では、旧神に敗れた邪神たちが封じられ、夢の国の守護者に見張らせているとしていた。しかし、彼はＨ・Ｐ・ラヴクラフトの作品を独自に検証し、のちの作品集では旧神を夢の国の弱き神々とし、もとから眠りこけていた邪神たちに魔法をかけ、眠り続けさせているだけと書き換えている。

　ただ、旧神そのものの設定にはこだわりを見せたメイヤーズだが、自身が生み出したヌトセ＝カアンブルについては、あまり詳しい描写をしていない。そのため、一般に知られているこの女神の情報は、『クトゥルフ神話TRPG』で設定されたものとなっている。

ウルターラトホテプ

長らく世に出なかったペルトンの旧神

Ultharathotep

ウルターラトホテプはフレッド・L・ペルトンが創作した旧神の一柱で、彼の作品『サセックス稿本』にその活躍が綴られた。諸事情により、『サセックス稿本』は長らく埋もれたままだったが、1980年代半ばに晴れて世に出ることができた。

主な関連項目

クトゥルフ	▶ P.16
ンガ＝クトゥン	▶ P.45

クトゥルフを封じたという旧神のヒーロー

　ウルターラトホテプは、フレッド・L・ペルトンが『サセックス稿本』に登場させた旧神だ。ウルタールとも呼ばれ、アザトースに従属しているソトースによって生み出された。実体をもたない思念体のような存在で、ウルターラトホテプの姿はわからない。ただし、他者との意思疎通はできるようなので、恐らくはテレパシーのようなもので交信していると思われる。だとすれば、ウルターラトホテプと交信する相手の意識には、この神のおぼろげな姿が浮かんでいるのかもしれない。

　どこにあるかはわからないが、ンガ＝クトゥンと呼ばれる都市にはウルターラトホテプの神殿がある。1000年に1度、この都市に地球すべての為政者と神官が集められ、ブカルと呼ばれる儀式を執り行って、ウルターラトホテプに力を注ぎ込んでいた。

　ところが、邪悪な霊たちが結託してこの力を横取りし、クトゥルフを召喚して旧神を打倒する事態となった。しかし、旧神の忠実な信徒たちはウルターラトホテプへの信仰を絶やさず、ふたたび力を得てウルターラトホテプが復活。ソトースのほか、旧神たちを呼び寄せて邪悪な霊たちに反撃し、旗頭だったクトゥルフをルルイエに封じたという。

　なお、ウルターラトホテプは旧神の力の象徴で、邪悪な霊たちの動向を探ろうと考えた旧神たちの意を受け、地球に派遣されたという。これは恐らく邪悪な霊を封じたのちのことで、ウルターラトホテプは彼らを監視していたのだろう。ただ、この任務を続けるためには、定期的に儀式を行う必要があるという。

サセックス稿本の刊行まで

　ペルトンはＨ・Ｐ・ラヴクラフトの熱心なファンで、『サセックス稿本』の原稿を自ら彩色写本風に製本し、オーガスト・ダーレスが経営していた出版社に送った。当初、ダーレスは刊行に乗り気だったが、独自設定が従来の作品と違い過ぎたこともあり、共同経営者に反対されて刊行が見送られた。
　その後、『サセックス稿本』は行方不明となるが、とあるクトゥルフ神話研究家が遺族が保管していた原稿を発見。1980年代にようやく刊行された。

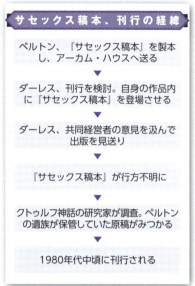

サセックス稿本、刊行の経緯

ペルトン、『サセックス稿本』を製本し、アーカム・ハウスへ送る
▼
ダーレス、刊行を検討。自身の作品内に『サセックス稿本』を登場させる
▼
ダーレス、共同経営者の意見を汲んで出版を見送り
▼
『サセックス稿本』が行方不明に
▼
クトゥルフ神話の研究家が調査。ペルトンの遺族が保管していた原稿がみつかる
▼
1980年代中頃に刊行される

時代を先取りし過ぎた？ ペルトンの設定

　ペルトンにはもうひとつ、まだ翻訳されていない独自設定の作品がある。では、どの程度の違いかというと、宇宙の誕生以前から旧神とアザトースがいたり、ノーデンスがアザトースに仕えていたり、風の指導者がロイガーで水の指導者がイタクァだったりといった具合だ。
　ほかにもあるが、ちょっと気になる点といえば、水の筆頭がクトゥルフではないことくらいだろうか。海外には、ブライアン・ラムレイが手掛けた「タイタス・クロウ・サーガ」シリーズのような独自設定の作品もあるし、ましてや邪神が女の子だったりロボットものがあったりする日本に比べたら大人しいものだろう。
　もっとも、ペルトンが作品を制作したのは、まだダーレスですら存命の頃。現代なら受け入れられそうな彼の作品も、当時としてはまだ早過ぎるものだったのかもしれない。刊行はペルトンが亡くなった後だったが、作品が陽の目を見ることができたのがせめてもの幸いだろうか。

クタニド

邪神たちを監視する旧神の統率者

クタニド

Kthanid

旧神たちが住まうエリシアには広大な海があり、永久氷河の奥底に建つ宮殿にはクタニドが棲んでいる。クタニドは姿こそ邪神王クトゥルフと瓜ふたつだが、「旧神のなかでも並ぶものなき、何者も逆らえぬ」といわれる旧神の王だ。

主な関連項目	
クトゥルフ	▶ P.16
ヤード＝サダジ	▶ P.147
ド・マリニーの掛け時計	▶ P.203

クトゥルフとそっくりな姿をした旧神の王

　クトゥルフ神話作品のなかには、大枠で従来の設定を維持しつつ、独自の設定も合わせて創作された作品がある。ブライアン・ラムレイの「タイタス・クロウ・サーガ」シリーズもそのひとつで、クタニドは旧神の王とされている。

　旧神たちが本拠地とするエリシアには永久氷河がある。この奥にはクタニドが住む水晶と真珠の宮殿が埋まっており、クタニドは宮殿の奥にある自身の居室で、水晶球を介して宇宙の平穏を保つべく見守っている。

　というのも、クタニドは水晶球を覗くことで、ある程度先の未来に起こる事象を予見できる。水晶に映し出される光景は確定した未来ではなく、あくまで可能性に過ぎない。しかし、クタニドは数々の可能性のなかから不思議と適切なものを選び取り、予防処置を取ることができるのだ。

　また、クタニドは言葉を使わずにテレパシーでの会話ができる。思い浮べた映像を相手と共有できるので、複雑な状況を説明したり大量の情報を伝える場合に重宝するようだ。この神が発する思念波はなかなか強力で、ある程度までなら時空を超えて相手に届けることもできる。作中では、タイタス・クロウやアンリ＝ローラン・ド・マリニーに語りかけ、彼らを導いていた。

　このように、クタニドはかなり万能感があふれる神だが、その姿は邪神たちを束ねるクトゥルフにそっくり。実は、両者は兄弟のような関係にあるのだ。ただ、クタニドの黄金色に輝く眼は善意と慈悲に溢れていて、明らかにクトゥルフとは異なっている。そして、ひとたび邪神と対峙すれば、双眸から脈動する金色の光線を放って撃退するのだ。

ヨグ＝ソトースと瓜ふたつの旧神
ヤード＝サダジ

Yad-Thaddag

ヤード＝サダジは、エリシアに住まう旧神の一柱。暗黒的な邪悪さを備えたヨグ＝ソトースの従兄弟で、非常によく似た姿をしている。しかし、金色に輝く球体が、旧神の王たるクタニドと同じく、善性を備えた存在であることを示している。

主な関連項目

ヨグ＝ソトース	▶ P.30
クタニド	▶ P.146

善性を備えたヨグ＝ソトースの従兄弟

　ヤード＝サダジは、ブライアン・ラムレイが手掛けた『タイタス・クロウ・サーガ』シリーズの最終巻、『旧神郷エリシア』に登場した旧神だ。

　その姿はヨグ＝ソトースと同じで、「ゆっくりと蠢く金色の巨大な球状の集積物によって半ば隠された、のたうつ悪魔めく怪物のようなもの」と表現されている。これは、輝く球体ではなくその後ろで蠢いているものこそが本体という、オーガスト・ダーレスの『暗黒の儀式』での設定を踏まえたものだろう。

　ただ、ヨグ＝ソトースが究極の暗黒的邪悪さをもつ一方、ヤード＝サダジは至高の善性をもつと明言されている。作中ではヨグ＝ソトースの従兄弟とされており、クトゥルフに対するクタニドと、同じような関係というわけだ。

　ちなみに、このシリーズ作品では「旧支配者」という表現はあまり使われず、代わりに「ＣＣＤ（クトゥルフ眷属邪神群）」と呼ばれている。本作において、もともと邪神たちも旧神だったとされており、彼らは強大な存在だったゆえに自らの力に溺れ、邪悪なものへ堕落したとされている。

　クタニドを始めとする旧神たちは、もともと兄弟のような存在だった彼らを滅ぼさないと掟を定め、ゆえに彼らを幽閉するにとどめたという設定だ。

　旧神と旧支配者の対立という形は残しつつ、旧支配者を旧神に置き換えた独自の設定は、「旧神は、なぜ旧支配者を滅ぼさなかったのか」という問いに対するラムレイの回答のようにも思えて興味深い。

　なお、作中でヤード＝サダジが活躍する場面はなかったが、『クトゥルフ神話TRPG』ではヨグ＝ソトースのように時空を超える能力を備えている。

大地の神々

隠棲する美しくも脆弱な神々

大地の神々

Gods of Earth

ドリームランドのはるか北方には、カダスと呼ばれる超巨大な山が、想像を絶する高さでそびえている。その山頂には巨石と縞瑪瑙でつくられた城があり、今やすっかり脆弱な存在となってしまった大地の神々が暮らしている。

主な関連項目
ニャルラトホテプ ▶ P.36
ナス＝ホルタース ▶ P.140
ドリームランド ▶ P.222

ひと目を避け、カダスの頂で暮らす神々

　大地の神々は地球本来の神々の総称。ここでは、おもに夢の国（ドリームランド）で暮らす「大いなるもの」ついて紹介する。

　大いなるものは人間に似た姿で、細長い切れ長の目と長い葉のような耳、薄い鼻、とがり気味の顎をもつ。理由は不明だが、大いなるものは人間の目に触れるのを好まない。かつて彼らはハテグ＝クラに住んでいたが、人間が現れたために他所へ移った。その後も彼らは何度か住処を変え、最終的に落ち着いたのが、カダスの巨大な山の頂にある縞瑪瑙の城だ。以後、彼らは長らくこの地にとどまっており、一部の夢見人を除いてその姿を見た人間はない。

　ただ、彼らはときおり山を降って人間と交わることがある。インクアノクの街に行けば、神々の面影を残す美しい人々に会えるだろう。ングラネク山の山腹に、彼ら自身が刻んだ顔の像があるので、山を登れば神の顔を間近に見ることも可能だ。

　ガグを地下に封じたコスの例から、大いなるものは力ある存在だったと思われる。現在の彼らが脆弱なのは、覚醒世界での信仰が廃れたためだろうか。あるいは、彼らを後見するニャルラトホテプが何か企んだのかもしれない。

存在が知られている大地の神々

　それほど多くはないが、大地の神々のなかには名前などが判明しているものもいる。一部ではあるが、そんな神々を紹介しよう。

カラカル：稲妻のごとき配下を従える、炎をまとった青年のような姿の神。火の神だが、ハイパーボリアでは太陽神だと考えられていた。カダスにある自身の聖域からあまり動くことはなく、彼の神官たちは炎を絶やさず彼に捧げている。

・イホウンデー：イホウンデーはヘラジカの女神で、魔導士エイボンが居た時代のハイパーボリアで崇拝されていた。ヘラジカの角をつけた神官たちは、邪神ツァトゥグァへの信仰を断とうとし、この試みは成功しかけた。しかし、エイボンを逮捕に向かった大神官モルギがエイボンともども失踪。この事件以後、ツァトゥグァ信仰が急速に勢いづき、イホウンデーへの信仰は衰退した。

・コス：夢を司る神々の一員だが、ヒュプノスよりは温厚。この神の印は大地の神々の封印で、人間も犯すことはできない。有名な宝石アッシュールバニパルの焔をつくった神でもある。

・ゾ＝カラール、タマシュ、ロボン：サルナスで信仰されていた神。アイ河沿いに、イラーネク、カダテロン、トゥラーと３つの都市を築いた、黒い羊飼いの民に崇拝されていた。彼らがイブの古代都市を滅ぼして降りかかったボクラグの呪いに対して、これらの神は無力だった。

・ブバスティス：猫の頭をもつエジプト神話の女神。本来は信仰拠点だった都市の名で、一般にはバステトやバストと呼ばれる。この神を崇拝した一部の神官は、神が人間の形をとれると信じて悍ましい実験を繰り返し、エジプトを追われたという。『クトゥルフ神話TRPG』では旧神に分類されている。

・ヒュプノス：夢を司る神。あまりにも深く夢の世界に入り込む者に、呪いをかけるとされている。TRPGでは旧神に分類されている。

第5章

禁忌の書物
BOOKS of MAGIC

『クトゥルフ神話』において、邪神に匹敵する存在感を放つのが、
「ネクロノミコン」に代表される数々の魔導書である。
この章では、神話作品に登場するさまざまな魔導書を紹介している。
ただし、これらは人類にとって未知なる邪悪に抗う術を与えると同時に、
読む者を狂気に陥らせることを忘れてはならない。

魔導書
Gremoires

「ネクロノミコン」「エイボンの書」「ナコト写本」「黄衣の王」など、
神話作品にはさまざまな魔導書が登場する。これらの書物は、物語に
おいて怪事件の発端となったり、解決の糸口となったりする、いわば
キーアイテムとしての役割がある。
多くの場合、書物の内容は邪神への儀式の方法や撃退の術、邪神や異
形との闘争の歴史、それに異世界の情報など、人類が知り得ないさま
ざまな知識が詰め込まれた宝庫である。が、その一方で読み進めるほ
どに読者を狂わせるという禍々しい力も持ち合わせているのだ。
重要な知識が記されているにも関わらず読んではならない──それが
未知に対する好奇心とリスクの葛藤を生じ、『クトゥルフ神話』の魔導
書が、異様な魅力を放つ最大の理由なのかもしれない。

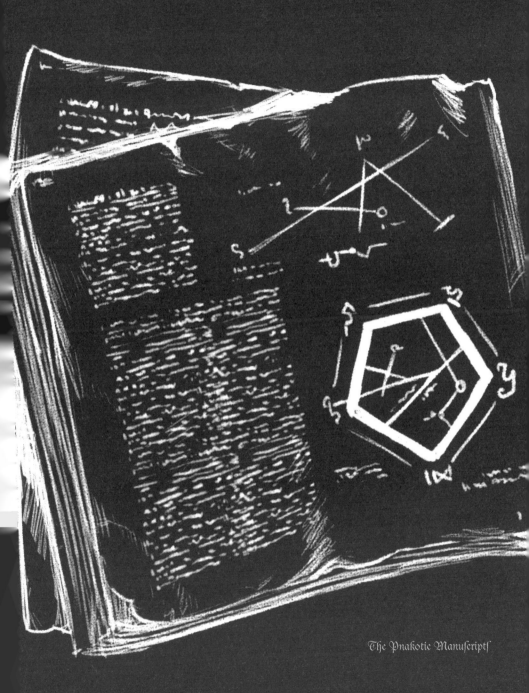
The Pnakotic Manuscripts

ネクロノミコン

アラビアよりいでし世紀の奇書
ネクロノミコン

Necronomicon

この世に生まれたものならば誰もが欲しがる最凶の魔導書。遙か昔の書き手は邪神に殺されている、それほど危険なこの一冊を手に入れるべく、多くの者が犠牲を厭わず争奪戦に参加しているという。おそろしげな呪文が人々を引き寄せるのか――。

主な関連項目

ヨグ＝ソトース	▶ P.30
無名都市	▶ P.220
ミスカトニック大学	▶ P.224

世界最凶の魔導書

　「ネクロノミコン」は架空の魔導書である。しかしＨ・Ｇ・ウェルズの『宇宙戦争』ラジオドラマを真に受けてパニックになったとされる事件が記録されているのと同様、これが実在の本であると信じてしまう者もいたらしい。また、架空の書であると認識しつつ、いかにも本物が存在するかのような設定で『ネクロノミコン』を出版してしまうケースもある。日本国内でも学習研究社が巻末に『ネクロノミコン断章』を抜粋掲載したジョージ・ヘイ著『魔導書ネクロノミコン』を単行本や文庫でリリースしているが、このほかにも一部や断片を抜粋したりまとめたりという体裁の出版物は少なくない。

　では、クトゥルフ神話関連作品上での扱いはどうなっているのか、そもそものソースを辿ってみよう。原著は架空の人物である"狂える詩人"アブドゥル・アルハザードが730年ごろにアラビア語で記した「（キタブ）アル・アジフ」。これが950年、コンスタンチノープルの学者テオドラス・フィレイタスが市内の帝国図書館で発見した「アル・アジフ」をギリシャ語に翻訳した際に「ネクロノミコン」と改題され、以後の歴史ではネクロノミコンとして扱われるようになるというわけだ。「ネクロノミコン」改題以前、760年よりも前にドゥリアック語という中東の言語に翻訳されたという情報もあり、そこまでは「アル・アジフ」として存在していたことになる。記されている内容はクトゥルフファンにはおなじみの、超古代に宇宙から飛来した種族ともとから地球上にいた種族との争い、そして異形の神々を召喚する術や、禍々しい呪文の類である。

　1228年のラテン語版序文では、1050年に写本が焚書に遭い、すべてのア

ラビア語版が破棄されたことになっている。この設定があるために、後世の作家が神話作品を書こうとすると、「アル・アジフ」またはアラビア語の写本が現存するかどうかを、ストーリー構成上の焦点に据える必要が生じる。その解釈のちがいが作品の個性となり、また「ネクロノミコン」の所在について諸説が飛びかう一因ともなるのだ。1099年にアル・アジフがエルサレムで発見される、1487年にオラウス・ウォルミウスが「ネクロノミコン」の草稿を発見する、などの事例がまさにそれだ。テンプル騎士団は、じつは「アル・アジフ」の警護を目的として創設された組織だった——という解釈などは、歴史の謎を探るミステリーの観点からは興味深いif設定だ。

　950年のギリシャ語翻訳以降、「ネクロノミコン」はさまざまな言語に翻訳されていく。早い時期にブルガリア語やフランス語に訳されたとの情報もあるが、ギリシャ語版の次にクローズアップされたのは1228年のラテン語版。「ネクロノミコン」のギリシャ語版をオラミス・ウォルミウスが翻訳したものだ。これはハワード・フィリップス・ラヴクラフト自身が書き記した設定だから、『ク

引用されている作品

斬魔大聖デモンベイン

魔導書が何冊か擬人化、女体化されるこの作品のヒロインはアル・アジフ。外見は超のつくロリで、長生きしているネクロノミコンという背景から「合法ロリ」または「ロリババア」属性キャラに描かれ、人気を博した。魔導書に宿る精霊という設定で、何ページかが失われているためにすべての力を発揮できない。

名門校の女子生徒会長がアブドゥル＝アルハザードのネクロノミコンを読んだら

非の打ちどころがない美少女生徒会長の久東亜依は「ネクロノミコン」の持ち主だった！　某ドラッカー本をもじったタイトルからは、生徒会長が生徒会運営にネクロノミコンを応用するビジネスネタ展開のように思えるが、残念ながらクトゥルフ感は薄目。萌えラノベの味付けに用いたタイプの作品だ。

Necronomicon

堅固な革の装幀と太いベルトが迫力を醸し出す。この重厚な外観を再現、作成したファンもいるとか

トゥルフ神話』における正史と考えていい。

1400年ごろには、言語はそのままにギリシャ語版が黒文字体でドイツにて印刷された。またギリシャ語版は1567年にイタリアで出版されてもいる。16世紀中には魔術師ジョン・ディーが「ネクロノミコン」を英訳したともいわれ、この「ジョン・ディー英訳版ネクロノミコン」が、現実に存在するていで『ネクロノミコン』を出版するときの拠り所となることもある。

17世紀にはスペインでも印刷され、この17世紀版がミスカトニック大学の図書館に所蔵されているという。現代人類の文明が発展していくのに伴い、交通インフラと活版印刷技術が進歩、複製される量と流通する量が飛躍的に増大していったのはほぼ確実。現代では「ネクロノミコン」がそこらじゅうに溢れかえっていてもおかしくないが、現存する同書はごくわずかだ。

そんな世紀の奇書である「ネクロノミコン」を、クトゥルフが存在する世界の人々がなぜ求めるのかといえば、もちろんそれが強力な魔導書だからにほかならない。クトゥルフ神話の真祖たるハワード・フィリップス・ラヴクラフトが作品中に記したぶんの設定だけでも、ヨグ＝ソトースを召喚する、使用者と対象者の精神を入れ替える、などの離れ業が可能であることがわかるが、後世の作家が付けくわえていった性能を総合すると、相手を殺す力をも備えた最凶の魔導書のようにも思えるし、この書物自体に深い呪いがかけられているようにも思える。災いが及ぶと知ってなお、人を読書の虜にさせてしまうほどの吸引力が、この尋常ならぬ一冊にはある。

「ネクロノミコン」は、ラヴクラフトが1922年に執筆した短編『魔犬』や1923年執筆の『魔宴』などでちらほらと登場するようになった。やがて、クラーク・アシュトン・スミスやフランク・ベルナップ・ロングなど他の作家の作品にも登場するようになり、情報は多岐に渡った。そこで各作品間の整合性をとるべく、ラヴクラフト御大自ら、資料として『ネクロノミコンの歴史』を執筆。現在はこれがすべてのベースになっている。

ネクロノミコンの原題が「アル・アジフ」であるという設定が付与されたのもこのときだ。アラブ人の言葉で「夜間に聞こえる音＝昆虫の鳴き声」を意味し、この音を悪魔の咆哮であると考えていた——という趣旨の文言がある。それほどまでに恐ろしい「ネクロノミコン」は、ほとんどの国の政府、教会組織などによって出版が禁じられているという。現存する数が少ないのは、弾圧

そして発禁処分の厳しさが原因だったのだ。1232年には、教皇グレゴリウス9世により、ラテン語版とギリシャ語版のいずれもが発禁となっている設定だが、日本でも表向きの政府はもちろん、古代より連綿と伝わる宗教組織が神々の知識をコントロールした結果、情報公開が制限されて今に至るのだろう。

そんな「ネクロノミコン」だが、ニトロプラスの『斬魔大聖デモンベイン』のヒロインが、「アル・アジフ」を擬人化したロリっぽい少女だったこともあり、現代日本では大いなる人気を誇っている。本が女の子という、少々強引な設定も、読書家と本の関係をマスターと魔導書の契約に置き換えてみればなるほど、と思える。作品は「萌え」と「燃え」の両面で好評だった。

なお、新世代のクトゥルフ引用作品『這いよれ！ニャル子さん』のアニメ版第1期DVD全巻購入特典は『スペシャルネクロノミコンDVD』だった。

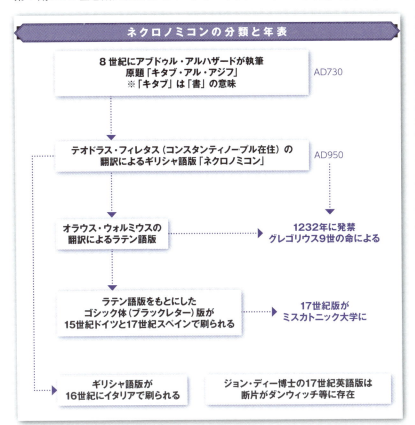

ナコト写本

巻物に記された太古の知識

The Pnakotic Manuscripts

ハワード・フィリップス・ラヴクラフトが度々自著に登場させた『ナコト写本』は、人類の有史以前に作成された最古の書物であり、そこに記されている内容は、イスの偉大なる種族によるものだという。超古代を知るための貴重な資料である。

主な関連項目	
ラーン＝テゴス	▶ P.44
ツァトゥグァ	▶ P.46
イスの偉大なる種族	▶ P.112
ハイパーボリア大陸	▶ P.229

異界の存在を記述

　神話作品に登場するさまざまな書物のなかでも、「ネクロノミコン」と並ぶメジャーな一冊が「ナコト写本」だ。クトゥルフ神話の祖であるハワード・フィリップス・ラヴクラフトは1918年執筆の短編『北極星（ポラリス）』でこの書を初めて扱っている。1943年に発表された中編『未知なるカダスを夢に求めて』では、ロマール王国滅亡の際、最後の完全な一冊がドリームランドに運び込まれたことになっていて、覚醒の世界＝通常の現実に於いては断片的なものが散逸しているだけのようだ。こうした背景から、「ナコト写本」は断片的な記述を寄せ集めたもので、「ナコト断片群」とも呼ばれている。

　この書物がいつごろ書かれたものなのかは、明らかになっていない。しかし、人類の有史以前に記されたものであることは確かで、神話作品に登場する書物のなかでも、最古の部類に入ると考えられている。その一方、「ナコト写本」が誰に作成された書物であるのかということだけは、はっきりとわかっている。遙か昔に栄えていたロマール人なる人々が記し、編纂したというのだ。ロマールとは地球の北方にあった伝説の大陸で、未知の亜人種が住んでいた。そこへ、あとからゾブナ人と呼ばれる人々がやってきて、自分たちの王国を築いたという。このゾブナ人の末裔がロマール人。未曾有の大寒波によって滅ぶまでのあいだ10万年にも渡って大いに繁栄し、そして、くだんの「ナコト写本」はこの平和な時代に作成されたのである。

　では「ナコト写本」には何が記されているのか。ラーン＝テゴス（P.044）、ツァトゥグァ（P.046）、チャウグナー・フォーン（P.060）、イタクァ（p.068）、

ナコト写本

イブ＝ツトゥル（p.092）などといった邪神についての情報が多い点が特長だ。ラーン＝テゴスの飛来から冬眠まで、ツァトゥグァをロマール人がどのように崇拝していたか、翻ってロマール人の祖先であるゾブナ人とは──などなど、邪神が生きていた時代の様子を知ることができるのだ。

そのほかイスの偉大なる種族（P.112）、ドリームランドやカダスへといたる道、時間を遡る方法についても触れられている。

かのバルザイは神殿に保管されていた古い書物のひとつにこの「ナコト写本」を見つけ、その知識を役立てたと言われている。

こうしてみると「ナコト写本」に記されて

引用されている作品

斬魔大聖デモンベイン

クトゥルフ神話の存在を一部の信奉者以外にも知らしめるきっかけとなったゲーム。ナコト写本は主人公と敵対する秘密結社・ブラックロッジのマスターテリオンが所持する魔導書として登場する。本作では各書物に精霊や化身がいる設定になっており、ナコト写本にはエセルドレーダという精霊がいる。

闇の声 ZERO

2008 年に発売されたアダルトゲーム。数年に一度しか姿を現さないという謎の島を舞台に、その謎を解き明かそうとやってきた調査隊の 5 人を堕落させるのがストーリー上の目的だ。調査隊の一行はミスカトニック大学日本校の関係者という設定で、島にある図書館でナコト写本を見つけてしまうことになる。

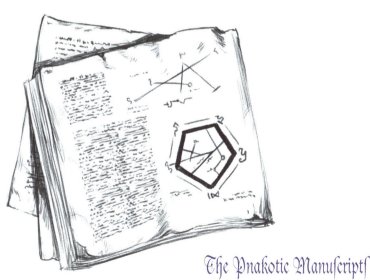

The Pnakotic Manuscripts
ナコト写本は、はるか昔から連綿と受け継がれてきた太古の知識、その集大成と言っても過言ではない

いる内容は、現代史に連なる通常の人間たちでは決して知り得ない情報で満ちている。とくに、ラーン＝テゴスの詳細を記した書物はこの「ナコト写本」をおいてほかになく、邪神を信奉する魔術師にとっては必携の書といえる。

　ただ、「ナコト写本」を作成したのはロマール人だが、その内容のすべてをロマール人がいちから作成したというわけではない。書名に「写本」とあるように、「ナコト写本」には、記述を写すもととなった“原本”が存在するのだ。そして、その原本を記したのがイスの偉大なる種族である。つまり、「ナコト写本」とは、イスの偉大なる種族から、超古代の地球についての知識をロマール人たちが継承したものなのである。イスの偉大なる種族は、現在のオーストラリアの砂漠付近にナコタスという都市を建設し、そこに巻物の形で記録したさまざまな知識を保管していた。そして、何らかの方法でこの巻物がロマール人に伝えられ、ロマール人は巻物の内容をまとめるとともに、独自の内容を加えた書物を作成。巻物が保管されていたナコタスにちなんで、「ナコト写本」と名付けたのである。その後、「ナコト写本」はロマール人の手によって、現在のグリーンランド付近にあったとされるハイパーボリアへと伝えられた。ハイパーボリアでは、自分たちの言語に書き直されたものが作成され、現生人類が歴史を刻み始めるまで保管されていたという。さらに時代が下ると、「ナコト写本」はヨーロッパに伝わり、我々人類の言葉に翻訳され、「ナコティカ」と呼ばれるギリシャ語版や15世紀につくられた英語版がその都度登場することになる。本来であれば現代人とはまったくかかわりのないイスの偉大なる種族の備忘録で終わるはずのものが、活版印刷技術が成立するまで伝えられた結果、こうして人類共通の知的資産として共有されることとなったのだ。一方、ロマール人が持っていた原本がその後どうなったかというと、これは前述のとおりロマール人が滅んだときに失われてしまい、人間の言語に翻訳されたロマール版ただの一冊がドリームランドにあるのみだ。なお、「ナコト写本」に記されているいくつかの章は、古のものが記したという「エルトダウン・シャーズ」と驚くほど類似した点があり、「ナコト写本」も古のものが書いたのではないかという説がある。しかし、原本が巻物という形態であることを考えると、やはりイスの偉大なる種族が記したものなのだろう。

　ラヴクラフトと同期の作家たちがこの書物をどう扱っていたかというと、オーガスト・ダーレスは短編『戸口の彼方へ』のなかで、「ナコト写本」には

イタカァの神話についての記述がある旨を書いている。『戸口の彼方へ』ではアルジャーノン・ブラックウッドの『ウェンディゴ』を下敷きとして、イタカァの異名がウェンディゴであり、その外見をウェンディゴのように描写しているが、このようにこの世代の作家たちは、仲間の作家が開発した設定を用いてそこに何かを継ぎ足し、クトゥルフ神話の世界を拡げていた。成り立ちから継承、記されている内容まで空白の部分が多い「ナコト写本」は、その空白を作家たちが埋めていくのに適した存在だったのだろう。この結果、現在では「ネクロノミコン」に比肩する知名度を獲得している。

ナコト写本の伝播

「イスの偉大なる種族」または「古のもの」が記述

▼

ロマール人の手によってまとめられる

▼

ハイパーボリアに伝えられる

▼

ドリームランドに伝わる

▼

古代ギリシャで「ナコティカ」という翻訳版が作成される

▼

ミスカトニック大学をはじめ数ヶ所に現存

●現在、ナコト写本を所蔵している機関や人物

施設・公的機関	個人
ミスカトニック大学	シルヴァン・フィリップス
ニューヨーク公立図書館	エイバル・ハロップ
ロジャース博物館（ロンドン）	セス・ビショップ（抜粋）
東京大学（東京）	

エイボンの書

伝説の魔導士が記した英知の書
エイボンの書

The Book of Eibon

現代にまでその名を轟かせる大魔導士エイボン。彼の知識が惜しげもなく注がれた「エイボンの書」には、外なる神や旧支配者の詳細が記されている。現代に生きながら魔導を究めようと志す者にとっては、必携ともいえる重要な書物となるだろう。

主な関連項目

ヨグ＝ソトース	▶ P.30
ツァトゥグァ	▶ P.46
ネクロノミコン	▶ P.152
ハイパーボリア大陸	▶ P.229

名魔道士の遺物

　かつて、現在のグリーンランド付近に存在していたというハイパーボリア。その最果てに住んでいた魔導士・エイボンが残した魔導書が「エイボンの書」だ。

　この書物にはエイボンが行なった数々の魔術の実験についての記述があるほか、彼が崇拝していたツァトゥグァ、そして「外なる神」であるヨグ＝ソトースの情報、ハイパーボリアの説明などが記されている。「ネクロノミコン」に呼応するかのような箇所が多いが、なかでも旧支配者や外なる神についての記述は、「ネクロノミコン」にすら記載されていない欠落を補う貴重なものとなっていて、これらについての知識を求める現代の魔道士にとっては最重要ともいえる書物のひとつに数えられる。まさにクトゥルフ神話第二の教典だ。

　エイボンはツァトゥグァとの盟約で力を得ていた魔導士だが、ハイパーボリアではツァトゥグァ信仰が異端とされることとなり、エイボンも迫害を受けた。しかしその事態を見通していたエイボンは、ツァトゥグァの故郷でもある土星へと逃れ、この際に自分が記した原稿を弟子に託している。この原稿こそがエイボンの書の原版であり、高弟・サイロンによって編纂されたエイボンの書は代々の弟子に受け継がれた。その後、若干の知識の欠落をともないながらも、現代まで伝えられている。

　エイボンの書はクラーク・アシュトン・スミスが1933年に発表した『ウボ＝サスラ』のなかで初めて扱われたもので、これをリン・カーターが補完、変更、大系化していまにいたっている。なかにはスミスとの共作となっているものもあり、この世代の作家同士の交流度合いがうかがわれる。

エイボンの書

エイボンの書の伝播

ハイパーボリアの魔導士エイボンが記述
▼
エイボンの弟子たちに受け継がれる
▼
アトランティスなど各地に流出する
▼ ▼
エジプトを経てカルタゴで翻訳される（BC1600年頃） ／ アトランティスからアヴェロン族が持ち出す
▼ ▼
ギリシャ語に翻訳される（960年頃） ／ フランス語に翻訳される（1240年頃）
▼ ▼
ラテン語に翻訳される（9世紀頃）
▼ ▼
ミスカトニック大学・ハーバード大学が所蔵 ／ 「星の智慧派」教会に伝わる

引用されている作品

ソウルイーター

死神武器職人専門学校に在籍する生徒たちの活躍を描いた作品。魔導師ノアが所持している魔導書としてエイボンの書が登場した。研究成果などが記載されており、普通に読むことができるだけでなく、本のなかにある特殊な空間にさまざまなものをしまっておくことができる。ノアの出自もこの書と関係があるとか。

とある魔術の禁書目録

あらゆる力を打ち消す能力を持ち、能力者に対抗する少年の活躍を描いた大ヒットライトノベル。ヒロインのインデックスが収録している10万冊以上もの魔導書のなかにエイボンの書も入っている。本作の魔導書は、その知識を広めようとする者に協力する性質がある設定だが、この書の効果は不明だ。

黄衣の王

読んだ者を狂気に誘う戦慄の戯曲

発狂度 5 / 保存性 2 / レア度 5 / 歴史 3

The King in Yellow

中央に奇妙な印が刻まれた表紙の『黄衣の王』は、人間の手によって書かれた戯曲である。読んだ者が例外なく狂気に陥るというその内容には、人間の力などとうてい及ぶべくもない、異界の存在の力が関与している。

主な関連項目

ハスター　▶　P.64

第2幕を読んだ者は例外なく狂気に陥る

『黄衣の王』は、クトゥルフ神話に登場する魔導書のひとつに数えられる書物である。しかし正確には魔導書ではなく、戯曲であり、第1幕と第2幕のふたつで構成されている。

　もともとは1895年にアメリカで刊行された黄色い装丁の本で、決して匿名で書かれたものではないはずだが、著者名はなぜかはっきりしない。それは本書のもつ恐るべき力と無縁ではない。第1幕は比較的穏やかで無害なのだが、第2幕を読んではいけない。なぜなら読んだ者は例外なく狂気に陥り、破滅してしまうからだ。

　戯曲の舞台は、ヒヤデス星団にあるという古代都市・カルコサ。ほかにもハリ湖やアルデバラン、ヒヤデス、ハスター（地名）などという土地についても語られる。「蒼白の仮面」を付けてボロをまとった「黄衣の王」が物語の中心となっている。

　この黄衣の王はハスターの化身のひとつであるとされる。黄衣の王はこの本を読んだ人間の前にしばしば現れる。本を読んだ人間は、黄衣の王、すなわちハスターの関心を引いてしまうのだ。そして呪われるのか干渉を受けてしまうのか、その人間は発狂し、破滅的行動をとり、しまいには社会に実害を与えてしまう。

　内容も恐ろしく不道徳なものだが、実害をともなうとあって、フランス政府はパリに到着したばかりのフランス語版を押収した。しかしその措置でかえって本書は注目を集めてしまい、さまざまな国で翻訳版が出版された。そのたびに発禁となり、回収され、舞台の上映は禁止になる。キリスト教会もマスコミ

も、本書を攻撃した。

　しかし結果として、広く出回ったはずの本書は、実物は容易に確認できなくなり、いまや著者名すらも伝わっていない。おそらく、そのほとんどは燃やされてしまったのだろう。

　この『黄衣の王』、もともとはクトゥルフ神話に関連のあるものではなかった。1865年生まれのアメリカのホラー小説化、ロバート・W・チェンバースが同名の短編集『黄衣の王』の中のいくつかの短編作品に登場させたもので、「ハスター」などのワードもその中に出ている。ラヴクラフトは『黄衣の王』に登場する不可解な文字らしきものが象嵌されたメダル「黄の印」を自作品に登場させ、いつしか『黄衣の王』そのものやハスターも、クトゥルフ神話内に取り込まれた。ラヴクラフトは『黄衣の王』から魔導書「ネクロノミコン」を創作するヒントを得たとされるが、ラヴクラフトはそれどころか、チェンバースが「ネクロノミコン」のことを知り、そこから『黄衣の王』を発想したのではないかということすら述べているのだ。

引用されている作品

ダークソウル

2011年にプレイステーション3版で発売されたアクションRPG。プレイヤー装備のなかに「黄衣シリーズ」と呼ばれるものがある。ハスターの化身としての黄衣の王をモチーフとしたもののようで、狂気を呼び起こしたような外見が話題になった。

The Great Old Ones

テーブルトークRPG『Call of Cthulhu』のシナリオ集。日本語には未翻訳。黄衣の王をハスターの化身とする設定はここから広まった。『Call of Cthulhu』の日本語版は、ホビージャパン版が『クトゥルフの呼び声』、エンターブレイン版が『クトゥルフ神話TRPG』。

The King in Yellow

『黄衣の王』に記された言葉は、美しく、そして恐ろしい。人の人生を狂わせる魔力をもった書物だ

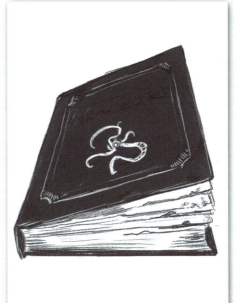

妖蛆の秘密

錬金術師が書き残した魔導書

De Vermis Mysteriis

中世の錬金術師ルートヴィヒ・プリン。異界の神々について多くの知識を得た彼は中世の魔女狩りで命を落とした。しかし、彼が中東で得たさまざまな知識は彼が遺した『妖蛆の秘密』として伝えられている。

主な関連項目

深きもの	▶ P.102
ミスカトニック大学	▶ P.224
バイアティス	▶ P.88

獄中で執筆された忌まわしき書物

　「妖蛆の秘密」は、ベルギーの錬金術師ルートヴィヒ・プリンによって書かれた魔導書だ。主にロバート・ブロックの作品に登場することが多い。その初出は『星から訪れたもの』。

　錬金術師プリンは、13世紀末ごろに行われた十字軍に参加して捕虜となり、その際に魔術を身につけたと考えられている。その後、プリンは故郷に戻ったが、ベルギーで魔女狩りの嵐が吹き荒れた1541年（長生きすぎ!?）、異端の罪に問われて処刑されてしまった。このとき、捕縛されたプリンが自身の知識を後世に残そうと獄中で書き上げたのが、この妖蛆の秘密なのだ。

　その内容を見てみると、エジプトの伝承やサラセン人の儀式をはじめ、遼丹という麻薬の製造法、星の精という不可視の魔物を召喚する呪文、深きものもとの混血に現れる変化を促進する秘術、蛇神バイアティスの物語など、禍々しさに満ちている。

　プリンが記したこの書物は何者かによって持ち出され、彼が処刑された翌年にドイツのケルンで発行された。しかし、1569年には教皇によって禁書とされ、ほとんどが処分されてしまった。のちに、ドイツ語版や英語版が出版されたが、これらは検閲された削除版や一部のみを翻訳した小冊子に過ぎない。ただ、現在までラテン語で記された15部の初版が残っており、その一冊はミスカトニック大学に所蔵されている。

　なお、ラテン語表記は「De Vermis Mysteriis」だが、英語では「Mysteries of the Worm」となり、Wormには虫のみならず竜や蛇などを示す意味もある。

『妖蛆の秘密の来歴』

ベルギーの妖術師ルートヴィヒ・プリンが記述
(1541年頃)

▼

プリンが処刑された翌年ラテン語版が出版される

▼

教皇によって禁書に指定される
(1569年)

▼

ロンドンで英訳版が出版される
(1573年)

▼

詳細は不明だがプラハで出版される
(1809年)

▼

ドイツ語版から英語に翻訳される

引用されている作品

斬魔大聖デモンベイン

主人公に敵対する組織・アンチクロスに所属するネクロマンサー、ティベリウスが所持する魔導書として登場した。ティベリウス自身はすでに死んでいるのだが、魔導書の力によって動いているという設定。魔導書が不死の源になっており、斬られようが撃たれようが死なない。

CLANNAD

不良っぽい主人公とヒロインたちの触れ合いを描いた作品。2004年に発売されたPC用ゲームが大もとで、アニメやコミックなど複数のメディア作品がある。アニメ版の11話で、ヒロインのひとりが魔法少女風のステッキをかかげつつ、妖蛆の秘密に記された魔物を召喚する呪文を唱えるシーンがある。

金枝篇

邪教の存在理由に説得力が出る本

金枝篇

The Golden Bough

発狂度	4
保存性	2
レア度	1
歴史	1

民間伝承や土着信仰に着目、キリスト教もひと皮剥けば古い宗教の延長線上にあると喝破した一冊。テーブルトークRPG『クトゥルフ神話TRPG』においては魔導書だが、ある意味、魔導書以上に危険な本といえる。

主な関連項目

クトゥルフ	▶ P.16
ダゴンとハイドラ	▶ P.24
深きもの	▶ P.102

深いレベルでクトゥルフにシンクロ

　ハワード・フィリップス・ラヴクラフトの小説『クトゥルフの呼び声』に登場する『金枝篇』は、『クトゥルフ神話TRPG』では正気度が下がる魔導書とされているが、実際には魔導書ではなく英国の社会人類学者サー・ジェームズ・ジョージ・フレイザーが記した実在の書物である。年々巻数が増え、1890年の初版から21年後の1911年に第三版決定版の11巻が揃い、その後に索引と補遺を発行、1936年に全13巻の大著として完成した。しかしあまりにも内容が多岐にわたりすぎるため、一般読者にも広く読まれることを望んだフレイザー自身が、傍証や参考文献の記載を大幅に省略した全1巻の簡約本も刊行している。また日本においては国書刊行会が完訳本を刊行中で、2017年までに7巻が出版されている。

　内容は未開社会の神話、呪術、信仰についての研究で、キリスト教もまた原始宗教や古代文明からの派生であり、絶対性を有するものではないことの指摘になっている。ダゴン秘密教団を思いついたラヴクラフトは心強く受けとめただろうか？

　戦車戦シミュレーションゲーム『パンツァーフロント』シリーズの『PANZER FRONT bis.』ストーリーモードは、金枝篇の書名由来となった伝承に影響を受けているとの評判だ。何人たりとも折ってはいけない聖なる樹の枝＝金枝とは、ヤドリギのことで、これは逃亡奴隷だけは折ることが許可されていた。逃亡奴隷が金枝を折り、現在の「森の王」を殺すと、「森の王」に成りかわる。まるでそれ自体がクトゥルフ神話の一篇のようでもある刺激的な書物だ。

金枝篇

ジェームズ・ジョージ・フレイザー　年表

1854 年 1.1	スコットランドのグラスゴーに生まれる
1869 年 11	グラスゴー大学に入学
1873 年 12	ケンブリッジ大学トリニティ・カレッジに入学
1890 年	『金枝篇』初版刊行
1900 年	第二版刊行
1911 年	第三版刊行（決定版 11 巻）
1914 年	牽引・文献目録刊行
1936 年	補遺を刊行
1941 年 5.7	ドイツ軍の空襲により死亡

引用されている作品

PANZER FRONT bis.

ストーリーモードに金枝篇の影響があるのではないかといわれている。その時点での森の王は、銀の砲弾を持つ挑戦者を倒さないと森の王でありつづけることはできない。挑戦者はただ勝つだけではダメで、銀の砲弾を使って倒さないとゲームオーバー。金の枝を銀の砲弾に置き換えたアイデアか。

斬魔大聖デモンベイン

秘密結社ブラックロッジ幹部「アンチクロス」のひとり、アウグストゥスが『金枝篇』を所持。デウスマキナ「レガシー・オブ・ゴールド」を操る。腹部に装備した大口径のビーム砲、複数ビーム砲の斉射など、光線系の力押しで戦う。魔法障壁と物理防御も堅固なうえに自己修復にも秀でている。

The Golden Bough

実在の本ながら迫力がある外観。本物は滲みでるオーラがちがう

無名祭祀書

呪われた邪神崇拝研究本

Nameless Cults

旧支配者に分類される邪神崇拝やあやしげな古代遺跡の調査から得た秘儀や伝承を編んだ黒の書。これを書いたユンツトは怪死を遂げ友人は自殺。その原因はついぞわかっていない。確かなのはこの本に何かがあったということだ。

主な関連項目
- ヨグ＝ソトース ▶ P.30
- ニャルラトホテプ ▶ P.36
- ミスカトニック大学 ▶ P.224

秘儀を編んだ黒の書

　この書は1839年、ドイツの神秘学者であり探検家のフリードリッヒ・フォン・ユンツトが記した架空の秘儀研究書である。

　本書が発行された翌年、調査旅行から帰国したユンツトは新たな草稿を書き始めたが、半年後に密室で絞殺死体となって発見される。直後、友人のフランス人アレクシス・ラドーが刻まれていた草稿を復元。しかし、これを読んだ彼はすぐに草稿を燃やし、喉を掻き切って自殺した。ユンツトとその友人の末路を知った読者の多くは「無名祭祀書」を破棄。この世から消えるはずだったが、1843年にフランス語版が出版される。その2年後、フランス語版をもとにロンドンのブライドウェル社から出来の悪い英語版が出版されるが、これは不評に終わった。アメリカのゴールデン・ゴブリン・プレス社はドイツ語版から英訳を起こしカラー図版を掲載して1909年に英語新版を発行。これは精度が高かったが、オリジナルからの削除部分が1/4もあり、高価であまり売れなかった。しかし同書の中では比較的入手しやすい部類に入る。邪教に似た名前の、星の智慧プレスもこの本を制作したらしいが、一般には流通していない。

　こうして希少本となった無名祭祀書、別名"黒の書"は、ミスカトニック大学には3冊以上が保管されている。クトゥルフやヨグ＝ソトース、ツァトゥグァ、ガタノトアといった恐るべき神々にまつわる信仰の情報がパズルのように散りばめられたこの本は、意図を持って読めば邪神とそのカルトの動きを把握できるゆえ、珍重されるのだろう。

無名祭祀書

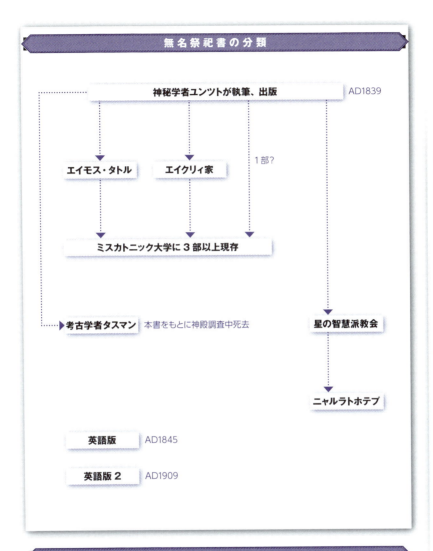

引用されている作品

斬魔大聖デモンベイン

秘密結社ブラックロッジ幹部のひとり、ネロが本書を所持。デウスマキナ「ネームレス・ワン」を操り、デモンベインの世界を構成する情報から、攻撃対象の存在を消す「否定」なる難解な攻撃を繰りだす。C計画では夢幻心母のクトゥルーを制御するコアユニットとして用いられた。

這いよれ！ニャル子さん

第1期第3話「八坂真尋は静かに暮らしたい」に、ニャル子が「はっ！ このツンデレや串刺しプレイこそが、禁断の"黒の書"にも記された呪われし邪神ハンターの血脈によるもの！ まさか、その血が真尋さんにも流れていようとはー！」と、本書の別名を挙げ、たまたま真実を指摘する場面がある。

ルルイエ異本

人間の皮で装丁された禁断の書物
ルルイエ異本

R'lyeh Text

発狂度 4
保存性 4
レア度 5
歴史 4

遥か昔に書かれた異界の銘板。その写しである『ルルイエ異本』にはクトゥルフの眷属たちの活動の様子や彼らを崇拝するうえでの儀式などが記されており、人間にとって邪神に対抗する有益な知識である。

主な関連項目	
クトゥルフ	▶ P.16
深きもの	▶ P.102
クトゥルヒ	▶ P.135

クトゥルフとその眷属の詳細が記された写本

　太古の時代に地球へやってきた、クトゥルフとその眷属たち。そのなかには、「クトゥルフの落とし子」と呼ばれるクトゥルヒの姿もあり、このクトゥルヒが作成した銘板の内容を写し取ったものが「ルルイエ異本」である。

　現存する最古のものは、1万5千年以上も昔に人間のものではない文字で書かれた巻物で、中国奥地のどこかに保存されているという。しかし、発見はされていないため、真偽のほどは不明だ。

　その後、中国語で書かれたものが発見されたが、これは密かに持ち出されている。アーカムに住んでいる研究家のエイモス・タトルは、チベットの奥地に住んでいる中国人から、表紙が人間の皮で装丁されたものを10万ドルで購入したという。この本は中国語（漢文）で書かれているというから、持ち出された中国語版そのものではないにしろ、少なくともその写しである可能性は高いだろう。

　一方、ヨーロッパでは紀元前200年ごろにラテン語版が登場。英語にも翻訳されており、出版はされなかったがさまざまな人物に複写された。ミスカトニック大学の哲学教授、ラバン・シュルズベリィ博士もそのひとりである。また14世紀にマルコ・ポーロが中国から持ち帰ったものを15世紀に魔術師フランソワ・プレラーティがイタリア語訳し、それをかのフランス皇帝ナポレオン・ボナパルトが所持していたという説もある。

　「ルルイエ異本」には、クトゥルフとその眷属を崇拝する儀式と必要な護符や呪文を始め、クトゥルフが復活後のことについても書かれているという。

『ルルイエ異本』の伝播

クトゥフの眷族が石版を作成

▼

何者かによって書き写されたものが中国に渡る

▼

両方へ伝わりラテン語版が作成される（BC200年頃）

▼

ドイツ語版が作成され出版される（18世紀）

▼

英訳されるも出版されず

▼

ラバン・シュルズベリィ博士をはじめ
研究者たちが複写

引用されている作品

Fate/Zero

歴史上の英霊を召喚して戦う、魔術師たちのバトルを描いた作品。呼び出された英霊は、それぞれに由来する宝具（武器）を所持している。キャスター（魔術師）の宝具である『螺湮城教本』が『ルルイエ異本』のイタリア語訳版という設定で、クトゥルフ神話に登場するような水魔を召喚できる。

斬魔大聖デモンベイン

クトゥルフ神話の魔導書を擬人化した斬新さもあり、話題となったヒット作。クトゥルーを召喚するために必要不可欠な魔導書として登場した。「アル・アジフ」などと同じく少女の姿をした精霊がいるが、ルルイエ語で話すため、意思の疎通はできないという設定になっている。

法の書

クロウリーの代表作

The Book of the Law

実在の本でありながら、架空の魔導書を超えた違和感を提示する世紀の問題作。魔術師クロウリーが守護天使の声を聴き書いたとされるもので、本人にも意味はわかっていなかった。ペテン師か、神の代行者か。クロウリー一世一代の奇書。

主な関連項目
アザトース ▶ P.28
ネクロノミコン ▶ P.152

解読不能の聖典

『法の書』は、1904年に高名な魔術師アレイスター・クロウリーがカイロで執筆したテレマの聖典である。クロウリーはイギリスのオカルティストで、自らを魔術師エリファス・レヴィの生まれ変わりと称し、世界各地を遍歴しつつ信者を集め、不可思議な儀式を行い、世界最大の悪人とも形容された男。『法の書』にある「汝の意志することを行え」という言葉はあまりにも有名だ。

1903年、新妻の妊娠を知ったクロウリーは帰国の途中に立ち寄ったエジプトで啓示を受け、エイワスという名の守護天使の声を聴き、本書を書き留めた。全3章220節からなるこの本は理解し難い言葉の羅列となっていて、受信したクロウリーにも意味がわからず、第三者による解読も成功していない。

しかしなんらかの物質によるトリップで妄想したでたらめかと思いきや、「ネクロノミコン」との共通点が多数見出されたことからクトゥルフ界でも重要な一冊になってしまった。

具体例として、ヨグ＝ソトースとスト＝トート、アザトースとアブソート、無貌の神（ニャルラトホテプ）と頭なき者などがある。単なる偶然の一致かもしれないとはいえ、『法の書』がただの妄想ではないと信じる材料として面白いことには違いない。

いずれにしても最初の発表から百年以上が経過し、なお読まれる力があるということでは、『金枝篇』と似た意義がある。その意味ではこの書が架空の魔導書に混じり、クトゥルフ神話ファンを惹きつけること自体、執筆の成果だといえるのではないだろうか。

法の書

法の書の概要

呼称	法の書、エルの書、リベル・エル・ヴェルウ・レギス、第220の書		
第1章	ヌイトの章	66節	1904年4月8日執筆
第2章	ハディトの章	79節	同4月9日執筆
第3章	ラー=ホール=クイトの章	75節	同4月10日執筆

アレイスター・クロウリーの所属遍歴

キリスト教 エクスクルーシブブレズレン派 → 魔術結社 黄金の夜明け → 魔術結社 銀の星 → 東方聖堂騎士団 / テレマ僧院

引用されている作品

とある魔術の禁書目録

作中では大マジに稀代の魔道書として扱われている。現実にはトリップ中の執筆で自動筆記になったのだろうと思われているあの本が、誰にも内容が解読できないすさまじい本という位置づけ。そして、ローマ正教のシスター・オルソラ=アクィナスが暗号の解読に成功したことから、物語が大きく動いていく。

斬魔大聖デモンベイン

秘密結社ブラックロッジのトップ、マスターテリオンが「ナコト写本」で召喚するデウスマキナの名前がリベル・レギス。『法の書』の原題、フランス語のLiber AL vel Legisである。このエンジン部分がY計画で召喚したヨグ=ソトースを現世に留めるためのエネルギー源となっている。

旧き神の知恵が刻まれた石板の写本
ケレーノ断章
(セラエノ断章)
Celaeno fragments

近代になって書かれたケレーノ断章には邪悪な神々から身を守る方法だけではなく、それらに人間が対抗する手段も記されている。密かに進む彼らの侵攻を食い止めようとするなら一度は目を通しておく必要がある書物だ。

主な関連項目	
ハスター	▶ P.64
ナコト写本	▶ P.156
クトゥグァ	▶ P.74
バイアキー	▶ P.156

神々の知識を記した石板の写本

『ケレーノ断章』は、ラバン・シュルズベリィ博士がケレーノで得た情報を英語に翻訳した、50ページほどの覚書きである。

　その内容は「ナコト写本」や「エルトダウン・シャーズ」と似ており、「外なる神」やその下僕たちから身を守る「旧き印」、人間の精神を覚醒させて肉体から解放する黄金の蜂蜜酒の製造法といった「旧支配者」に対抗する手段についてのものが多い。また、旧支配者の一員で火の属性をもつクトゥグァや、ハスターの下僕たるバイアキーの召喚に関する情報もある。

　書名にあるケレーノとは、牡牛座プレアデス星団にある星の名前で、ギリシャ神話に出てくるアトラースとプレーイオネーの娘、ケライノーに由来する。かつては英語読みでセラエノとも呼ばれたが、現在は天文学における一般表記に合わせ、ケレーノと呼ばれることが多い。この星は旧支配者の一員であるハスターの支配下にあるといわれ、旧支配者が敵対する「旧き神」から盗み取った情報をおさめた大図書館がある。

　クトゥルフの脅威に気付いたシュルズベリィ博士は、クトゥルフと対立するハスターの力を借りて、クトゥルフに対抗しようと考えた。そしてハスターに仕える魔物、バイアキーを召喚してケレーノを訪れ、図書館のなかで文字が刻まれている巨大な割れた石板文字を発見した。これを書き写して持ち帰って翻訳したのが、「ケレーノ断章」である。

　なお、一般に「ケレーノ断章」といった場合は博士が作成した覚書きを指すが、厳密には大図書館の石板に刻まれた情報群を指す。

ケレーノ断章（セラエノ断章）

ケレーノ断章にまつわる出来事

時期	出来事
不明	旧支配者が旧神から盗み出した文献をケレーノの図書館に秘匿
不明	ラバン・シュルズベリィ博士が石板から「ケレーノ断章」を書き写す
1915年	シュルズベリィ博士がミスカトニック大学に預ける
1924年	ウィンフィールド・フィリップスが閲覧
不明	アサフ・ギルマン教授が閲覧
不明	リマ大学のヴィベルト・アンドロス教授が閲覧
1935年	シュルズベリィ博士がミスカトニック大学から回収
1937年	シュルズベリィ博士が封印をほどこして再度ミスカトニック大学に預ける
不明	シュルズベリィ博士がまたもや回収

※アサフ・ギルマン教授とヴィベルト・アンドロス教授によって要約が作成されている

引用されている作品

虹翼のソレイユ

SkyFishから発売されたアダルトゲームで、2007年に発売された『白銀のソレイユ』から続く「ソレイユ」シリーズの4作目にあたる。本作では、主人公とメインヒロイン、リナソエル・エルルーンを待ち受けるバトルロイヤルが主軸で、セラエノ・A・ナコタスという魔法少女が登場している。

機神飛翔デモンベイン

クトゥルフ神話の名を広めてライト層を形成するきっかけとなった『斬魔大聖デモンベイン』の続編。クトゥルフ神話のラバン・シュルズベリィ博士をモチーフとした魔導師、ラバン・シュリュズベリイが登場しており、彼が所持する魔導書が「ケレーノ断章」の写本という設定になっている。

屍食教典儀

フランスのエログロ総覧本

屍食教典儀

Cults of the Ghouls

降霊術に屍姦に人食。およそ背徳的な数々を記した刺激的な奇書。当時のパリの裏側がいかに退廃していたのか。発表されるや否や発禁処分となったこの本に、クトゥルフ神話関係者も注目していた。

主な関連項目
ニャルラトホテプ ▶ P.36
ミスカトニック大学 ▶ P.224

屍食教カルト

『屍食教典儀』はパリのグール（食屍鬼）カルトを扱った架空のゲテモノ本だ。1702年か、または1703年にフランス貴族ポール・アンリ・ダレット伯爵が世にあらわした。

　印刷、出版されたかどうかは定かではないが、14部が現存し、少なくとも4部はミスカトニック大学に保管されているという。

　このダレット伯爵が、1939年にアメリカのウィスコンシンで怪奇小説専門の出版社アーカムハウスを設立した郷土文学者、オーガスト・ダーレスの祖先であるという設定は、主にハワード・フィリップス・ラヴクラフトによってなされた。というのも、実際にダーレスの先祖は伯爵で、フランス革命の際にドイツへ亡命して「ダーレス」に改姓、のちにアメリカへ渡った。ラヴクラフトはこれを知り、ダレット伯爵を本書の著者に設定したというわけだ。

　本書は降霊術、ニョグタやシュブ＝ニグラスへの言及を除くと、魔術的な要素は比較的少ない。どちらかといえばカニバリズム（人肉食）、屍姦といったエログロ要素が強く、人肉食の実践による不老長寿の秘法についても触れており、その衝撃的な内容から直ちにカトリック教会による発禁処分を受けたが、その後もひそかに広まった。

　SM全盛の現代ならば当時ほどは目立たなかったかもしれないが、それでもその過激さでは現代でも出版できまい。ニャルラトホテプもラバン・シュリュズベリィもタイタス・クロウもこの本を喰い入るように読んでいたのかと考えると、ちょっと面白い。

屍食教典儀

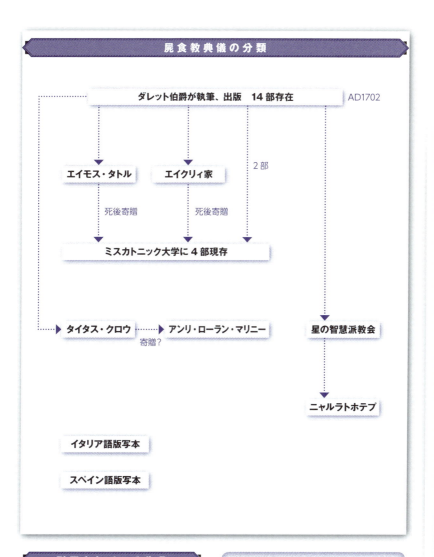

引用されている作品
斬魔大聖デモンベイン

秘密結社ブラックロッジ幹部アンチクロスのひとり、ティトゥスが屍食教典儀を所持。デウスマキナ「皇餓（オーガ）」を操る。武者の外観どおり刀による攻撃がメイン。ティトゥス本人も魔術師ながら召喚した刀をふるい白兵戦をいとわない。覇道邸襲撃の際は覇道瑠璃の執事、ウィンフィールドと戦った。

Column
タイタス・クロウの事件簿

『斬魔大聖デモンベイン』では名だたる魔導書はアンチクロスがもっている。そのうちのひとつ屍食教典儀は、じつは主人公・大十字九郎の元ネタとなったタイタス・クロウの蔵書。九郎より本家のタイタス・クロウのほうが充実した環境にあるようだ。

エルトダウン・シャーズ

古のものが記した太古の陶片
エルトダウン・シャーズ

発狂度 3	保存性 2
レア度 5	歴史 4

Eltdown Shards

イスの偉大なる種族が暮らしていたイスや知られざる異界の存在についての情報が記された『エルトダウン・シャーズ』。これらの陶片群を残したのは、遙か昔に生息していた古のものである。記載内容を実際に使用すると恐ろしいことが!?

主な関連項目

ナコト写本	▶ P.156
古のもの	▶ P.106

ナコト写本と類似した内容

1882年、イギリスの南部にあるエルトダウン付近で、2億数千万年前の地層から奇妙な印が刻まれた陶片群（シャーズは「かけら」を意味する英語）が発見された。これが「エルトダウン・シャーズ」だ。

刻まれていた文字は、左右対称の奇妙な文字。発見された陶片を最初に研究した学者たちは「翻訳は不可能」と断言したが、1920年代にアメリカ中西部のベロイン大学で教鞭をとるゴードン・ウィットニィ教授が、陶片のほぼ完全な解読に成功する。その内容は、「シャーズ」の筆者が「知識を守るもの」と呼ぶ「何者か」を呼び出す呪文だった。ところがその翌朝、ウィットニィ教授は死体で発見される。

また、イギリス南東部のサセックスの牧師、アーサー・ブルック・ウィンターズ＝ホール師が陶片の一部の解読に成功し、「サセックス稿本」と呼ばれるものを出版している。1912年のこととされることがあるが、1912年に翻訳開始、1917年に刊行というのが実際のところのようだ。その内容はイスの偉大なる種族が地球へ来る前にいたイスや、知識の番人だと思われる悪意ある存在「知識を守る者」についての記述など、超古代の情報で満ちている。

陶片の記載には、多くの部分で「ナコト写本」との類似性が見られる。当初はイスの偉大なる種族によって書かれたものだと考えられていたが、研究の結果、これを記したのは「古のもの」で、イスの偉大なる種族はそれを転写しただけ、という説が有力となった。なお「知識を守るもの」を呼び出す方法は書かれているが、帰す方法は書かれていないという。

エルトダウン・シャーズ

エルトダウン・シャーズの概要

23枚の陶片群の総称が「エルトダウン・シャーズ」

ゴードン・ウィットニィ教授が19番目の陶片の完全な翻訳に成功、「知識を守るもの」の召喚方法が記載

▼

ウィットニィ教授は翻訳を終えた翌朝に死体で発見される

1912年、アーサー・ブルック・ウィンターズ＝ホール師がシャーズの一部を解読し、刊行したパンフレットは「サセックス稿本」と呼ばれる

引用されている作品

斬魔大聖デモンベイン

ミスカトニック大学で学んでいた主人公が魔導書の閲覧を許可された際に、大学の図書館でこの本のタイトルを目にするシーンがある。ほかの魔導書のように何かの力を発揮するというシーンはなかったのは、やはり本書がややマイナーな存在だからだろう。

Column
本当の制作者はどちらなのか

「ナコト写本」と「エルトダウン・シャーズ」の内容の類似から、「ナコト写本」も古のものが書いたのではないかという説がある。ただ、イスの偉大なる種族についての記述が共通しているので、可能性があるとすればイスの偉大なる種族だろう。

第1章 神話の成り立ち
第2章 邪なる神々
第3章 異形なるものども
第4章 旧き神々
第5章 禁忌の書物
第6章 狂気を放つ品々
第7章 恐怖の領域
第8章 現代のクトゥルフ
第9章 禁断の1行解説

グラーキの黙示録

信者たちに書き継がれた教団の文書

Revelations of Glaaki

イギリスのとある湖に棲むというグラーキ。十数冊から成る『グラーキの黙示録』はこの神を崇拝する信者たちが制作した。のちに信者たちは姿を消したが、その後も『グラーキの黙示録』は綴られている。

主な関連項目	
グラーキ	▶ P.84
アイホート	▶ P.85
イゴーロナク	▶ P.86
ダオロス	▶ P.87

行方不明となっている原典

「グラーキの黙示録」は、グラーキの信者によって作成された十数巻からなる書物。ひとりの手によるものではなく、書き手が倒れるたびに次の書き手が現れて綴られたもの。内容の多くはグラーキと教団の儀式や慣習についてだが、アイホートやダオロスなど、一部では別の存在についても触れられている。

イギリスのセヴァーン渓谷にはブリチェスターと呼ばれる街があり、ここから数km離れた場所に森に囲まれた湖がある。1790年、トマス・リーと名乗る人物に率いられた人々が湖畔に数軒の家を建て、湖に潜んでいるというグラーキを崇拝し始めた。しかし、信者たちは1860〜70年までに姿を消し、この間に綴られた「グラーキの黙示録」の原典は行方知れずとなっている。

ただし、ある信者が密かに作成した写本をもとに、「グラーキの黙示録」が刊行されたことがある。写本は旧式のルーズリーフ・ノート11冊に手書きしたもの。教団を脱走した信者が一部を除いた原稿を出版社に渡し、1865年に9巻組で発刊された。しかし、警戒していた信者たちがほとんどを買い占めたため、この版も希少になってる。

グラーキの黙示録

グラーキの黙示録の来歴

18世紀末、グラーキの教団が誕生

▼

教団内で「グラーキの黙示録」が書かれ始める（時期は不明）

▼

1865年、原稿が外部に持ち出され、写本が作られる。
原稿は11巻。うち9巻が製本されて刊行された

▼

1870年代、グラーキの教団が活動を停止

▼

1920年、とある町の書店で新たな12巻を含む「グラーキの黙示録」が確認される

『グラーキの黙示録』のその後

　9巻組で刊行された『グラーキの黙示録』のひと組は、ブリチェスター大学のアーノルド・ハード教授が所有していた。しかし、教授は事件を起こして大学を去り、そのまま行方不明となった。ところが、1958年にブリチェスター大学の学生たちが偶然にも教授の住居を発見。このとき「グラーキの黙示録」は大学に回収されたが、ページの一部が破られていた。破ったのは学生のひとりだが、これは伏せられていたらしい。その後、大学の教授たちを中心とする研究チームが、ハード教授の住居や周辺地域を調べているが、公式には目立った成果の発表はないようだ。

　一方、これをさかのぼる1920年代に、ブリチェスターのある書店で「グラーキの黙示録」12巻が並んでいたという。新たな12巻には頭がない神イゴーロナクについて記されていたが、ほかの巻ともども処分されたようだ。

　ただし、のちにウルティメイト・プレイスから15巻組で発刊されたという噂もあるので、新たなグラーキの信者たちが今もどこかに隠れ、書き継いでいるのかも知れない。

水神クタアト

人の皮膚でできた本
水神クタアト
Cthat Aquadingen

「ルルイエ異本」と同様、人間の皮膚をカバーに使っているヨーロッパの魔導書。水神の名のとおり、クトゥルフやダゴンなどを扱い、海にシンパシーをおぼえる信者にとってはバイブルを超えた価値がある。

主な関連項目
- クトゥルフ ▶ P.16
- ダゴンとハイドラ ▶ P.24
- 深きもの ▶ P.102

水棲生物についての記述が多い

　11世紀から12世紀にかけてラテン語で書かれた架空の魔導書。原題はクタアト・アクアディンゲン。ヨアキム・フィーリーによる注釈版も存在しているが、原著者は不明。

　クトゥルフとその眷属、ダゴンとハイドラ、深きものといった水に棲むものどもに関係した研究、ツァトゥグァの儀式などについて触れられている。

　特徴的なのは表紙まわりの装幀で、なんと人の皮膚でできている。まだ汗腺が機能しているのか、環境の変化に合わせて汗をかくというから驚きだ。雨が降る前には湿り気を帯びるともいう。

　現存するものわずかに3部あるいは5部といわれている。14世紀には英訳され、その英語版がラテン語版とともに大英博物館に所蔵されている。そのほか英国のオークディーン療養所に保管され、タイタス・クロウも個人で所有している。さらには夢の世界であるドリームランドの図書館にもあるという。

　ただその本としてのレア度とは別に、書かれている情報に関しては、ヨーロッパの伝承の寄せ集めにすぎないのではないかという見方もある。はたして水神クタアトが、記載されている情報がたとえ重要なものであっても、たんなる11〜12世紀当時のヨーロッパのまとめ本だったのか。それとも魔術師や呪術師が使うほど本格的なマジックアイテムなのか。さらに古くにはそのオリジナル版があったのか、真相は定かではない。

　そもそも、クタアトとは何なのか。神性である可能性もあるが、解明されてはいないのだ。

水神クタアト

水神クタアトの行方

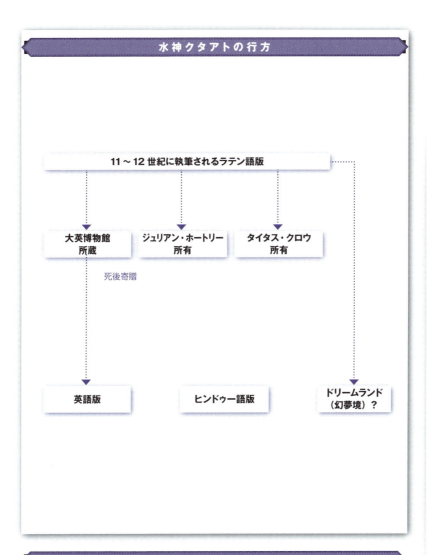

引用されている作品

怪物王女

単行本第7巻第28話「呪殺王女」などに登場した魔術師が「水神クタアト」をもっていた。何者かは不明だが頭が蛇のようなので蛇人間かもしれない。第8巻第36話「箱入王女」で魔術師は第2王女「姫」の暗殺を企てるも果たせず死亡。魔術師が遺した水神クタアトは第1王女シルヴィアが所持している。

斬魔大聖デモンベイン

秘密結社ブラックロッジ幹部のひとり、カリグラが「水神クタアト」を所持。デウスマキナ「クラーケン」を操る。クラーケンは、巨大な氷を叩きつける、水属性の攻撃を行う。「水神クタアト」&クラーケンは作中ではパワーで押すタイプのようで、豪快な戦い方が目立つ。

183

グハーン断章

探検家が持ち帰った太古の粘土板

G'harne Fragments

探検家のウィンドロップが入手した粘土版には、伝説の古代都市グハーンの位置が記されており、この名にちなんで『グハーン断章』と名付けられた。粘土板の制作者は古のもので、『ナコト写本』とほぼ同時代から存在していたことになる。

主な関連項目

シャッド＝メル	▶	P.90
古のもの	▶	P.106
ナコト写本	▶	P.156

古代都市グハーンへの手がかり

　探検家のウィンドロップが、とあるアフリカの部族から入手した粘土板。楔形や点の集合からなる奇妙な文字が刻まれているが、この部族がどこから入手したものかは明らかにされていない。帰国後、ウィンドロップは文字の翻訳に挑戦。その成果を発表したが、真剣に受け止める者は誰もいなかった。

　きっかけは不明だが、のちに考古学者のエイマリー・ウェンディー＝スミスが粘土板の文字を研究し始めた。彼は並々ならぬ熱意で翻訳に取り組み、伝説と思われていた古代都市、グハーンの正確な位置が記されていることを突き止めた。「グハーン断章」の名も、この古代都市に由来するものだ。

　さて、スミスはかつてアフリカで接触したある部族から、古代都市グハーンについて聞かされたことがあった。彼は、翻訳した情報をもとに都市の実在を証明できると考え、友人たちとともにアフリカ奥地へと出発する。

　この結果、スミスはグハーンに到達し、小さな箱と10cmほどの真珠色をした球体を持ち帰った。しかし、アクシデントによって彼の友人たちは落命し、どうにか帰国できたスミスも半ば正気を失っていた。

　なお、粘土板に刻まれた文字は「ナコト写本」の文字と似ており、探検に先だつスミスの友人たちによる調査で、三畳紀以前のものと判明。のちには古のものとの関係も明らかになった。

引用されている作品

戦姫絶唱シンフォギアGX

第9話には、異端技術に関連する危険物や未解析品を封印した「深淵の竜宮」が登場。この施設に侵入したキャロルの狙いを突き止めようと、エルフナインが保管品リストを検索する。彼女がキャロルの目的と思しきヤントラ・サルヴァスパの名を見つけた画面に「G'HARNE FRAGMENTS」と表示されている。

呪文の有効性が実証された書物
告白録
Confessions

狂える修道士、クリスタヌスが記した「告白録」には、旧神や邪神に関して記されている。一般的に本書の内容はとても信じ難いものだが、呪文の使い方を誤ったある人物の死によって、本書の記述の信憑性が証明された。

主な関連項目

クトゥルフ ▶ P.16

クトゥルフの落とし子にまつわる書物

「告白録」は、クリスタヌスによって綴られた書物だ。著者のクリスタヌスは、かつてハイドストールの修道院で暮らしていた修道士。ある奇怪な事件をきっかけに、ヒッポの司教だったアウグスティヌスから狂ってしまったと見なされ、ローマへと送られたのちに「告白録」を執筆した。執筆された正確な時期は不明だが、アウグスティヌスとの関わりを考えると、恐らくは4世紀末、遅くとも5世紀半ばではないだろうか。

この書物には、クリスタヌスが起こした事件の顛末が記されている。彼が五芒星の石を見つけたこと、それに触れたことで恐ろしい何かが放たれたことが語られ、さらにクリスタヌスがすがったアウグスティヌスによって、「それ」が石棺に封じられたことが記されている。

また、旧神の印と呼ばれる五芒星の石についての記述があり、五芒星型に配置することで旧神の能力が発現するとし、さらに呪文も記されている。"水没したルルイエの王国より現れるクトゥルフの落とし子"と題された章には、「賢人ならば敵に送り込む目的で使える」として、邪悪な獣を呼び出す呪文と防御の呪文、獣を元の場所へ送り返す呪文、さらに送られてきた獣を送り主のもとへ返す呪文が記されている。

なお、本書は「発狂した修道士クリスタヌスの告白録」と題してローマで刊行され、1939年にはエリック・ホウムという人物がラテン語版を入手した。ローマで刊行されたものかは不明だが、彼が本書の呪文の使用を間違えて死亡したことで、内容の信憑性は証明されたといえる。

ポナペ教典

ポナペ島で発見された風変わりな書物
ポナペ教典

Ponape Scripture

発狂度	保存性
3	4
レア度	歴史
4	4

ホーグ船長がポナペ島で発見した「ポナペ教典」は、ムーの神官によって記された書物だ。これを研究したコープランド教授は、邪神にまつわるさまざまな記述が真実だと確信。のちにツァン高原に踏み込み、「ザントゥー石板」を発見する。

主な関連項目

ガタノトア	▶ P.20
ザントゥー石板	▶ P.187

クトゥルフの子供たちについて記したムーの書

　「ポナペ教典」は、貝葉（紙の代わりにヤシなどの葉を加工したもの）を木板で閉じた風変わりな書物だ。木板はすでにボロボロだったが、調査した専門家たちは、木板の材質が先史時代に絶滅したソテツ、あるいは樹木シダであると断言した。記されている文字は、失われたムー大陸で使われていたとされるナアカル語で、ガタノトアを崇拝していたムー大陸の神官、イシュ＝マモが記したといわれる。

　この書物は、1734年頃に南太平洋のポナペ島を調査したアーカムの貿易商、アブナー・エゼキエル・ホーグ船長によって発見された。ホーグ船長はナアカル語を読めなかったが、発見した書物をアーカムへ持ち帰り、使用人に手伝わせて英語に翻訳する。彼はオーベット・マーシュの娘婿だったというから、使用人が深きものどもと関係があったのかもしれない。

　ホーグ船長は翻訳した「ポナペ教典」を出版しようとしたが、宗教指導者たちから猛烈に非難されて実現しなかった。しかし、私家版として製本したものがオカルト研究家や怪しげな宗教団体のあいだで回し読みされ、ダゴン秘密教団の教義にも影響を与えたという。

　ホーグ船長の死後、原典はセイラムのケスター図書館に収蔵された。人類学の権威だったハロルド・ハドリー・コープランド教授は、のちにこれを調査したことがきっかけで、「ポナペ教典」の研究にのめり込む。その研究成果として発表された論文はコープランド教授の名声を地に落としたが、教授は教典の記述をもとに探検に出かけ、「ザントゥー石板」を発見することになる。

ザントゥー石板

ムーに終焉をもたらしたザントゥーの記録

Zanthu Tablet

コープランド教授が発見した「ザントゥー石板」には、イソグサの神官ザントゥーが招いたムー大陸の最後が綴られていた。教授は研究成果を小冊子で発表したが、これは自身の研究者生命を断つことになり、10年後に錯乱したまま亡くなった。

主な関連項目

イソグサ	▶ P.20
ポナペ教典	▶ P.186

ムー大陸の滅亡が綴られた石板

「ザントゥー石板」は、10枚、もしくは12枚で構成された石板群。材質は黒い翡翠で、それぞれ両面には小さな文字でナアカル語がびっしりと記されている。1913年、ハロルド・ハドリー・コープランド教授は、かねてから研究していた「ポナペ教典」の記述、さらにこれを裏付けると判断した「屍食教典儀」の記述をもとに、中央アジアへの遠征に出発。ツァン高原を踏破してムーのイソグサを信仰していた神官、ザントゥーの墳墓を発見し、納められていた「ザントゥー石板」を持ち帰った。

教授はこの遠征で消耗したうえ精神に変調をきたしていたが、どうにか回復すると石板の翻訳を開始。その成果として、1916年に「ザントゥー石板：その推測的な翻訳」と題した小冊子を刊行した。

序文で教授自身が述べた通り、この小冊子は「ザントゥー石板」の翻訳をすべて記しているわけではない。ただ、石板の7枚目と9枚目の内容は明かされており、ザントゥーがムーの魔術的至宝のなかでもっとも神聖な護符、「黒の印章」を入手した経緯や、イソグサ信仰を盛んにしようとザントゥーがこの神を呼びだし、その結果ムーに訪れた悲劇が明かされた。

この結果、教授はその内容が宇宙的な冒涜であるとして、言論界と宗教界の双方から猛烈な非難を浴び、ほどなく小冊子も当局によって発禁処分となる。2年後、教授は精神病院に収容されてしまい、1926年に錯乱したまま亡くなった。

その後、彼の研究資料はサンボーン太平洋海域古代遺跡研究所に寄贈されたが、教授を知る何人かは教授と似たような運命をたどっている。

フサン謎の七書

タイトル通りの謎めいた書物

フサン謎の七書

Seven Crytical Books of Hsan

H・P・ラヴクラフトによって創作された『フサン謎の七書』は、著者をはじめ、制作された年代や存在する部数など、多くの点が明らかにされていない。引用された作品もわずかで、設定創作の余地がかなり残されている書物だ。

主な関連項目

ドリームランド ▶ P.222
ウルタール ▶ P.232
ミスカトニック大学 ▶ P.224

詳細が不明な謎の書物

「フサン謎の七書」は、ドリームランドにあるウルタールの住人、バルザイが所有していた書物。バルザイはこの書物を深く極め、「ナコト写本」にも通じた賢人で、大地の神々について多くの秘密を知っていた。しかし、彼は神々の顔を見たいと願って霊峰ハテグ＝クラに登り、そのまま行方不明になってしまう。バルザイに同行した弟子のアタルは、無事に下山してウルタールへ帰還。以後、「フサン謎の七書」はアタルが引き継いだのだろう。やがて、彼が大地の神々の神殿の大神官になり、「フサン謎の七書」はこの神殿に保管された。

なお、覚醒世界においては、1924年の時点でミスカトニック大学付属図書館が所蔵。1945年頃には、イギリス在住のジュリアン・カーステアズと名乗る人物も「フサン謎の七書」を所有していた。

さて、この書物はH・P・ラヴクラフトが生み出したものだが、著者や制作された年代、部数といった詳しい背景については、彼の作品でも語られていない。自身の作品に登場させたほかの作家もあまりおらず、原典小説などで加えられた設定は今のところ極わずかしかない。

その一方、設定の創作にも意欲的な『クトゥルフ神話TRPG』では、2世紀頃に偉大なるサン（Hsan the Greater）が記した7巻組の古代中国語の書物とされた。ちなみに、かつてホビージャパンが発行していた雑誌『TACTICS』では、読者が投稿した設定や、別冊でのオリジナル舞台のシナリオリプレイなどが掲載されていた。詳細設定がないのは、設定創作の余地があるということ。仲間とオリジナルの設定をつくって遊ぶのも、楽しみ方のひとつだ。

Column
『クトゥルフ神話』神話に登場するその他の書物

これまで紹介した以外にも、クトゥルフ神話世界には数多くの書物が登場する。
一部ではあるが、ここでは比較的よく見られる書物を抜粋して紹介しよう。

『暗黒の儀式』
The Black Rites

バーストを崇拝していた大神官ラヴェ＝ケラフが手掛けた、ブバスティスの巻物の一部。バースト信仰やほかのエジプトの神に関する情報、ニャルラトホテプと暗黒のファラオに関わる註釈などが記されている。ロバート・ブロックに創作された書物で、『哄笑する食屍鬼』や『自滅の魔術』に登場した。著者のラヴェ＝ケラフは、H・P・ラヴクラフトの名をもじったものだ。

『ゴール・ニグラル』
The Ghorl Nigraal

地球に1部しかないといわれる書物。遥かな昔、惑星ヤディスに住んでいた魔術師ズガウバが、ドールの窖から持ち出したもの。地球に伝わったのち、本書はムーの神官によって失われた大陸の章が追加され、のちに謎めいた都市イアン＝ホーに隠された。のちには『無名祭祀書』の著者、フォン・ユンツトも読んだという。初出はリン・カーターの『陳列室の恐怖』。

『ドール賛歌』
Dhol Chants

「青い輝き」なる存在の召喚や精霊への命令など、555もの賛歌が収録されているという書物。レン高原で作成されたともいわれ、中国語のものが1冊確認されたほか、英語版のものが数冊ある。ミスカトニック大学も1冊所蔵しているという。ヘイゼル・ヒールド＆ラヴクラフトの『博物館の恐怖』などに登場した。

『ドジアンの書』
The Book of Dzyan

神秘家のヘレナ・ペトロヴナ・ブラヴァツキーが実在を主張した「世界最古の写本」。本書は地球を訪れた金星の王たちがもたらしたもの。最初の6章は地球の誕生以前に記され、彼らにとっても古書だったという。謎の都市イアン＝ホーについての記述がある。ラヴクラフトの『闇をさまようもの』やウィリアム・ラムリーの『アロンゾ・タイパーの日記』などに登場。

第6章

狂気を放つ品々

MAGIC ITEMS

物語の登場人物が奇妙な縁で手に入れる不思議な品々は、
人類の理解の及ばない力や技術で作られている。
その品々が及ぼす効能はさまざまで、時空を超えたり、邪神を召喚したり、
あるいは人には不可視な存在を視認できるようになったりする。
本章ではそうした品々を収集してみた。

不思議な品々

Out of Place Artifacts

Out of Place Artifacts──オーパーツと略称されるこの言葉は、人類
が製法・用法を解明していないシロモノを指し、単にアーティファク
ト（工芸品）と呼ぶこともある。
神話作品においては「銀の鍵」や「輝くトラペゾヘドロン」「アルハザー
ドのランプ」などがその代表例だが、要は何らかの魔法（または呪い）
が込められたアイテムだと思っていい。その効果は、使ったら最後、
ロクな結果をもたらさないものから、ホントにあったら超便利なもの
まで多種多様だ。
これらの品々は、怪事件の発端となったり事件解決のカギになったり
することが多い。魔導書に比べるとインパクトという面では若干劣る
ものの、アーティファクトも神話世界を構成する重要なパーツだ。

Shining Trapezohedron

銀の鍵

ランドルフが手にした秘宝

The Silver Key

文字通りドリームランドへの鍵となる夢アイテム。睡眠導入効果があるのか、それとも実際に次元を超える効果があるのかは使った者にしかわからない。架空の学者ランドルフ・カーターはこれを使いこなし、夢幻の世界へと分け入っていく——。

主な関連項目

古のもの	▶ P.106
ドリームランド	▶ P.222
ハイパーボリア大陸	▶ P.229

夢の扉を開く鍵

　経年変化で変色し、つや消しの状態になってはいるが、その名の通り、れっきとした銀色の鍵である。長さは５インチ（12.7センチ）。表面に判読できない象形文字が刻まれ、重量感がある。ハイパーボリア大陸で遙か古代に鍛造されたものらしく、この鍵を用いることで時空を超えることができるという。ハワード・フィリップス・ラヴクラフトの短編小説『銀の鍵』では、ランドルフ・カーターが銀の鍵を発見したときの様子が描かれている。それによれば、暗く埃っぽい大きな屋根裏部屋にある箪笥の、引き出しの裏に、容れ物に入れられた状態で眠っていたのだという。一辺が一尺（約30センチ）の立方体で、ゴシック式の彫刻が施された箱。嗅いだことのない香料の匂い。錆びた鉄の縁取りがあり、錠を開ける手段は見当たらないが、老いた使用人が蓋に手をかけると、退色した羊皮紙に包まれた銀の鍵が姿をあらわした。羊皮紙にあるのは象形文字。南部の学者が所持していたパピルスの巻物で見たものと同じだった。ランドルフは鍵を磨き、箱に戻して毎晩枕元に置いて眠りについた。以後に見る夢は少しずつ鮮やかさを取り戻していく——。

　十字軍兵士ジェフリー・カーターの代にカーター家に伝えられた銀の鍵は、米国の都市セイラムで起きた魔女狩りを逃れるべくアーカムへと移住したエドマンド・カーターが魔術師としてこれを用い、樫の木の箱に入れて保管していたものを、20世紀に入り、子孫の神秘主義者ランドルフ・カーターが見つけた。ランドルフの発見時、樫の木でできた箱には、前述のとおり羊皮紙が同梱されていた。この羊皮紙には理解しがたい文字により未知の言語が記されていた。

銀の鍵

じつはこの文字はクトゥルフとその眷属たちの使用するルルイエ語だった。文字列は呪文であり、銀の鍵に無制限の力を付与する効果が働いていたのだ。ただし、多くの神秘体験をし、睡眠中にドリームランドを彷徨する夢見人のランドルフであっても、銀の鍵を見つけた時点ではルルイエ語の意味はわからなかった。

羊皮紙は銀の鍵のマニュアルでもあった。書かれた文言を解釈すると、銀の鍵を手にして9回まわしながら使用目的にかなった呪文を唱えると、自らの肉体ごと異なる時代に遷移するタイムトラベルの効能が発揮される。さらに別種の呪文を加えれば、今度は時間的にではなく空間的に、望みうるどの場所にも跳躍できるのだという。時間と空間を超える機能を持つこの銀の鍵を持つ者に、もし"資格"があるのなら"窮極の門"を開け、先へと進むこともできる。このくだりは、E・ホフマン・プライスの『幻影の王』を原案とするラヴクラフトの小説『銀の鍵の門を越えて』に詳しく描かれている。

"窮極の門"の門番である古きものの長、ウムル・アト＝タウィルに門を通るか否かを問われ、門を通過したランドルフは宇宙存在に出会い、自らが住む世界の正体を教えられ、イレク＝ヴァドのオパールの玉座を支配することを進言されるなど、それまでにも増して超常的な体験をすることになる。ヨグ＝ソトースとの問答を含むこの間の体験は伏せるが、この経緯によって、ランドルフは生きているにもかかわらず、地球上では行方不明者扱いとなってしまう。

その後の親族会議で、ランドルフの遺産を遺産を分与するべきと弁護士のアーニスト・K・アスピンウォールが主張すれば、ランドルフの文通相手だったウォード・フィリップス、フランス人のエティエンヌ・ド・マリニーと、謎のインド人バラモン僧チャンドラプトゥラ師は、まだランドルフは生きていると主張する。やがてチャンドラプトゥラ師は、"窮極の門"をくぐり抜けたあとのランドルフについて語り始める。それは銀の鍵を使った者の末路についての説明でもあった。

引用されている作品

這いよれ！ニャル子さん

原作第2巻はニャル子たちが夢の世界へと赴く筋書きで、当然のように銀の鍵も登場する。なお一行はドリームランドの最北端、カダスの巨大な山の辺りに出現して怒涛の後半戦に突入。ハワード・フィリップス・ラヴクラフトの小説『未知なるカダスを夢に求めて』を踏襲し、ドリームランドを踏破していくのだ。

Column
ウムル・アト＝タウィルとは？

ラヴクラフトの小説『銀の鍵の門を越えて』に登場する門番ウムル・アト＝タウィルは、旧支配者の邪神だが、はたしてヨグ＝ソトースが門番に扮したものなのか、それともヨグ＝ソトースの部下だったのかは判然としない。からだの大きさは人間の半分ほどだという。

第1章 神話の成り立ち
第2章 邪なる神々
第3章 異形なるものども
第4章 旧き神々
第5章 禁忌の書物
第6章 狂気を放つ品々
第7章 恐怖の領域
第8章 現代のクトゥルフ
第9章 禁断の1行解説

193

輝くトラペゾヘドロン

闇をさまようものがにゅるりと登場!?

Shining Trapezohedron

お役立ち	5
保存性	5
瞬発力	3
ネタ	5

ニャルラトホテプの呼び名のひとつ闇をさまようものは文字通り暗黒よりいでる。ならば暗黒にかざす道具があれば呼び出すことができるはず。そんな思いから作られたかは不明だが、とにかくクトゥルフ界一便利なアーティファクト。

主な関連項目

- ニャルラトホテプ ▶ P.36
- 深きもの ▶ P.102
- ミ＝ゴ ▶ P.110
- ニトクリスの鏡 ▶ P.202

ユゴスで製造された召喚具

　太陽系の外縁、海王星よりも先にあるという惑星ユゴスでつくられたアーティファクト（人工物。異星生物によるものなので人工というのもおかしいが）、輝くトラペゾヘドロン。トラペゾヘドロンの語源はトラペジウムというものからきており、これは平行な辺のない四角形、という意味で、トラペゾヘドロンとはトラペジウムの集合した、偏四角多面体のことである。

　その名のとおり本体は多面の球状で、それが金属製の小箱に収められている。小箱、本体とも漆黒で、表面に赤い亀裂のような線が入っているものとして描かれることが多いようだ。

　ユゴスから古のものによって地球にもたらされた（ユゴスを支配していたミ＝ゴが持ちこんだという説もある）輝くトラペゾヘドロンは南極の古のものやヴァルーシアの蛇人間に所有されたあと、レムリア大陸、アトランティス大陸で人間の手に渡った。その後、漁師が拾って売りとばしたことから古代エジプトのファラオ、ネフレン＝カのものとなる。キシュの迷宮に置かれたそれはニトクリスに使われるなどして19世紀までそこにあった。クトゥルフ小説に描かれるのは、現代に発見されて以降の話だ。

　闇、暗黒のなかで小箱を開けることで本体が開放され、闇をさまようもの、つまりニャルラトホテプが姿をあらわす。『這いよれ！ニャル子さん』では原典で描写された性能どおりに、暗がりで使うことでニャル子が出現した。その際の姿が黒い変身形態であるのも、"闇をさまよう"ものという別称を意識したものだろう。

輝くトラペゾヘドロン

引用されている作品

這いよれ！ニャル子さん

アニメ第1期第2話「さようならニャル子さん」に登場。地球ルルイエランドで八坂真尋がこれを用い、ニャル子を召喚してノーデンスの襲撃から守ってもらう。輝くトラペゾヘドロン本来の使い方をうまく組みこまれていて、クトゥルフファンならにやりとできる。

斬魔大聖デモンベイン

『斬魔大聖デモンベイン』とPS2版『機神咆吼デモンベイン』、シリーズを通じてデモンベイン最強の兵装がシャイニング・トラペゾヘドロン。アザトースの庭と呼ばれる宇宙が封じられていて、射抜いた敵をそのなかに引きずりこむという、恐るべき「第零封神昇華呪法」だ。

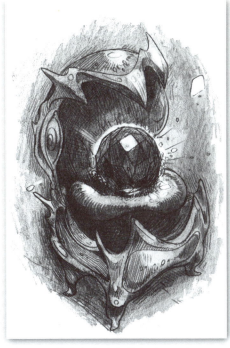

Shining Trapezohedron

暗黒なのに輝いている。矛盾する要素が同居している驚異の人工遺物

代々の所有者

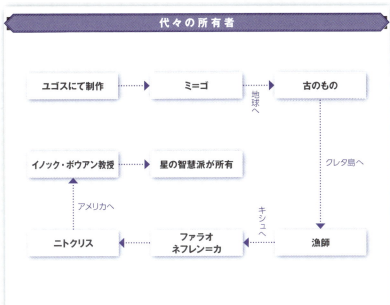

195

バルザイの新月刀

霊力を持つ神秘のシミター

The Scimitar Of Barzai

お役立ち	知名度
3	3
瞬発力	ネタ
2	3

ドリームランドの神官バルザイが鍛えたという夢の世界の新月刀。ヨグ＝ソトース、アザトース、ニャルラトホテプ信仰にも関係し、重要な儀式に用いられるこの刀は、製造にかなりの労力を要し、保管に際しても細心の注意が求められるという。

主な関連項目

ヨグ＝ソトース	▶ P.30
ネクロノミコン	▶ P.152
ナコト写本	▶ P.156
ドリームランド	▶ P.222

バルザイが鍛えた刀

　学習研究社から発行されている日本語版がおなじみの『魔導書ネクロノミコン』には、巻末から逆開きで『ネクロノミコン断章』が収録されている。これは中世の英国に実在した学者であり占星術師だったジョン・ディーが英訳したという設定の『ネクロノミコン』抜粋。いかにも本物らしいていで呪文や魔道具の作成方法が断片的に掲載されているが、そのうちのひとつに「バルザイの新月刀」の製法に関する記載もある。ディーはケンブリッジ大学で宮廷に務めた優秀な人物ではあるものの、度々魔術師ではないかと疑われていたそのエピソードが後世の作家たちの創作意欲を刺激するのか、この『魔導書ネクロノミコン』のように、フィクションに登場する機会が多い。

　さて、バルザイの新月刀はエボニー（黒檀）でできた柄を持つ青銅製の霊剣。ヨグ＝ソトースなど邪神や魔物の類を召喚するときに使うアイテムである。ドリームランド内のウルタールに住んでいたという元大神官バルザイは、「ナコト写本」を読んでいたというクトゥルフ知識人。その彼が鍛成したことから、バルザイの新月刀と呼ばれている。

　『魔導書ネクロノミコン』記載の製法によれば、刀身の表面に刻まれた呪文には、霊たちを従わせる効能と、魔法に必要な円、図、記号を描く助けとなる効果があるようだ。

　製造するべき時期も定められている。火星の日、火星の刻限、月の光が増すタイミングで鍛える必要があるらしい。乱用すると霊力が失われるため、黒い絹につつんで保管する。デリケートな品なのだ。

バルザイの新月刀

　順序としては、まず、刀身の両面に指定された難解な文字を刻む。そして「土星の日、土星の刻限、月の光が減じる」とき、月桂樹と一位の大枝を燃やし、刀身を炎にさらし、五箇条の呪文を唱えなくてはならない。

「フコリアクソユよ、ゾドカルネスよ」との呼びかけで始まる呪文は「アザトースの恐るべき強壮な御名に於いて」「クセントノ＝ロフマトルの御名に於いて」「イセイロロセトの御名に於いて」「クロム＝ヤーが発して大山が鳴動した恐るべき甚大なダマミアクの御名に於いて」と、かなり強力なものであるようだ。そして前掲のとおり、この新月刀に、諸霊をことごとく震え上がらせるとともに、魔術の実践に必要な円、図、記号を描く助けとなる効力を持たせるよう宣言する。「大いなる強壮なヨグ＝ソトースの御名とヴーアの無敵の印に於いて」と言い、印を結び「力を与えよ」と三度詠唱するのだ。

　炎が青くなるのは、諸霊が製造者の要求に応じる徴候である。これを確かめたのち、刀身を「塩水と雄鶏の胆汁を混ぜ合わせた触媒」によって冷やす。そして召喚した諸霊へのお供物として「ズカウバの薫香」を焚き、諸霊にご退場願う。この文言によればアザトース、ヨグ＝ソトース、そのしもべであるニャルラトホテプを呼び出していたことがわかる。

　ここまでの手順を踏み、鍛え上げるのに成功したあとは、前述したように黒い絹布で包む。他人が触れると霊力が失われるので、誰の手にも届かない場所に安置しなければならない。

　こうして出来上がったバルザイの新月刀は、ヨグ＝ソトースを召喚する儀式で地面に円を描いたり、スンガクがいる領域へ行くために必要なドー＝フナの呪文を実践するべく蜘蛛の巣を描くときに用いるのだという。もちろん他書では別の儀式も紹介されている。これは武器ではなく魔道具であり、危険性を鑑みるだけでなく効力を維持するためにも、雑に扱ってはいけない代物なのである。

引用されている作品

斬魔大聖デモンベイン

主人公の大十字九郎が超人形態マギウススタイルのときに召喚できる武装として登場。また九郎が搭乗するデモンベインの使用武器ともなる。『ネクロノミコン』に精製方法が書かれている設定で、魔力を媒介するものとしても認識されている。4枚の刃を束ねた形状にはエンタメとしてのけれん味が込められている。

Column
フコリアクソユよ、ゾドカルネスよ

バルザイの新月刀をつくる際には五箇条の呪文を唱えなければならない。「フコリアクソユよ、ゾドカルネスよ、我は大いなる深淵に棲む汝ら諸霊を力強く呼び醒ます者なり」で始まる長い文章は読み応えがある。『魔導書ネクロノミコン』でチェックしてみてほしい。

第1章　神話の成り立ち
第2章　邪なる神々
第3章　異形なるものども
第4章　旧き神々
第5章　禁忌の舊物
第6章　狂気を放つ品々
第7章　恐怖の領域
第8章　現代のクトゥルフ
第9章　禁断の1行解説

197

アルハザードのランプ

クトゥルフ神話の記憶を映す走馬灯
アルハザードのランプ

Lamp of Alhazred

古代エジプトのランプと書くとなにやらロマンティックな響きが漂うが、アブドゥル・アルハザードが発見したこれはいわくつきの一品だ。使用者は過去の持ち主が見た情景を追体験するばかりか、その世界に誘われてしまうという——。

主な関連項目

ネクロノミコン	▶ P.152
ルルイエ	▶ P.216
無名都市	▶ P.220

アラビアの魔法具

　かつて、アラビア砂漠の都市アイレムを建造した部族「アード」によってつくられたランプがあった。それを、同じ砂漠の無名都市で「アル・アジフ」の著者であるアブドゥル・アルハザードが発見したことで「アルハザードのランプ」と呼ばれるようになった経緯がある。
灯りをともすと、ルルイエやカダスなどクトゥルフ神話関連作品ではおなじみの場所や、旧支配者に分類される邪神たちが投影される効果がある。最後の持ち主だった作家ウォード・フィリップスが姿を消したのちに処分された。
　原典の文学ではオーガスト・ダーレスの『アルハザードのランプ』で初めて扱われている。前述の作家フィリップスは米国東北部のロードアイランド州プロヴィデンスに住み、怪奇文学を専門としていたが、祖父が失踪して7年が経ったとき、アルハザードのランプを遺産として相続した。この"遺産"には手紙が添えられていた。それによれば、もともとこのランプは、タムード、タズム、ジャディスと並ぶ、アラビア半島に住む謎の四部族のうちのひとつだったアードがつくり出したものであり、その一族最後の君主となったシェダドが築きし円柱都市アイレムで発見され、アブドゥル・アルハザードという変わったアラブ人が所有していたものだったのだという。
　よく、こすると精霊が出てくる魔法のランプが漫画やアニメで描かれるが、アルハザードのランプはまさにあの魔法のランプそのままの外見をしている。ただ表面にはいかにも歴史的な遺物という迫力を伝えるべく難解な文様が走り、このランプがただものではないことを伝えてくるのだが——組み合わされた羅列は、

アルハザードのランプ

アラビアの方言を知るフィリップスにとっても未知のものだった。サンスクリット語よりも遙かに古い言語であるらしく、表音文字と象形文字から構成され、一部には絵文字も含まれていたのだ。

このランプの内側を磨き、灯をともすと、古い持ち主たちの記憶が浮かび上がった。部屋のなかで、光が当たっている部分にだけは、過去の情景が映し出される。なかには地球が冷えて固まる前、陸地が形成される頃の映像まで。これら過去の情景に飛び込むといずこかの時空へと跳躍する機能まであることがわかった。

フィリップスはこのランプが映す光景を原案としてアーカムやインスマス、ルルイエについての小説を書いていくことになる。それはまさにラヴクラフトの軌跡を翻案したものだった。ラヴクラフトの断章をダーレスが仕上げたという『アルハザードのランプ』は、クトゥルフ文学の発祥をエンタメ化したメタフィクションでもあったのだ。ラヴクラフトを"擬キャラ化"したフィリップスがランプを使うとき、そこに物語が紡がれていく。

Lamp of Alhazred
外見的にはまさにアラビアの魔法のランプ。実際そのとおりだが、効果はかなりブッとんでいる

引用されている作品

機神飛翔デモンベイン

『斬魔大聖デモンベイン』の続編に当たるこのゲームでは、アル・アジフが召喚するデウス・マキナ（鬼械神）「アイオーン」の動力源の名前に用いられている。デモンベインに似たアイオーンはあまたあるデウス・マキナのなかでも最強と謳われ、アルハザードのランプが持つ力を解放した灼熱呪法は破壊力抜群だ。

這いよれ！ニャル子さん

原作ライトノベルの9巻で「うう…アルハザードのランプもエジプト十字架も愛に力を与えてはくれないんですね」と、ニャル子が嘆くセリフの一部として引用されている。恋愛小説に登場するふつうのランプであれば愛に火を灯すことも可能だろうが、このランプではSAN値が下がるだけでプラスの効果はない。

レンのガラス

異界の門へ転じる曇りガラス
レンのガラス

Glass from Leng

条件に見合う場所に設置し、しかるべき手順を踏むことで、異なる場所との空間を接続するレンのガラス。どこかロマンを感じさせる能力ではあるが、実は使用者に危険がつきまとう、気軽には扱いにくいアイテムだ。

主な関連項目
クトゥルフ	▶ P.16
レン高原	▶ P.230

設置した場所が異界への門になる

　ウィルバー・エイクリイが、自宅に設けた破風の部屋に窓として設置していた物体。ミスカトニック大学を卒業後、彼はモンゴルやチベット、ウイグルで3年ほど過ごしており、この時期にレンのガラスを手に入れたと思われる。ただ、その出所に関しては彼も知らない。レン高原、またはヒアデスのものと推測するにとどまっており、これがガラスに似た別の物質という可能性も考えられる。

　さて、レンのガラスは一見ただの曇りガラスにしか見えない。しかし、

1. 壁のような空間を隔てる場所にレンのガラスを設置。
2. その前の床に装飾的な図案で飾った五芒星型を描く。
3. 五芒星型の中心に座り、クトゥルフに捧げる呪文を唱える。

　以上のように実行すると、曇りが消えて異なる場所の風景が映し出される。ただし、一方的に覗いた気になりがちだが、この状態はレンのガラスを門として空間自体が繋がっている。映し出された場所との往来も可能なので、場合によっては危険がともなう。図案の一部を消せば門は閉じるが、消せない道具で図案を描いた場合はレンのガラスを破壊するしかない。門が閉じた際に通過中の物体は切断されるので、この点にも注意が必要だ。

　なお、レンのガラスを介して繋がる場所は、地球の自転のみによって変化する。門が開く場所や状況が安全とは限らないので、術を使うときは十分な心構えが必要だろう。

ゾン・メザマレックの水晶

過去を覗き見ることができるが、代償は大きい

Crystal of Zon Mezzamalech

ハイパーボリアの魔術師、ゾン・メザマレックが所持した水晶は、いつ、いかなる存在が生み出したものなのか。古代の優れた魔術師ですら抗えぬ力で引き寄せ、覗いた者の時間を原初にまでさかのぼらせてしまう、非常に危険なアイテムだ。

主な関連項目
- ハイパーボリア大陸　▶　P.229
- エイボンの書　▶　P.160
- ウボ＝サスラ　▶　P.50

覗いた者を始原の過去へ退行させる水晶

ゾン・メザマレックの水晶は、小さなオレンジくらいの水晶球。地球の極地と同じように両端がややひしゃげていて、どこか眼球を思わせるという。普通の水晶球と違って不透明で、なぜか中の光が暗くなったり明るくなったりする。

この奇妙な水晶球が、いつ、どこでつくられたのかはわからない。しかし、「エイボンの書」によれば、古代ハイパーボリア大陸の北部、ムー・トゥーランの魔術師ゾン・メザマレックがこの水晶を見つけた。彼は、水晶を覗いてさまざまな地球の過去、そしてウボ＝サスラや地球の始まりまでをも目にしたが、記録をほとんど残さぬまま失踪し、水晶も行方不明になったという。

20世紀になって、グリーンランドを調査した地質学者がこの水晶を発見した。その後、水晶は古物商を通じてポール・トリガーディスの手に渡ったが、彼もまた失踪している。

「エイボンの書」に記されているように、この水晶には急速に時間を逆行して、地球の歴史を開示する力がある。ただし、ひとつだけ注意すべきは、単に映像が映し出されるのではなく、覗いた者も同時に時間を逆行するらしい点だ。水晶から目を離せば元に戻るが、水晶で見た記憶は失われてしまう。さらに、一度でも水晶を覗いた者は、耐え難い衝動に駆られて水晶を覗くようになり、ついには延々と水晶を覗きこむことになる。結果、その者は時間の流れと逆にあまたの生死を体験しつつ、そのなかで自我は逆行する時間の流れに呑み込まれていく。最後は地球の始まりにまで到達し、自分のはるか遠い過去の起源、つまりウボ＝サスラの落とし子にまで戻ってしまうのだ。

ニトクリスの鏡

処刑道具として用いられた恐怖の鏡

Mirror of Nitocris

一見すると、見事な工芸品にしか見えないニトクリスの鏡。鏡に名を残す古代エジプトの女王、ニトクリスは、これを処刑道具として使ったという。はるか昔、邪神からもたらされたこの鏡は、ショゴスの棲み家へと通じる門なのだ。

主な関連項目

ショゴス	▶ P.108
輝くトラペゾヘドロン	▶ P.194

ショゴスの棲みかと繋がる異界の門

　ニトクリスの鏡は、ナイル川流域に最古の文明すら誕生していない頃、邪悪な神々からその神官たちに伝えられた。鏡の表面はじつになめらかで、磨き抜かれた青銅の枠には、恐ろしくも幻想的な生物の姿が彫り込まれている。歴史から抹消された暗黒のファラオ、ネフレン＝カもこの鏡を手にし、輝くトラペゾヘドロンとともに、地下神殿の祭壇に祀られていたという。

　鏡に名を残すニトクリスは、エジプト第6王朝の最期のファラオ。鋼鉄のごとき意志で王座を維持し、恐怖をもって臣民を支配した。鏡を手に入れたニトクリスは牢の壁に設置し、捕えた多くの政敵をここに閉じ込めた。するとその翌朝、彼らは例外なく姿が消えているという。

　それもそのはず、鏡はショゴスの棲みかに繋がっている。午前0時に門が開き、現れたショゴスが目の前の人間に襲い掛かるのだ。布などをかけておけばショゴスは出てこないようだが、それでも鏡がある場所にいるだけで恐ろしい悪夢を見ることになる。

引用されている作品

這いよれ！ニャル子さん

11話に登場。バーベキューを計画したニャル子が食材を解凍したところ、解凍が終わったシャッガイの昆虫族（食材）が部屋のなかを飛び始めた。そこでニャル子が取りだしたのが、ニトクリスの鏡。鏡面から現れた影のような手が、シャッガイの昆虫族を捕まえて鏡の中に引きずり込んでいった。

Column
恐怖の女王ではなかった？　ニトクリス

ニトクリスの鏡は、ブライアン・ラムレイの同名作品に登場。作中では恐怖の女王として描かれ、ヘロドトスの『歴史』が元ネタと思われる政敵を溺死させた話がある。ただ、ニトクリスは王位についた兄弟を暗殺されており、これはその仇討ちだったという。

旧神がつくった掛け時計のような道具
ド・マリニーの掛け時計
De Marigny's Clock

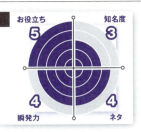

ド・マリニーの掛け時計は、オカルト探偵のタイタス・クロウが所有していた。大きな掛け時計のような見た目からこの名で呼ばれていたが、実はかつて旧神たちがつくりだした、時空を超えて移動するための乗り物だった。

主な関連項目

クタニド	▶ P.146
ヤード＝サダジ	▶ P.147

時空の旅ができる時計のようなアイテム

『銀の鍵の門を越えて』や「タイタス・クロウ・サーガ」シリーズに登場する時計のような物体。文字が記された盤面には、時刻と無関係に動く4つの針がある。エティエンヌ＝ローラン・ド・マリニーが所有していた当時、チャンドラプトラなる人物がこの時計のなかに消える事件が起きている。

のちにタイタス・クロウの所有物となり、彼が邪神と戦うなかで、旧神がつくった時空往還機だと判明した。搭乗者は時計内部の別次元に入り、イメージで操縦。超高速移動や時空と次元の移動、門として自分だけの転移もできる。

また、往還機は搭乗者の記憶や意識を記録しており、搭乗者の死亡後に肉体を再生した場合など、肉体に意識を戻すためのバックアップとして利用できる。実際、作中でクロウは一度死亡したが、出会ったロボット異星人がの助力と、往還機の機能で復活を遂げた。

時計の来歴

行者・ヒアマルディがイアン＝ホーで入手
▼
エティエンヌ-ローラン・ド・マリニーに贈られる
▼
エティエンヌの死後、フランス人コレクターに売却
▼
コレクターが失踪、オークションに出される
▼
タイタス・クロウが落札して入手

引用されている作品

斬魔大聖デモンベイン　ド・マリニーの時計
ニトロプラス公式の『斬魔大聖デモンベイン』のスピンオフ作品。表題作のほか2編が収録されている。ド・マリニーの掛け時計は、表題作の『ド・マリニーの時計』に登場。ミスカトニック大学の時計塔に組み込まれているという設定で、悪意ある時間改変に対する対抗策となっている。

203

夢のクリスタライザー

物体を夢の世界と往来させる謎のアイテム

夢のクリスタライザー

お役立ち	知名度
4	3
瞬発力	ネタ
4	3

Cryſtallizer of Dreamſ

夢のクリスタライザーは、眠った者を別の次元へ
といざなう謎の物体だ。いかなる仕組なのかは不
明だが、夢から品物を持ち帰ることも可能にする。
しかし、こうした品はいずれ元の世界に戻ってし
まううえ、守護者に追われる危険もある。

主な関連項目
ネクロノミコン　▶　P.152
グラーキの黙示録 ▶ P.180

奇妙な音を発する卵型をした物体

　夢のクリスタライザーは、卵のような形をした黄色い物体だ。どのような仕組
みかはわからないが、ときおり口笛のような音を発する。直径は約30cm。叩く
と中が空のような音がするが、一方で重さは9kg近くもあり、比重がかなり大き
いことがわかる。名前からすると何かの結晶体だと思われるが、それが何かはわ
からない。恐らく地球上にはない未知の鉱物なのだろう。

　「ネクロノミコン」には夢のクリスタライザーへの記述があり、眠った者をほ
かの次元へ投影する力があるとされている。イギリスのオカルト研究家、ヘン
リー・フィッシャーの話によると、この物体の扱いに慣れれば隣接する各次元を
渡れるようになるそうで、彼は25次元へ行ったこともあるという。

　また、夢のクリスタライザーには夢で見た物体を覚醒世界に持ち出す力があり、
フィッシャーは夢でダオロスの神官から譲られたダオロスの彫像を、実際に持ち
帰っていたという。

　夢のクリスタライザーは、「グラーキの黙示録」でも言及されている。この書
物には、無数の恐怖が潜んでいるという謎の惑星、トンドについての記述がある。
その中で、血に飢えた守護者に気づかれないことを条件に、「眠っているあいだ
に別次元を覗ける夢のクリスタライザーを使い、無事に歩き回ることができる」
と記されている。

　なお、夢のクリスタライザーは『クトゥルフ神話TRPG』においてヒュプノス
と関連付けられ、気付かれると守護者を送り込まれてしまう。また、夢の国やほ
かの次元から持ち帰った品物は、時間が経つともとの世界へ戻る設定だ。

セクメトの星

無礼な所有者には死を賜る不思議な宝玉

The Star of Sechmet

お役立ち 1 / 知名度 2 / 瞬発力 3 / ネタ 3

セクメトの星は、古代エジプトの女神セクメトの像から持ち去られた宝石だ。以後、この宝石はたびたび持ち主に死をもたらしており、そこには宝石をレンズに加工するという暴挙にでた、とある写真家も含まれていた。

主な関連項目

妖蛆の秘密　▶ P.164

加工した写真家の哀れな末路

　セクメトの星は、角度によってほかの世界が見えるという不思議な宝石だ。名前にあるセクメトは、メスのライオンの頭をもつ、破壊や復讐を司るエジプト神話の女神。「妖蛆の秘密」によればセクメトの星はセクメトの像にはまっていたもので、持ち去られて以来、少なからぬ所有者が死を遂げたという。こうした人物のうちのひとりが、写真家のデイヴィッド・ナイルズだった。

　幻想的な写真を撮ろうと考えたナイルズは、友人の技術顧問と話し合って歪める効果をもつレンズを試そうと決定。彼の友人、アイザック・ヴァーデンが所有する水晶を譲り受け、これをカメラのレンズに加工した。

　ところが、ヴァーデンが「うってつけ」だと取りだしたこの水晶こそ、セクメトの星だった。後日、ひとりスタジオで撮影を始めたナイルズは、レンズ越しに果てしなく続く真っ黒な平原やゆらめく立方体などを目にし、やがてそれが変化していく……。そして、彼は鍵がかかったスタジオから消滅。残されたフィルムには、彼の姿が写っていた。

Column
次元の扉を開く品々

　時空や次元を超える力をもつアイテムは、紹介してきた以外にも存在する。例えば『魔道士エイボン』では、エイボンがツァトゥグァに授った卵型の金属板を壁に取り付け、これを門として土星に渡った。『ティンダロスの猟犬』では、服用すると未来や過去を目にできるという薬、遼丹が登場している。『異次元通信機』に登場した奇妙な機械も、ある種の門を開くためのものだろう。こうしてみると、何かを得られる反面リスクを伴うものが多い。なかには『ヒュドラ』に登場した結晶体のような罠もあるので、やはりうかつには触れない方が身のためだ。

エルダーサイン

一部の邪な生物に効くアミュレット

エルダーサイン

Elder Sign

お役立ち 4 / 知名度 4 / 瞬発力 3 / ネタ 3

ちょっといびつな感じの五芒星がクトゥルフ界の退魔にもってこいなのだろうか。強大な邪神には効かないが、劇中で対峙する可能性が高い深きものどもには効く。そんな使い勝手に妙なリアリティが漂う、一発逆転の可能性を秘めたアイテムだ。

主な関連項目

ショゴス	▶ P.108
深きもの	▶ P.102
ミ＝ゴ	▶ P.110

燃える眼と五芒星

　旧神の印、五芒星形の印、ルルイエの封印とも呼ばれるアミュレット＝退魔の護符が旧き印である。エルダーサインと記述されることも多い。ムナールの灰白色の石に炎柱を囲む五芒星が刻まれているもので、これを持っているとミ＝ゴやショゴスなど旧支配者の従者から身を守ることができるという便利なアイテムだ。しかし決して万能ではなく、旧支配者と直属の部下には効果がない。ただし一説には、一部この護符が効く旧支配者も存在するのだという。吸血鬼に対する十字架やたまねぎ、聖水的な位置づけで、邪神ハンティングに首を突っこんでしまった主人公たちが、異形の生物に追われているシチュエーションで活用できそうな小道具と言えるだろう。

　クトゥルフ神話を描いた一連の小説に登場する護符的な便利アイテムと言えば、青心社の暗黒神話大系シリーズでも読むことができるフランク・ベルナップ・ロングの『喰らうものども』に出てくる十字架も印象的だが、やはりファンにはこの旧き印がよく知られている。そもそもはハワード・フィリップス・ラヴクラフトが『末裔』や『未知なるカダスを夢に求めて』などの作品で登場させた文言であり、彼がおまじないとして旧き印を構想していたことがわかる。それをアイテムに昇華させたのがオーガスト・ダーレスだった。ダーレスは1931年にマーク・スコラーと合作した『モスケンの大渦巻き』と『湖底の恐怖』に旧き印を登場させている。ダーレスはその後も旧支配者を封じるアミュレットとして旧き印を用い、ラヴクラフトが没したあともそれは変わらなかった。

　ダーレスの定義によれば、旧き印は五芒星のかたちをしたサインであり、歪な

エルダーサイン

星型の内側には炎の目、または塔が描かれている。前述の『モスケンの大渦巻き』と『湖底の恐怖』では五角形の先端はそれぞれ地球の四方と邪神本来の居場所を示すというが、いずれにしても五芒星のサインを石に刻んだ状態で用いるというところがポイントだろう。冒頭に記したように材質はムナールの石で、ムナールが原産地とされるのは、邦訳もあるダーレスの小説『永劫の探究』から。少しずつ描写が変遷していくようすがわかる。

"本家"のラヴクラフトはというと、『銀の鍵の門を越えて』のなかで、旧き印をものともしない邪悪の存在について触れている。ダーレスものちにはショゴス、蛇人間、深きものなど、邪神の配下には有効だが、邪神には効果がないという設定で話を進めている。クトゥルフ神話に登場する"敵"を退けるアイテムでありながら、決して万能ではないという印象はこの辺りから来ているようだ。アイテムとしてのすごさはあまり感じられなくなるがリアリティは増すこの味付けは、クトゥルフ神話の世界が練り上げられていく過程での必然だったのか。

五芒星を刻んだ石だけでなく彫刻にも魔除けの効果があるという設定は、ラヴクラフトとダーレスも採用しているせいか、彼ら以外の作家も用いている。『陳列室の恐怖』でラヴクラフトとダーレスの案を取り入れ旧き印を考案したリン・カーターは、旧き印がゾス三神と相打ちになる旨を、ラムジー・キャンベルは五芒星の印がある彫刻が怪物を水中に封じ込めている旨を、それぞれ書いている。

こうして定着してきた旧き印の神話作品に於ける立ち位置は、ここまで述べてきたとおり、邪神と対立する旧神の印であり、邪神には効果がないが、邪神の配下を退けるというもの。もちろん例外があり、眷属のなかでも、深きものには効くが、なかには効かない相手もいる。そして邪神であってもハスターに対しては抜群の効果があったりする。絶対的ではないが、頼りにならないわけではない。作家にとっては腕の見せどころを試されるようなアイテムとなったのだ。

引用されている作品

這いよれ！ニャル子さん

アニメ第1期第8話「ニャル子のドキドキハイスクール」では、温泉旅行最終日の一行が土産物を物色中にそのひとつとしてエルダーサインと同じ型のアクセサリーが登場。また第5話「大いなるXの陰謀」では、ニャル子たちが乗るネフレンカー（水陸両用特殊車両）の天井にエルダーサインが浮き出ている。

Column
エルダーサインのボードゲーム

なんとそのものずばり『エルダーサイン 改訂版 完全日本語版』というボードゲームが発売されている。プレー時間は60分から90分、人数はひとりから8人まで。プレーヤーが博物館内を探索し、「エンシェントワン」と呼ばれる異形のものと戦うという筋書きである。

黄金の蜂蜜酒

宇宙空間もへっちゃらなお酒
黄金の蜂蜜酒

Golden Mead

文字肉体と精神を切り離す淡麗な醸造酒。これを呑んだ者の精神だけが星の彼方へと飛んでいるのか、はたまたほんとうにこのお酒に守られて宇宙空間を旅しているのかは不明だが、地上生活では得られないトリップ感を得られることは確実だ。

主な関連項目
ハスター	▶ P.64
バイアキー	▶ P.130
ケレーノ断章	▶ P174

霊体を切り離す

　星間旅行に用いる金色の液体。これを呑むと知覚が鋭敏になり、肉体から霊体（アストラル体）を分離させてテレパシーを扱えるようになる。最大の効果は真空や宇宙線に対する防御効果で、宇宙空間でも生きられるようになる。黄金の蜂蜜酒を呑んだのちに石笛を吹き、「いあ！　いあ！　はすたあ！　はすたあ　くふあやく　ぶるぐとむ　ぶぐとらぐるん　ぶるぐとむ　あい！　あい！　はすたあ！」の呪文を唱えるとバイアキーがすっ飛んでくるので、これに乗ると遙か遠くの宇宙へと旅することができる。もっとも、ケレーノの図書館に行くとき以外にはあまりお世話になることはないのかもしれないが――。

　クトゥルフ神話関連ではオーガスト・ダーレスの作品『アンドルー・フェランの手記』で端々に登場する。ラバン・シュリュズベリイ博士にこのお酒を呑まされた主人公は、夢のなかでいろいろな場所へとトリップする。その後いろいろあり、邪神の使徒から逃れるべく、主人公はケレーノが夜空に見える時刻、黄金の蜂蜜酒を飲み、バイアキーを呼び出す呪文を唱えるのだ。

引用されている作品
這いよれ！ニャル子さん

アニメ第1期第6話「マーケットの中の戦争」では、主人公である八坂真尋の母、八坂頼子が民宿ですやすやと眠る場面がある。そこで登場するローテーブルに「MEAD」と書かれた蜂蜜酒の瓶が置いてあるのだ。邪神ハンターだけにラバン・シュルズベリィ博士よろしくケレーノへと旅立つつもりなのかもしれない。

Column
蜂蜜酒の材料とは？

蜂蜜酒は現実に存在する醸造酒で、原材料ははちみつ。黄金の蜂蜜酒同様の美しい黄金色から、琥珀色のものまで様々だ。大昔にはハネムーンの際に夫が呑む強壮剤としても用いられていたようで、クトゥルフもので宇宙旅行用に備えるべく呑むのに似た感覚がある。

イブン・ガジの粉薬

アラビアで生まれた魔法の粉薬

お役立ち 3 / 知名度 2 / 瞬発力 3 / ネタ 1

The powder of Ibn Ghazi

アラビア生まれのマジックアイテム。原材料には入手困難なものが多く縛りが厳しいので、ちりを採集するのに最適な古いお墓がある場所ほど製造に有利だ。粉薬を宙にまくとその方向に諸霊の力が働き、本来は見えないものが見えるようになる。

主な関連項目

ネクロノミコン	▶ P.152
ダンウィッチ	▶ P.227

夢の扉を開く

ハワード・フィリップス・ラヴクラフトの小説『ダンウィッチの怪』に登場する、アラビアの魔術師であるイブン・ガジが発明した粉薬。使用者の心臓が10回脈打つあいだにかぎり、本来は不可視の存在が眼に見えるようになる。魔導書「ネクロノミコン」に書かれた製造方法によれば、二百年以上のあいだ屍体が埋葬された墓や古墳の塵、細かく砕いたアマランスと木蔦の葉、つぶの細かい塩を材料として、土星の日、土星の刻限につくるという。これらの材料を乳鉢で混ぜ合わせる際の混合比率は、屍体が埋葬された墳墓から採集した塵が3、みじんにした不凋花アマランスが2、木蔦の葉をこまかく砕いた物が1、つぶの細かい塩が1。

このようにして調合した粉薬の上でヴーアの印を結び、コスの記号を刻み込んだ鉛の小箱に封入すると出来上がる。これをひとつまみだけ、掌や魔草の葉身から諸霊の現れる方向に吹き飛ばすと効果が発揮される。諸霊が実体化する際には旧神の印を結び、闇の巻き毛が魂に入り込まないようにしなければならない。

引用されている作品

斬魔大聖デモンベイン

粉薬をガンパウダーと解釈し、オートマティック拳銃クトゥグァ、およびリボルバー式拳銃イタクァ用の弾丸に火薬とともに詰められている。ダメージを与えるためではなく、クトゥグァとイタクァを顕現させる特殊な兵装としての運用だ。ゲームアイテム的な存在である粉薬を、凝ったアイデアで武器に仕上げている。

Column
見えるアイテムとは？

魔法を恒常的に用いるファンタジーRPGにはこの種の便利アイテムがよく登場する。たとえば『ドラゴンクエストIV』では、ふだんは見えないものが見えるようになる「あやかしの笛」というアイテムが登場する。イブン・ガジの粉薬も物語に組み込むと活躍しそう。

第7章

恐怖の領域

NEST of FEAR

物語の舞台であり、邪悪なものどもが巣食うさまざまな地域。
そのステージは現在の地球上に留まらず、地下世界、過去に失われた大陸、
夢の中で訪れられる世界に、果ては宇宙の彼方の星々など、
バリエーションに満ちている。
本章では、そうした恐怖の物語が紡がれる領域のいくつかを紹介しよう。

異形の支配地

Regions

不思議な語感の名前が付けられた都市や島、大陸、異世界──。奇妙で恐ろしい物語が繰り広げられるこれらの舞台は『クトゥルフ神話』における重要なファクターのひとつだ。

現実の地域をモチーフにしながらも上手く虚構を混ぜ込み、本当は実在するのではないかと錯覚させられる。あるいは、まったくのフィクションである異世界を、繊細かつ巧妙に表現してこちらの想像力を掻き立ててくる。そうして描き出される舞台は『クトゥルフ神話』への没入感を増す大きな働きをしている。

そして不思議なことだが、こんな"実在したら絶対に近寄りたくない場所"に、妙なワクワク感を覚えてしまう。そして、もっとこの領域について深く知りたいと思ってしまうのだ。

R'lyeh

アーカム

小規模都市でもクトゥルフ界の首都

アーカム

Arkham

数多くのクトゥルフ作品において舞台となった、『クトゥルフ神話』の首都的位置づけの街。オーガスト・ダーレスがドナルド・ウォンドレイとともに設立した出版社「アーカムハウス」の名はこの街を念頭に置き、付けられたものだ。

| 人外度 | 4 | 秘境度 | 1 |
| 人口密度 | 5 | 知名度 | 5 |

主な関連項目

インスマス	▶ P.214
ミスカトニック大学	▶ P.224
ダンウィッチ	▶ P.227
セイラム	▶ P.228

米国北東部に位置

　アーカムはアメリカ合衆国東海岸マサチューセッツ州に位置する架空の街である。モデルとなっているのは同州実在の都市、セイラムであると推測される。しかし現実のセイラムをアーカムと称しているわけではなく、クトゥルフ神話の世界では、各々別個の街として同じ時空間に存在している。ケザイア・メイソンという魔女がアーカムからセイラムに送られるいっぽう、セイラムから逃れてきた者たちがいたのだという。

　米国東海岸の地図を見ていくと、マンチェスター湾かその近辺から、北西の方角へと架空のミスカトニック河が蛇行しながら伸びていくことになる。この河沿いにある街がアーカムだ。ミスカトニック大学のベッドタウンであるアーカムの周辺にはクトゥルフ神話でおなじみの土地が点在している。北上して現実のイプスウィッチ湾の左上の辺りには港町インスマス、ミスカトニック河を海まで下り、海岸沿いに左へずれていくとセイラム、ミスカトニック河を西へ遡行するとダンウィッチと、主立った舞台が集中しているのだ。

　有力な船長ジェレマイア・オーンは学府への寄附を惜しまず、その投資がミスカトニック・リベラル・カレッジの成立につながったという。やがて交易業が廃れると主要産業は繊維工業にとってかわるが、優れた学び舎となっていたリベラル・カレッジは1861年にミスカトニック大学として創立されることになる。1888年の洪水と1905年の腸チフス流行による打撃にも、同大学の尽力があり復興した。アーカムガゼット紙、アーカムアドヴァタイザー紙といった地元メディアも機能し、統治は比較的良好に保たれている。

212

アーカム

引用されている作品

這いよれ！ニャル子さん

アニメ第1期第2話「さようならニャル子さん」中の名前ネタでちょこっと引用。「地球ルルイエランド」を八坂真尋とともに訪れたニャル子が「お化け屋敷アーカムハウスは奇跡的に二時間待ちじゃないですか。並んどきますか？　ねぇ並んどきましょう」とはしゃぐカットで、アーカムハウスの名が登場。

ポケットモンスターブラック2・ホワイト2

ゲーム内に登場する施設「ポケウッド」で鑑賞できる映画作品のひとつがホラー作品の『ゴーストイレイザー』シリーズ。この映画では登場キャラクター名にクトゥルフ神話の題材が割りふられていて、破壊の魔神復活をめざす魔術師は「アーカム」という設定。「ボク」という口調がイラっとくる!?

Arkham

月灯りが夜に映えるアーカムの街並み。モデルとなった地域も賑やかではない。不気味な静けさ

アーカム市　年表

1692年	現在のアーカム地域への入植開始
1699年	マサチューセッツ州エセックス郡アーカイム市制定
1765年	アイビーリーグ・ミスカトニック大学創立
1806年	アーカムガゼット紙創刊
1832年	アーカムアドヴァタイザー紙創刊
1882年	西の丘陵と平野部に隕石が落下
1915年	ラバン・シュルズベリィ博士が行方不明
1928年	ミスカトニック大学の学生が不審死
1928年	ウィルバー・ウェイトリーが死亡、不審な死体を残す
1928年	神秘学者ランドルフ・カーターが失踪
1930年	ダイアー教授率いるミスカトニック大学探検隊が南極に向けて出発

魚類の怪しさが匂う街
インスマス

Innsmouth

小説『インスマスを覆う影』をはじめとして多くのクトゥルフ作品に登場する、アーカムと並ぶ有名な街。もともと寂れた港町だったが、魚類のような"インスマスづら"をした者たちが跋扈、常人が入り込むべきではない悪夢のような異界と化した。

主な関連項目
ダゴンとハイドラ	▶ P.24
深きもの	▶ P.102
アーカム	▶ P.212

深きものが支配?

　マサチューセッツ州エセックス郡、マヌーゼット河の河口に位置するインスマスは、小説『インスマスの影』の舞台となった1927年時点ではすっかり寂れた街になっているが、前世紀まではおおいに栄えていた。1643年に街が建設された当初から大きな船着場を持ち、造船と、中国やインドとの交易が富をもたらしていたからだ。1812年の第二次英米戦争で私掠船となったインスマスの船の乗員のうち半数が死に到り、一時は街から活力が失われたが、深きものどもを崇拝する西インド諸島の住民から利益を引き出し、ダゴン秘密教団を創設したオーベッド・マーシュ船長による交易と、マヌーゼット河岸に建てられた工場の生産力によって勢いを取り戻した。マーシュ船長は安物を売りつけつつ大量の金製品を獲得し、これらを精錬、交易に軽工業にと活用した。だが1840年、この金の入手先を失うと、インスマスの経済は行き詰まった。

　1846年、インスマスを疫病が襲う。住民に奇妙な症状が発生していた。そして広い範囲で暴動と略奪が起こった。結果として住民の半数が死に、マーシュ船長とダゴン秘密教団の支配力は、この大災難の以前よりも強くなっていた。陸に上がった深きものどもがダゴン秘密教団に反対する住民を殺し、マーシュ家をトップに頂く名家のグループが、インスマスを邪神崇拝の拠点にしたのだ。やがて"インスマスづら"と呼ばれる奇怪な風貌の住民が増えると、この街は周辺から忌避されるようになってしまった。なお実際の地図でインスマスを探すと、イプスウィッチ湾の左上、プラムアイランドサウンドの左、あるいはグレートネックの上辺りが所在地となる。

インスマス

引用されている作品

斬魔大聖デモンベイン

インスマウスで怪事件が起きているとの報告を受けた覇道瑠璃が大十字九郎と共に調査で訪れることになる、イベント発生地。街の沖にある聖堂にはルルイエ異本が祀られている。ゲーム中ではリゾート地という設定で、アル・アジフなど女性キャラクターの貴重な水着姿を拝むことができるラッキーなスポットだ。

Column: インスマスを覆う影

佐野史郎が出演した『インスマスを覆う影』の翻案ドラマ。日本に舞台を移し替え、陰洲升（いんすます）という名前にしたところがおもしろい。先にアーカム（赤牟／あかむ）に着き、バスで陰洲升に行こうとすると乗り逃し、配達人に連れていかれる。

Innsmouth
灯台が目印となっているこの街をからくも脱出した『インスマスを覆う影』の主人公にも異変が

インスマスの位置（アメリカ合衆国）

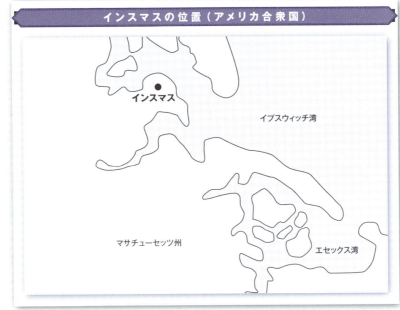

復活を待つクトゥルフの総本山
ルルイエ

R'lyeh

陸地ひとつ見えない南太平洋の奥底に沈み、ある条件が揃ったときにのみ浮上する謎の超古代都市。大いなるクトゥルフ、そしてその眷属であるダゴン、深きものなどが眠っている。伏していた巨躯が目覚め、起き上がるとき、何かが起きる。

主な関連項目
クトゥルフ	▶ P.16
ダゴンとハイドラ	▶ P.24
深きもの	▶ P.102
ルルイエ異本	▶ P.170

南太平洋に沈む

　クトゥルフとその眷属たちが眠るルルイエは、南緯47度9分、西経126度43分の海底に沈む、ムー大陸時代に建設された都市である。南米大陸とニュージーランドの中間に位置し、南極大陸からも遠いこの海域は南緯27度8分、西経109度20分のイースター島からも離れている。

　古のものやイスの偉大なる種族などとの戦いを終え、クトゥルフが建設したいくつもの石造都市のうちのひとつがルルイエだった。非ユークリッド幾何学による異様に歪んだ建築物が並ぶこの街は、小説『クトゥルフの呼び声』で描かれた1925年3月23日のように、星辰が正しい位置についたときのみ、クトゥルフ、そしてダゴンや深きものといった眷属の覚醒とともに、洋上に浮かび上がると伝えられている。いかにして知り得たものか、都市中心部にある霊廟に封じ込められているというクトゥルフの存在を悟った者たちが、このルルイエを浮上させようと企んでいると言われているが、真相は定かではない。

　しかし有名な「ふんぐるい　むぐるなふ　くとぅるう　るるいえ　うがふなぐる　ふたぐん」というルルイエ語による祈りの意味は「ルルイエの館にて死せるクトゥルフ　夢見るままに待ちいたり」。ルルイエが浮上するだけで、ふだんは海水に遮られているはずのクトゥルフの精神的な波動が大気中に伝わり、人々の意識に干渉し、異常行動を招き、ときに死に至ることすらあるという。そんな、世界に多大な影響を与える危険な古代都市を動かしたいという信徒の願いは強く、彼らが暗躍している可能性は否定できない。禍々しくも暗い緑色の石でできたルルイエを浮上させてはならないのだ。

引用されている作品

這いよれ！ニャル子さん

「株式会社クトゥルーが運営する地球ルルイエランド」という設定で、星辰が正しい位置につくと浮上する。黄金の蜂蜜酒を販売中。空間が歪んでいたり、逆さピラミッドが浮いていたりと、非ユークリッド幾何学的な情景ははあるものの、遊園地は日本のそれと大差なし。マスコットはインスマウス君。

魔海少女ルルイエ・ルル

「魔法の天使ルルイエ・ルル、華麗にデビュー！ 地球の未来はルルにおまかせよっ」という決め台詞とともに海底都市ならぬ美少女が浮上するエロ成分強めのライトノベル作品。ルルイエそのものは重要なモチーフとはなっていないが、クトゥルフ要素がしっかり溶け込んでおり、安心して読める。

R'lyeh

地球人の建築様式とは異なる建物がそそり立つ、海底都市ルルイエの情景。空間が歪んでいる

ルルイエの位置（南太平洋）

今は南太平洋の海底深くに沈んでいる

狂気山脈

ショゴスの声がこだまする南極の地

狂気山脈

The Mountains of Madness

南極大陸の北東、人類の手が届かない領域に 狂気山脈と名付けられた場所がある。 古のものとショゴスのために用意された舞台は 現実に踏破するのも困難であるからか 常に神秘的な説得力を漂わせている。

人外度	5	秘境度	5
人口密度	1	知名度	4

主な関連項目

ショゴス	▶ P.108
古のもの	▶ P.106
ミスカトニック大学	▶ P.224

雪に閉ざされて

　宇宙からの外来種と先住種族が地球の覇権をかけて争ったのは1億5000万年以上前のこと。その時代の何かが眠る狂気山脈の座標は南緯76度15分、西経113度10分。右上の海へ出るとやがてルルイエに辿りつく位置関係も興味深い。ここで人類以前の強大なる者たちが戦いを繰り広げたのか。

　ミスカトニック大学地質学科はナサニエル・ダービー・ピックマン財団による資金提供を受け、探検隊を南極に派遣。この調査の過程で発見した標高35,000フィートの黒い山脈が狂気山脈だった。さらにそこで見つかった、50万年前の氷河期に凍りついたものと思われる化石は、仮死状態になった古のものだった。解剖中に目覚めたそれにより、調査にあたっていたレイク教授の隊は全員が死んでしまう。探検隊全体を指揮していたウィリアム・ダイアー教授が生存していなければ、その後、この山脈を世間は知るよしもなかっただろう。

　古のものと呼ばれる異星の生命体は遙かな古代に外宇宙より飛来し、ショゴスをつくり使役するとともに、当時の地球生物をも使役して勢力を拡大した。しかし彼らとは別の勢力であるクトゥルフたち、ユゴスより来たミ＝ゴ、イスの偉大なる種族などとの争いを経て、大寒波の到来とショゴスの反乱もあり衰退した。ほぼ地球全土に拡げていた勢力圏を北半球からじょじょに失い、最終的に南極大陸へと後退したのだ。その後、文明を発展させた現代人類が南極大陸で発見するのは、そうして追い詰められた古のものの名残である。接触には危険が伴うが、ここを調べれば無尽蔵の知識が手に入るのかもしれない。人類とクトゥルフ神話との貴重な接点なのだ。

狂気山脈

この山脈はかなり巨大で、最高地点ではおよそ 35,000 フィート、高度 10 キロメートルと、エベレストをも超えるという。高い位置にはなんらかの建築物があるようだが、はっきりしたことはわかっていない。ただ、地球誕生から、化石が発見されるようになるまでの約 40 億年間の、この惑星でもっとも古い年代の組成物で出来上がっていることだけは確かである。奥深くへと到達した場合、まだうごめいているショゴスや古のものと遭遇してしまう可能性がある。もっとも、ショゴスの細胞を求める人々にとっては、願ってもないチャンスなのかもしれないが。

引用されている作品

遊星からの物体 X

原作小説『影が行く』がハワード・フィリップス・ラヴクラフトの『狂気の山脈にて』に似ていることもあるのか、原作に忠実なジョン・カーペンターの映画版もやはり『狂気の山脈にて』的な印象。『這いよれ！ニャル子さん』（アニメ）では映画の原題『The Thing』を『THE 寝具』ともじってパロディにしていた。

這いよれ！ニャル子さん

第 1 期第 2 話「さようならニャル子さん」では、地球ルルイエランドを訪れたニャル子がアトラクションの混み具合をチェックして「ほらほら真尋さん！宇宙三大コースターのマッドネスマウンテンですよ！」と英名で狂気山脈を引用。このアトラクション名は某巨大遊園地の「○○マウンテン」をもじったのだろう。

狂気山脈があると思われる位置（南極大陸）

無名都市

砂に埋れた邪悪なる古代都市

Nameless City

かつて海底にあったという無名都市。クトゥルフを信奉する爬虫人類が住んでいたが、気候の変化によって衰退。いまでは彼らの"亡霊"の一部が残る、砂に埋もれた無人の都市となった。そしてハスターがここを掌握しているのだという。

主な関連項目
ハスター	▶ P.64
バイアキー	▶ P.130

中東の無人都市

　かつて『アル・アジフ（ネクロノミコン）』を記したという、アブドゥル・アルハザードの魂が囚われている中東の都市遺跡である。クトゥルフ神話にゆかりのある場所としては比較的マイナーな部類に属するが、クトゥルフ神にとっては重要な場所と言えるだろう。ネームレス・シティと呼ばれ、現在では完全に荒廃し、無人と化している。

　以前の無名都市は海中に沈み、その頃には爬虫類のような外見を有する、人間に似た種族が住んでいた。彼らはクトゥルフを信奉する水生の生物であり、都市は約一千万年の永きに渡って栄えたという。だが、のちの地殻変動によって無名都市が地表に露出。そうなっても彼らはしばらくのあいだ、変わらずここに住み続けていたが、やがて気候が乾燥して砂漠が押し寄せるともはや環境の変化に耐えきれず、都市を放棄して地下世界へと逃れていった。その後、無人となった無名都市はハスターの勢力下に置かれている。ラバン・シュルズベリィ博士のようにバイヤキーによってケレーノへと向かった人々の身体が一時的に保管されることもある。

　無名都市の位置については、イエメン領のハドラマウト地方に近いアラビア砂漠のどこかという説、そしてオマーンのサララ北方の砂漠地帯にあるという説など、いくつかの見方に分かれている。クトゥルフ関連作家によって異なるわけだが、それでも砂漠に埋もれた無人の都市というイメージだけは常に一致しているようだ。いずれにしてもアラビア半島のどこかであるということだけは動かない事実と考えていい。

無名都市

この都市は棲息していた爬虫類の体躯に合わせ、天井が低い構造となっている。かがむか、這うように移動していたのだろう。冒頭にアルハザードの魂が囚われていると書いたのは、ダマスクスで殺されたとされているはずの彼がここに拉致され、拷問を受け虐殺されたという説が有力視されているからだ。その無念と恐怖はいかばかりのものだったか。無名都市からは、昼間は感知できない霊風という冷気が発生し、これが所在地の特定につながるのだという。その冷気には絶望と苦痛のなかで息絶えたアルハザードの念も乗っているのかもしれない。

引用されている作品

Chaos Seeker

「まぜまぜのべる」というノベルゲーム制作エンジンで作られたゲーム。クトゥルフ要素の入った引用作品ではすっかりおなじみのニャルラトホテプをはじめ、クトゥルフ神話がらみの単語がかなり濃い目に詰まった作品で、無名都市の名も登場する。残念ながら現在はプレーできなくなっているようだ。

蠅声の王

2006年に発表されたPCゲーム。80年代にはページに振られた番号を追いながらストーリーを楽しむ「ゲームブック」という本が流行ったが、そのゲームブックをPCで楽しめるように移植した感じになっている。吸血鬼が住むコロニーには「〇〇区第〇〇無名都市」といった名前がつけられている。

無名都市があると思われる位置（アラビア半島）

広大なもうひとつの世界
ドリームランド

Dreamlands

夢そのものなのか、夢の国なのか。妄想なのか、実在するのか。クトゥルフ神話関連作品のなかでも少し毛色の変わったドリームファンタジーの舞台、それがドリームランドだ。文字通り夢に満ちたその世界は、多くの作品に引用されてもいる。

主な関連項目	
銀の鍵	▶ P.192
レン高原	▶ P.230
カダス	▶ P.231
大地の神々	▶ P.148

深い意識下への潜行

　ドリームランドは、幻夢境とも呼ばれる。さまざまな怪生物や、人語を解す猫などが生息する、不思議な空間だ。

　ドリームランドに到達するにはちょっとしたテクニックが必要。はじめに、浅いレベルの睡眠状態にあるときに、さらに深い眠りに到達するための階段を見つけないといけないというのだ。そう意識すればできるのかもしれないが、ふつうはその時点でさじを投げるだろう。

　無事に70段ある階段を見つけて下り、焔の神殿でふたりの神官を見つけたら第一段階をクリア。頭に二重冠をいただき、ひげを生やしたナシュトとカマン＝ターがその先へと見送ってくれる。さらに階段を700段降りると、ようやく深き眠りの門に着く。しかし現実よりも自由に身動きがとれない世界でそれだけ歩いても、目覚めてしまえばそれまでの努力が無駄になってしまう。なんだか潜水のコツのようだが、現実に意識を浮かばせずに門をくぐれば、そこはドリームランド、夢の世界だ。

　この世界では、旧支配者のような邪神ではなく、大地の神々が信奉されている。ただし、彼らは人間に姿を見られることを嫌い、大陸最北端にある恐ろしく巨大なカダス山頂の、縞瑪瑙の城に隠れ住んでいる。

　なお、ドリームランドにも月があるが、なんと船での往来が可能。雲の都市セラニアンのような空中都市も浮かんでおり、夢の世界とあってなかなかに幻想的な風景だ。『未知なるカダスを夢に求めて』に登場した主人公、ランドルフ・カーターが魅了されたのも、わかるような気がする。

セレノリア海周辺

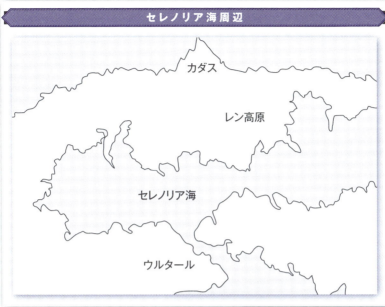

カダス
レン高原
セレノリア海
ウルタール

引用されている作品

這いよれ！ニャル子さん

アニメ第1期第3話「八坂真尋は静かに暮らしたい」で、なぜ学校にいるのかを八坂真尋に問われ、3行で説明しろと言われたクー子の答え、その1行目が「なにものかにげんむきょうのかみがみがさつがいされ」。なお原作のライトノベル第2巻は幻夢境が大々的にフィーチャーされている。

クトゥルフ神話カードゲーム 完全日本語版
ドリームランド・アサイラムパック

なんとドリームランドが題材の作品をモチーフにつくられた拡張セット。マサチューセッツ州やルルイエ系の小説とドリームランドものは世界観がやや異なるだけに、ゲーム化に於いてもこういう配慮はあるだろう。拡張パック第四弾「銀の鍵を探して」はランドルフ・カーターものである。

Dreamlands

特別な方法かアイテムを使わないと訪問できない夢の世界が広がる

オカルト系知識の宝庫
ミスカトニック大学

Miskatonic University

アーカムにあるミスカトニック大学は、貴重な書物を数多く所蔵する附属図書館が有名だ。オカルトの研究者たちにとっては総本山的な存在で、クトゥルフ以外の作品にも登場するほどメジャーな存在になっている。

主な関連項目	
ネクロノミコン	▶ P.152
ナコト写本	▶ P.156
アーカム	▶ P.212

貴重な書物を多数所蔵する大学附属図書館

　ミスカトニック大学は、マサチューセッツ州アーカムに1797年に創立された総合大学で、学部の上には大学院の存在もあるが、とくに大学附属図書館の存在がよく知られている。

　この図書館には、有名な「ネクロノミコン」や「ナコト写本」をはじめ、「エイボンの書」、「妖蛆の秘密」、「無名祭祀書」、「屍食経典儀」などなど、神話作品に登場するおもな書物の多くが何らかの形で所蔵されており、研究者はこの大学の蔵書と無縁ではいられない。

　また、敷地内には未知の文明のものと思われる工芸品をいくつか保存している大学展示博物館もあり、ミスカトニック大学のコレクションは、オカルトの分野で西半球最大のものだという。

　また、その知名度はことのほか大きく、ミスカトニック大学の名は、クトゥルフ関連の作品はもちろん、ほかのオカルト的要素を題材とした作品にも数多く見られる。

　異界の存在に対する知識を得るなら貴重な書物に目を通すのが近道だが、そうした書物は簡単には手に入らない。しかし、オカルト関連の書物が集まる大学の図書館なら、貸し出しや閲覧に多少の制限はあるにしろ、何らかの書物を読むことはできる。多数の貴重な書物を所蔵するミスカトニック大学附属図書館は、オカルト研究家たちの総本山。小説などで登場人物がオカルト的な知識を得る場所としては、もっとも設定に無理がない場所だといえる。数多くの作品で扱われているのも納得というわけだ。

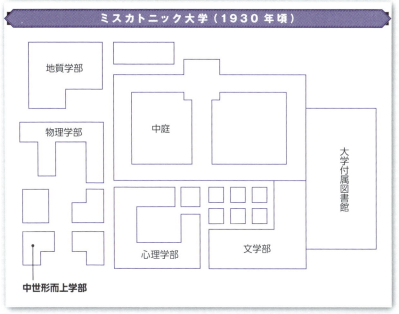

ミスカトニック大学（1930年頃）

引用されている作品

らぶバト！2

南の洋上につくられた天聖学園を舞台に繰り広げられる戦いを描いた学園バトル作品。CDドラマの第2作目に、ミスカトニック大学が魔導学園都市として登場。そこから天聖学園にやってきた3人の魔術師が、ヒロインたちとバトルを繰り広げるというストーリーだ。

ARMS

1997年から2002年にかけて『週刊少年サンデー』に掲載されていたマンガ、及びそこから派生したアニメやゲーム作品。作品名でもあるARMSは、宇宙から飛来したシリコン生命体・アザゼルから生み出されており、このアザゼルを発掘したのがミスカトニック大学の研究者たちという設定だ。

Miskatonic University

ミスカトニック大学は実は医学の分野でも世界的に有名だ

ンガイの森

ニャルラトホテプの棲み家

Wood of N'gai

長年、ニャルラトホテプが地上の棲み家としてきた、アメリカ合衆国北東部にある人里離れた大いなる自然、ンガイの森。しかし調査に赴いた大学教授が消息を絶ったことから、クトゥグァを召喚しての大火災に到る。

主な関連項目	
ニャルラトホテプ	▶ P.36
クトゥグァ	▶ P.74
アーカム	▶ P.212

悪事には報いがある

　アメリカの北東、ウィスコンシン州リック湖周辺の、ひと気のない森をンガイの森と呼ぶ。ときにン＝ガイとも表記される。ここには半人半獣のものが森に棲んでいるという伝説があるだけでなく、UMAを目撃したという怪情報も絶えなかった。そこで、ウィスコンシン州立大学のアプトン・ガードナー教授が現地調査に赴いたのだが、ガードナー教授は消息を絶ってしまう。

　大学の僚友はガードナー教授が滞在していたロッジの痕跡から彼がニャルラトホテプにとらえられていることを知ると、ニャルラトホテプの天敵クトゥグァを呪文で召喚、ンガイの森全体を跡形もなく焼きはらった。それが1940年のこと。

　ンガイの森は、ニャルラトホテプが七太陽の世界から地球に降り立つ際の住みかである。森の中央には、顔のない生物の姿が刻み込まれた、古い平石があるという。て誰でも知っているほどメジャー、というわけではないが、ニャルラトホテプにスポットが当たる作品では多く登場する。

引用されている作品

這いよれ！ニャル子さん

原作ではニャル子の地球への派遣が決まったあとにエージェント用の滞在地が焼かれている。この作品の世界に於けるンガイの森は惑星保護機構のエージェント共用のアジトであるらしい。なおクトゥルフ神話を肯定した世界でもあるので原典の焼失も歴史的事実だ。

Column
ふんぐるい　むぐるうなふ

ンガイの森を焼きはらうべく、クトゥグァを召喚する際の呪文は「ふんぐるい　むぐるうなふ　くとぅぐあ　ふぉまるはうと　んがあ・ぐあ　なふるたぐん　いあ！　くとぅぐあ！」。んがあ・ぐあ、まで行くと日本語の擬音のようだ。

ダンウィッチ

寒村で大騒動発生!?

Dunwich

妖しい村の出自であるウィルバー・ウェイトリーがネクロノミコンを盗もうとして死亡した。一件落着かと思いきや、その閑散とした寒村になにやら邪神らしきものが！ ダンウィッチはどうなってしまうのか!?

主な関連項目	
ネクロノミコン	▶ P.152
ミスカトニック大学	▶ P.224

有名な邪神対アーミティッジ

　ラヴクラフトの小説『ダンウィッチの怪』の舞台となったマサチューセッツ州北部にある架空の集落がダンウィッチだ。ダニッチと表記されることもあるが、小説家の菊地秀行氏はアメリカで「ダニッチ」と繰り返していると、現地の人から「ダン・ウィッチ」とはっきり区切って訂正されたことがあるという。

　ここは外との交流が少ない閉鎖的な村で、長年近親婚を繰り返しつつ、退廃的な生活を送っていた。1928年、村に出現した邪神をミスカトニック大学のヘンリー・アーミティッジ教授が撃退する事件があり、以降、ダンウィッチ村への道標がアイルズベリイ街道から撤去されてしまう。

　結局、この村で近親婚と思われていたのは、ヨグ＝ソトースの子を宿すという危険な試みだったことが明らかとなる。旧支配者の被害を受けつつ反撃の地ともなったという点ではインスマスに通じるものがある。

　妖怪マンガ家の水木しげる氏には小説『ダンウィッチの怪』の翻案作品『地底の足音』があり、ダンウィッチは八つ目村として登場する。

引用されている作品

這いよれ！ニャル子さん

第1期第4話「マザーズ・アタック！」での昼食時のクー子と真尋の会話に「わたしも、サンドウィッチは得意」「一応聞いてやるが、どんな名前だ？」「ダンウィッチ」「おまえ無理してボケなくていいから」「しょぼーん」という初歩的なショートコントがある。

Column
実写映画版！ ダンウィッチ

なんと1970年に『ダンウィッチの怪』の映画がつくられていた！ 製作総指揮は低予算で有名なロジャー・コーマン。ナンシー役サンドラ・ディーのセクシーさを押しだしエロ強調代わりにヨグ＝ソトースがしょぼく、ファンには不評。

セイラム

裁判と邪教の関係

セイラム

Salem

	人外度	秘境度	
	2	1	
	2	3	
	人口密度	知名度	

現実に魔女裁判があった時代のセイラムからは
アーカムに多くの住民が逃げてきたという。悪魔
憑きなどは実際には存在しないはずだが、もし邪
神が騒動に関わっているのだとすれば、セイラム
にもクトゥルフ神話がふりかかってくる。

主な関連項目

ネクロノミコン	▶	P.152
アーカム	▶	P.212
ダンウィッチ	▶	P.227

魔女狩りを逃れて

　アメリカのマサチューセッツ州にある都市。現実同様、クトゥルフ神話の世
界でもセイラムの娘たちがここで「発作」を起こした。これが魔女の仕業だと
告発され、連鎖して多数の村人が逮捕される事態に。これは「セイラムの魔女
裁判」と呼ばれた。このことからこの街は「魔女の街」と呼ばれ、現実におい
ても、警察やスポーツチームのシンボルマークなどに魔女のデザインがあふれ
ている。

　魔女裁判の難を逃れた人々の向かった先が、アーカムやダンウィッチだった。
グールを描いたリチャード・アプトン・ピックマンの祖先や、ミスカトニック
大学附属図書館に「ネクロノミコン」を盗もうと侵入したウィルバー・ウェイ
トリーの祖先も、魔女狩りを免れようと移住したようだ。

　なお魔女裁判時に処刑され20世紀に復活した魔女アビゲイル・ウィリアム
ズは、ニョグタによりセイラムに危害を加えようと画策したが、これは失敗に
終わっている。

引用されている作品

終末少女幻想アリスマチック

クトゥルフ神話の設定や用語を援用したアドベン
チャーゲーム。世界各地を蝕む「散花蝕＝ペトレー
ション」と呼ばれる超自然災害が最初に発生した
のはマサチューセッツ州エセックス郡セイラムだっ
た、ということになっている。邪神と関係があるの
だろうか。

Column
現実にあった魔女裁判

クトゥルフ神話を抜きにしてもセイラムは現
実にあった魔女裁判で有名。17世紀末、現
代からすればろくな証拠もないままに村人が
次々に魔女として告発され多数の死者を出し
た惨事で、様々な解釈がなされているが原因
は不明だ。

超古代、北国の大陸
ハイパーボリア大陸

Hyperborea

人外度	3
秘境度	4
人口密度	2
知名度	3

グリーンランドの近辺は太古は温暖かつ穏やかな気候であったという。そこに存在していたハイパーボリア大陸では女神イホウンデーが崇拝されていたが、ツァトゥグァの波に押され体制が転覆してしまう。

主な関連項目

ヨグ＝ソトース	P.30
ツァトゥグァ	P.46
アトラク＝ナクアとアブホース	P.52
エイボンの書	P.160

ツァトゥグァの信徒が首都へ

ムー大陸やアトランティス大陸が存在するほど古い昔、グリーンランドにあった北方の大陸。3度斬首刑を受け3度復活を果たした無法者クニガティン・ザウム、ウボ＝サスラの銘板から知識を得ようとした魔術師ゾン・メザマレック、「エイボンの書」を著した魔道士エイボンなどがここの住人である。ヒュペルボレオス、ヒュペルボリアなどとも呼ばれることがある。

中心にある首都コモリウムから西を見るとそそり立つヴーアミタドレス山、ここにはツァトゥグァやアトラク＝ナクア、アブホースがいてクラーク・アシュトン・スミスの小説『七つの呪い』では生贄の人間を翻弄した。

女神イホウンデーが信奉されていたが、一方でツァトゥグァの人気は高く、その血を引いたクニガティン・ザウムがコモリウムを襲撃するに到った。これによって当時の体制が首都を放棄すると社会はマイナス成長を始め、やがて氷河期により眠りについた。住人たちは、ムー大陸やアトランティス大陸に移り住んだという。

引用されている作品

斬魔大聖デモンベイン

秘密結社ブラックロッジを率いるマスターテリオンのデウスマキナ、リベル・レギスが操る絶対零度の奥義の名前「ハイパーボリア・ゼロドライブ」に引用されている。デモンベインの熱々奥義「レムリア・インパクト」と双璧の大技で、すべてを凍りつかせる大技だ。

Column
グリーンランド付近の大陸

ハイパーボリア大陸は氷河期以前、グリーンランドのすぐ近くにあったという。ルルイエが南太平洋の、どこにも陸地が見当たらない空白にあるように、北大西洋の空き地に設定されたのだ。有名なヴーアミタドレス山は大陸西部に位置している。

レン高原

多重の高原か？

レン高原

Leng

中央アジア説、ミャンマー説、その他説、ドリームランド説が飛びかうレン高原の所在。どれもが正しいのかもしれないし、どれかだけが正解なのかもしれない。ここではドリームランド説を中心に紹介する。

主な関連項目

ニャルラトホテプ	▶ P.36
ドリームランド	▶ P.222
カダス	▶ P.231

ドリームランドのレン高原

　禁断の高原。「ネクロノミコン」の著者アブドゥル・アルハザードでさえ、記すのをためらったという。

　その位置は不明で諸説ある。ドリームランドの地図を見ると、北のほうの大陸にレン高原の記載があり、その先にはカダスがある。なるほどドリームランドの地名なのだなと思うと、「ネクロノミコン」には中央アジアの人が近づけない場所にあると書かれ、ミャンマーの奥地にあるとも書かれている。いったいどの記述が正しいのだろうか。

　一般的にはドリームランド説が主流である。窓のない石造りの修道院には黄色い絹の仮面で顔をおおった神官がただひとりで住み、ニャルラトホテプへの祈りを捧げている。神殿の南にある都市サルコマンドにはひづめをもつ種がいて、ムーン・ビーストへの献上を欠かしていない。また禁断の集落イアン＝ホーを擁する、チョー＝チョー人が住んでいるなどの情報もあるが、その全貌は明らかにはなっていない。

引用されている作品

這いよれ！ニャル子さん

第1期第2話「さようならニャル子さん」では、地球ルルイエランドへとやってきたニャル子が「あっ、あちらに見えるのはレン高原ゴーカート」とはしゃぐシーンがある。幻夢境とその他にまたがるレン高原なら、さぞコース設定も幅広く奇妙なものなのかも！？

Column
月とレン高原を支配する月獣

ドリームランドのレン高原は、ほぼムーン・ビーストの支配下にある。ムーン・ビーストのムーンとはドリームランドの月のことで、ガレー船の上からレン高原の種族をこき使い、代わりに商売をさせて上がりを受けとっているのである。

凍てつく荒野のカダス
カダス
Kadath

ドリームランド界の富士山、またはエベレスト的な存在のカダス。富士山やエベレストというと白いイメージだが、この山は黒い。大陸の北の果てにあることといい、その黒いヴィジュアルといい、夢の世界の象徴と呼んで差し支えない目印だ。

主な関連項目

ニャルラトホテプ ▶	P.36
ドリームランド ▶	P.222
レン高原 ▶	P.230

北の果ての黒い山

　ドリームランドの北は凍てつく荒野と呼ばれる地域だが、その先にカダスはある。黒々とした山がそびえ、山頂にインクアノクの石切り場から採られた縞瑪瑙でつくられた城が立つというその光景は、見まちがえようがない。未知なるカダス、忘れられたカダスともよばれる。

　レン高原と同様、多次元にわたって現実の世界にも存在しているという説があり、南極にあるともモンゴルにあるともいわれ、トルコの地下にあるという者までいる。しかしやはりカダスといえばドリームランドの黒い山という解釈が一般的だ。

　ここには地球の神々が住むが、これは神々が人間の住む地上を避け、またニャルラトホテプが神々を地球の玉座から遠ざけて外宇宙の存在を地球に降ろすことを容易にしたかったためである。神々は来訪者を歓迎しないが、ランドルフ・カーターはどうしてかそこへと足を踏み入れた。彼によると山頂の城は「冒涜的なまでに」巨大で、暗闇に包まれているという。貴重な体験談である。

引用されている作品
這いよれ！ニャル子さん

第1期第3話「八坂真尋は静かに暮らしたい」のアバンタイトル（冒頭）では、カダスらしき黒く険しい山に棲まう地球の神々を、ニャル子を狙うニャル夫の兄ニャル夫が倒しまくり全員を気絶？　させた様子が描かれている。状況的にどう見てもカダスでしかない。

Column
地球の神々が棲んでいる

カダスは地球の神々の本拠地で、彼らは縞瑪瑙の城に棲み、邪神の庇護の許に暮らしている。地球の神々は見た目こそ美しいが非力だ。「這いよれ！ニャル子さん」劇中において、左記のようにニャル夫に倒されたことからも、その途方もない弱さがわかるだろう。

231

ウルタール

現在は猫の天国

Ulthar

ウルタールは猫の里。中世を思わせる小ぶりな家屋と群れと、石畳でつくられたメインストリートには平和が漂っている。そこに秘められた悲しい事件の記憶と、長年の蔵書とが織りなす、幻夢境のほっとステーション。

主な関連項目	
ウルタールの猫	▶ P.134
ナコト写本	▶ P.156
ドリームランド	▶ P.222
レン高原	▶ P.230

猫の殺生を禁ずる

ウルタールは、H・P・ラヴクラフトの『未知なるカダスに夢を求めて』に登場し、『ウルタールの猫』の舞台としても知られている。ドリームランドの南方、スカイ河近くに位置するこの小さな町は、4万年ほど前に近隣のハセグやニルの街と同時期にできたという。

町の通りには玉石が敷き詰められ、古風な尖り屋根をもつ中世ヨーロッパ風の家屋が並んでいる。高い丘には大地の神々を祀った神殿があり、大神官アタルが住んでいる。この神殿にはさまざまな蔵書があり、なかには「フサン謎の七書」や「ナコト写本」の最後の一冊など、貴重な魔導書も含まれている。

最大の特徴は、やはり数多くの猫が棲みついていること。住人のなかにも猫を飼う者は多いが、猫たちがどこから来たのかは定かでない。かつて猫を虐殺する老夫婦がいたが、彼らが報いを受けた際に町では猫の殺生が一切禁じられた。ちなみに法の制定を助言したのは、当時まだ健在だった賢者バルザイだったという。以来、この町は猫たちの天国となっている。

引用されている作品

無色のウルタール ～ END of the shining world ～

ウルタールの猫の項でも触れた『無色のウルタール ～ END of the shining world ～』は「画、音、文を扱う電子媒体」とのことで、音の出る絵物語になると思われる。猫だけでなくウルタールそのものの影響がどのように作品の味にあらわれるのか、興味深い。

Column
老夫婦の死因は……

猫を大量に惨殺していた老夫婦の死因は猫だった。ウルタール中の猫がいっせいに集まり、老夫婦を喰い殺したのだ。猫の腹は膨れ、毛並みはつやつやしていたという。猫はやられっぱなしではない、怒らせると怖いという教訓である。

ケレーノ（セラエノ）

宇宙の果ての星系

ケレーノ（セラエノ）

Celaeno

人外度	2
秘境度	5
人口密度	2
知名度	4

地球を遥か離れた恒星系ケレーノ。その第四惑星には荒涼とした風景が拡がるが、そこにある図書館にはすばらしい設備が整っている。ここはハスターの支配領域で、数多くの貴重な書物が生かされているのだ。

主な関連項目	
ハスター	▶ P.64
バイアキー	▶ P.130
黄金の蜂蜜酒	▶ P.208

宇宙の図書館

牡牛座のプレアデス星団にある恒星ケレーノ、その第四惑星には玄武岩の石塊で建てられた図書館がある。円錐型の生物が図書館を管理しているという。情報は本のかたちであると思いたいが、もしかするとタブレットのようなものである可能性もある。

宇宙の果てなのになぜか地球の言語で書かれたものもあるようで、クトゥルフに追われる身だったラバン・シュルズベリィはここで多くの知識を獲得し、20年の時をかけ、「ケレーノ断章」を翻訳した。

かつては密林も存在したというが、今は砂漠化が進み、金属製の霧に包まれ、一面の灰色でみずみずしいランドマークは存在しない。読書のためだけにあるような星（系）だ。

黄金の蜂蜜酒を呑み、乗り物として使役することができる風の眷属バイアキーに乗って星間飛行をしないと辿りつけないということは既に常識、鉄板ネタになっている。

引用されている作品

斬魔大聖デモンベイン

ケレーノ（作中ではセラエノ）はもちろん地球ではなく他の恒星なのだが、なんとアーカムで戦っていたはずの主人公、大十字九郎と秘密結社ブラックロッジを率いるマスターテリオンは、最後にここで対峙する。ヨグ＝ソトースの空間で時空震に巻き込まれ他世界に飛ばされたためだ。

Column
ハスターは司書だった？

アニメ『這いよれ！ニャル子さん』ではハス太がセラエノ断章で有名なセラエノ図書館に就職、司書になったことが明示される。セラエノはハスターの支配領域なのでハスター星人の若者がそこで職を得たというのは合理的ではある。

Column
『クトゥルフ神話』に登場するその他の領域

物語の舞台となる領域は他にもたくさんあり、すべてを紹介するのは難しい。
ここでは前頁までで語り切れなかった領域のうち、さらにいくつかを抜粋して紹介しよう。

クン・ヤン
K'n yan

アメリカ西部の地底に広がる世界で、オクラホマ州やヴァーモント州の入口から入れる領域。クトゥルフとともに外宇宙から飛来したといわれる種族が棲む。クン・ヤンは青く輝くツァス、赤く輝くヨス、暗黒のンカイの3階層に分かれている。最上層のツァスはクン・ヤン人が棲んでいる領域、ヨスは廃墟と化した都市だ。最下層のンカイは、かつてツァトゥグァが住居にしていたという。

ブリチェスター
Brichester

イギリス南東部グロスタシャーに位置する、田園が美しい地方都市。だが、穏やかな景観に反して近隣のセヴァンフォード、ゴーツウッドともども、怪事件が絶えない街である。その原因は近郊に潜む2体の旧支配者で、セヴァン渓谷にはアイホートが、幽霊湖にはグラーキがいる。さらに、街はずれにある「悪魔の階」にはミ＝ゴの基地が隠されているという噂もある。

ムー大陸
Mu: Lost Continent

太古の昔に太平洋上に存在していた、レムリアと並び称される伝説の大陸だ。東西8000km、南北5000kmに及び、太平洋の約半分を占めるらしい。クトゥルフが宇宙から飛来したとき、この大陸にルルイエを築いた。地殻変動で大陸の一部が沈んだとき、クトゥルフとルルイエは海中に没したが、今度はミ＝ゴの支配を受ける。だがその後、大陸全体が沈没しムー大陸は消滅した。

カルコサ
Carcosa

カルコサは「黄衣の王」に登場する都市である。宇宙空間のどこか、または別次元にあると言うが、詳しいことはわかっていない。一説には、カルコサはヒヤデス星団の恒星系アルデバランにある空間が歪んだ都市であり、そのすぐ近くには黄衣の王ハスターの幽閉地・ハリ湖があるという。カルコサに行くには「黄衣の王」を読み終える必要があるが、それは狂気に陥ることと同義である。

第8章

現代のクトゥルフ神話

CURRENT MYTHOS

『クトゥルフ神話』の世界観はシェアード・ワールドであり、世界中の誰もが、自らの想像力を自由にぶつけて構わない土俵だ。それゆえ、これまでにいくつもの関連作品がつくられてきた。本章では、2000年以降の神話の継承者たちが、独自に解釈・発展させたさまざまな『クトゥルフ神話』を紹介していく。

原典

おもに神話世界のベースとなるH・P・ラヴクラフトら初期の作家や、いわゆる第二期作家の作品。今回は紹介しないが、「ラヴクラフト全集」（創元社）や「クトゥルー」（青心社）のシリーズは押さえておきたい。

『ポオ収集家』

ロバート・ブロック/新樹社/2000年3月

ロバート・ブロックの短編作品集。表題作の『ポオ収集家』をはじめ、15編の作品が収録されている。このうち、『ポオ収集家』と古代エジプト神話の神にまつわる『冥府の守護神』がクトゥルフ神話作品。『冥府の守護神』はかなり以前に2度ほど雑誌に掲載されたことはあるが、翻訳されたものを単行本で読めるのは、今のところこの本だけだ。

『タイタス・クロウの事件簿』

ブライアン・ラムレイ/東京創元社/2001年3月

ブライアン・ラムレイの作品集。オカルト探偵タイタス・クロウと、その盟友であるアンリ＝ローラン・ド・マリニーにまつわる短編作品、11編が収録されている。クロウの超人的能力が開花する経緯をほのめかす『誕生』や、時計のような姿をした謎の物体にまつわる『ド・マリニーの掛け時計』など、長編シリーズと関わりがあるエピソードもある。

『精神寄生体』

コリン・ウィルソン/学習研究社/2001年7月

人間の精神の奥底に潜む怪物の脅威を描いた作品。コリン・ウィルソンはファンタジーやSFを高く評価しており、本作はSFテイストの作品だ。ウィルソンは、当初ラヴクラフトに対して批判的だったが、のちにオーガスト・ダーレスから自身で幻想作品を書いてみるよう薦められ、これを契機に神話作品を書き始めたという経緯がある。

『新訂版 コナン全集』

ロバート・E・ハワード/東京創元社/2006年10月

ハイボリア時代を舞台に、英雄コナンの活躍を描いた物語。このシリーズはほかの出版社も扱っているが、こちらはロバート・E・ハワードの作品のみを扱った新しい全集だ。ラヴクラフトとの設定の貸し借りや、C・A・スミスがハイパーボリアを設定する際の参考にしたことで、緩やかではあるがクトゥルフ神話世界と繋がることになった。

『幻想と怪奇―ポオ蒐集家 新装版』

仁賀克雄・編/早川書房/2005年2月

1979年に刊行された怪奇小説のアンソロジー、『幻想と怪奇1』の新装版。ロバート・ブロックの表題作をはじめ、レイブラッド・ベリ、ロバート・シェイクリイなど有名作家の作品、14編が収録されている。クトゥルフ神話的な作品は、表題作と『アムンゼンの天幕』『水槽』など。神話作品ではないが、ダーレスの『寂しい場所』もおすすめ。

「タイタス・クロウ・サーガ」シリーズ

ブライアン・ラムレイ/東京創元社/2006年1月～

大系化されたクトゥルフ神話設定をふまえつつ、独自の設定で展開する長編連作シリーズ。CCD（クトゥルフ眷属邪神群）に対抗する、タイタス・クロウとその盟友、アンリ＝ローラン・ド・マリニーらの活躍が描かれている。第1巻『地を穿つ魔』から第3巻の『幻夢の時計』までは、クロウとアンリの物語。第4巻『風神の邪教』と第5巻『ボレアの妖月』では、いまひとりのヒーロー、ウィルマース・ファウンデーションのハンク・シルバーハットが活躍。最終巻の『旧神郷エリシア』では、ラムレイのほかのシリーズのヒーローも登場し、物語は怒涛の結末を迎えることになる。さて、本作にはコズミック・ホラー的要素もあるが、冒険活劇寄りの作品だ。ただ、物語の展開は軽妙かつスピーディ。何より読みやすいので、普段はあまり小説を読まない層にもおすすめできる。ホラーに強くこだわるのでなければ、かなり楽しめる作品ではないだろうか。なお、『タイタス・クロウの事件簿』もサーガ・シリーズに含まれるが、あちらは短編集なので本書では分けて紹介した。

『漆黒の霊魂』

オーガスト・ダーレス編/論創社/2007年3月

ダーレスが編集を手掛けた作品集。かつて、アーカムハウスから刊行されたホラーアンソロジーの翻訳作品だが、2編ほど差し替えられている。収録作品は17編で、ラヴクラフト＆ダーレスの『魔女の谷』、ラムジー・キャンベルの『ハイストリートの教会』、ジョージ・ウェッツェルの『カー・シー』がクトゥルフ神話作品だ。

『魔道書ネクロノミコン　完全版』

ジョージ・ヘイ編/学習研究社/2007年5月

1994年に学習研究社が刊行した『魔道書ネクロノミコン』。これは1978年にコリン・ウィルソンが仕掛けた洒落本で、ジョン・ディーが翻訳したという設定で『ネクロノミコン断章』が収録されている。本書はこれをベースとし、新たに『ネクロノミコン断章』の未公開分という設定の『ルルイエ異本』が追加されている。

『新編　真ク・リトル・リトル神話大系』（全11冊）

H・P・ラヴクラフト、他/国書刊行会/2007年9月～

クトゥルフ神話作品のアンソロジー。国書刊行会が1982年から刊行していた『真・ク・リトル・リトル神話大系』を再編集し、2007年から全7冊の新シリーズとして刊行した作品。旧版の5巻、7巻、8巻に掲載されていた作品は除かれているが、各作品が年代順に再構成されたほか、それぞれ巻末には作品にまつわるエッセイと解題が掲載されている。

『クトゥルフ神話カルトブック　エイボンの書』

リン・カーター、ロバート・M・プライス他/新紀元社/2008年6月

リン・カーターが始めた『エイボンの書』を再現する試みを、ロバート・M・プライスが引き継いで完成させた作品。C・A・スミスやカーターの小説作品を始め、さまざまな作家による神性への言及や各種の呪文も合わせて収録されている。「いかにも」な雰囲気を醸し出したプライスの編集手腕は、やはり神学や新約聖書の研究者だからこそなのだろう。

『ゾティーク幻妖怪異譚』

クラーク・アシュトン・スミス/東京創元社/2009年8月

C・A・スミスの作品集。地球最後の大陸、ゾティークを舞台にした17編が収録されている。ゾティークは多神教の世界。作中にはさまざまな神が登場するが、クトゥルフ神話の神々は登場しない。厳密にいえばクトゥルフ神話作品ではないが、フランシス・T・レイニーやリン・カーターの解説に取り込まれている神がいる。

『文学における超自然の恐怖』

H・P・ラヴクラフト/学習研究社/2009年9月

ラヴクラフトが怪奇幻想文学について論考した、有名な表題作をはじめとする評論が2編。このほかとして、C・L・ムーアやA・メリット、ロバート・E・ハワード、フランク・ベルナップ・ロングらとの連作『彼方からの挑戦』、『ユゴスの黴』と題した十四行詩、さらに『インスマスを覆う影』の未定稿などが収録されている。

『新訳　狂気の山脈』

H・P・ラヴクラフト/PHP研究所/2011年3月

ギレルモ・デル・トロ監督による、『狂気山脈』の映画化発表を受けて刊行された新訳作品。訳の面でときおり気になる点もあるが、従来の作品より平易な文章は読みやすく感じる読者もいるだろう。なお、おもにレーティング設定と制作費回収の問題から、当時の映画化は流れてしまった。しかし、デル・トロ監督にはなんとか諦めず、実現してほしい。

『ヒュペルボレオス極北神怪譚』

クラーク・アシュトン・スミス/東京創元社/2011年5月

『ゾティーク妖怪異譚』に続き、東京創元社が刊行したC・A・スミスの作品集。クトゥルフ神話世界ではハイパーボリアの名で知られるヒュペルボレオスものをはじめ、アトランティスや幻夢郷を舞台にした23編が収録されている。『白蛆の来襲』はもちろんだが、魔術師マリュグリスが登場する『最後の呪文』『マリュグリスの死』なども読んでおきたい。

『魔道書ネクロノミコン外伝』

ジョージ・ヘイ編/学習研究社/2011年12月

リン・カーターらによる『ネクロノミコン』。関係者やファンからは「カーター版」と呼ばれている。カーターが手掛けた『ネクロノミコン』、フレッド・L・ペルトンの『サセックス稿本』に加え、デヴィット・アルバンスによるアブドゥル・アルハザードの伝記『我が師』、ロバート・M・プライスによる『「ネクロノミコン」注解』の4編で構成されている。

『アヴェロワーニュ妖魅浪漫譚』

クラーク・アシュトン・スミス/東京創元社/2011年12月

C・A・スミスの作品集。「アヴェロワーニュ年代記」と題した、フランスのアヴェロワーニュを舞台とする作品12編に加え、降霊術を題材とした「降霊術奇譚」の作品6編、計18編が収録されている。表題にもあるアヴェロワーニュは、スミスが設定した架空の地方。フランスの中南部に実在するオーヴェルニュがモチーフになっている。

『クトゥルフ神話への招待』（全2冊）

尾之上浩司・編/扶桑社/2012年8月～

第1弾「遊星からの物体X」と第2弾「古きものたちの墓」からなる、クトゥルフ神話作品のアンソロジー。第1弾の刊行時期から、『遊星からの物体X ファーストコンタクト』の公開に合わせたものと思われる。しかし、2冊ともに、それまで未訳が多かったラムジー・キャンベルの作品がメインに収録されており、実はかなり貴重な作品だ。

『クトゥルーの子供たち』

リン・カーター、R・M・プライス/エンターブレイン/2014年8月

カーター版『ネクロノミコン』や『エイボンの書』と並ぶ、リン・カーター渾身の作品。かつてムー（レムリア）大陸で信仰されていたゾス三神（ガタノトア、イソグサ、ゾス＝オムモグ）にまつわる連作小説と、これらと関わるロバート・M・プライスの作品、全8編が収録されている。用語解説やほかの作家作品との関連を記した訳注も掲載されている。

『魔術師の帝国』

クラーク・アシュトン・スミス/アトリエサード/2017年1月～

アトリエサードのナイトランド叢書から新たに刊行された、C・A・スミスの作品集。創土社から1974年に刊行した同じ書名の作品を再編集したもの。2017年1月に、地球最後の大陸ゾシーク（ゾティーク）を舞台にした作品集「ゾシーク篇」、3月には古代ハイパーボリア大陸を舞台にした作品集「ハイパーボリア篇」が刊行された。

『クトゥルーの呼び声』

H・P・ラヴクラフト/星海社/2017年11月

H・P・ラヴクラフト作品の新訳作品集。ラヴクラフトが『ダゴン』を執筆した1917年をクトゥルフ神話の誕生とし、100年を記念して企画された。『ダゴン』をはじめとした、クトゥルと海にまつわる作品8編が収録されている。神話作品に初めて触れる読者を想定しており、平易な文体で読みやすく翻訳された各作品は、執筆された順に掲載されている。

Column
ラヴクラフトに影響を与えた先人たち

多くの作家に影響を与えたH・P・ラヴクラフトだが、彼もまた先人の作品に影響を受けている。とくに、彼がエドガー・アラン・ポオやダンセイニ卿の作品を好んでいたことは、ファンのあいだでもよく知られている。英国怪奇小説の三大巨匠といわれたモンタギュー・ロウズ・ジェイムズ、アルジャーノン・ブラックウッド、アーサー・マッケンらの作品も高く評価していた。これらの作家作品は、ラヴクラフトに大きな影響を与えたゆえに、クトゥルフ神話作品と見なされることもある。また、怪奇現象への科学的アプローチが特徴的な『幽霊狩人カーナッキの事件簿』や、海洋もの作品を多く手掛けたウィリアム・ホープ・ホジスンも、こうした人物のひとりだろう。このほか、ブラックウッドの『ウェンディゴ』や、ロバート・W・チェインバーズ『黄衣の王』のように、神話世界に取り込まれた作品などもある。

小説

原典作品以外のクトゥルフ神話の小説作品を紹介。国内作家の作品については、まずは多くの作品に触れてもらおうという観点から、中編や短編を扱ったアンソロジー作品を中心に紹介している。

『魔障』

朝松健/角川春樹事務所/2000年8月

海外でも神話作家と認知されている数少ない日本人作家ひとり、朝松健の作品集。表題作の『魔障』は、国書刊行会の編集者時代に、著者が実際に体験したトラブルをもとにしたという。このほか、伝奇ホラー作品の『忌の血族』、著者が創作した邪神ヨス=トラゴンへの言及がある『追ってくる』など、計3篇が収録されている。

『秘神界 歴史編・現代編』

朝松健・編/東京創元社/2002年9月

朝松健が編集を手掛けた神話作品のアンソロジー。クトゥルフ神話における伝奇性をテーマとした作品、11編を収録した「歴史編」。恐怖性やSF性、メタフィクション性を前面に押し出した「現代編」の2冊が刊行された。また、漫画や映画、ゲーム、音楽、オカルトと、各分野の神話作品についての評論のほか、作品リストも掲載されている。

『ふるえて眠れない ホラーミステリー傑作選』

ミステリー文学資料館・編/光文社/2006年9月

光文社のミステリー文学資料館から刊行された作品集。朝松健や菊地秀行、倉阪鬼一郎といった、クトゥルフ神話作品を手掛けている作家作品12編が収録されている。飯野文彦による『襲名』は、血脈をたどって出自を暴くというクトゥルフ神話では王道の手法を取りつつも、噺家の高座に合わせて物語が展開するという仕掛けが面白い。

『リトル・リトル・クトゥルー』

東雅夫・編/学習研究社/2009年1月

2007年に公募された『史上最小のクトゥルフ神話賞』の入選、及び優秀作品が収録されている掌編集。800文字以内という条件のもとで制作された111編が収録されている。最優秀賞作品は黒史郎の『ラゴゼ・ヒイヨ』。『私』の目を通じ、オリジナルの神ラゴゼ・ヒイヨと、それを崇拝する言葉を持たぬ生物たちの関係性をきっちりと描いていた。

「異形コレクション」シリーズ (全48巻)

井上雅彦・編/光文社/2000年9月〜

ホラー小説のほか、かつてはライトノベル作品も手掛けていた井上雅彦の編集によるアンソロジーシリーズ。もともとは廣済堂出版から刊行されていたが、2000年9月の16巻以降は光文社へと変更。2018年6月現在は刊行が途絶えているが、2011年12月までに48巻が出版されている。編者による作品も収録されており、神話作品としては2010年5月に刊行された『憑依』に掲載の「抜粋された学級文集への註解」がある。この作品は「くっくるさん」と呼ばれる降霊術が流行したというある学校の記録と、それに対する注解などから構成され、各事例を追ううちにそれらが次第に繋がっていき、背景にあるものが浮かび上がってくる。フランケンシュタインがテーマの『Fの肖像』では、小林泰三の「ショグゴス」が掲載。海百合状生物(古のもの)がつくったショゴスをテーマになぞらえ、雑事を任せるショゴスをつくったことで退化していく古のものと、ショゴスを解放しようと古のものと戦うなかでロボットを高性能化していく人類とを対比している。

『燦めく闇』

井上雅彦/光文社/2009年11月

井上雅彦の自薦作品集。『海の蝙蝠』と『クリープ・ショウ』が『クトゥルフ神話』作品とのこと。しかし、なぜか湖でダイビング講習をすることになった、5人の男女を待ち受ける怪異を描く『沈鐘』、故郷に向かう男が特急列車のなかで遭遇した「災厄」を描いた『北へ、深夜特急』など、クトゥルフ神話的な空気を漂わせる作品が多い。

『邪神宮 闇に囁くものたちの肖像』

児嶋都・監修/学習研究社/2011年4月

2011年5月に開催されたアート展『邪神宮』の公式図録。企画・監修者の児嶋都が描いた「ナイアルラトホテプ」「ラヴィニア・ウェイトリィと双生児」をはじめ、伊藤潤二が描いた「ラヴクラフト肖像」など、展示されていた15名のアート作品を掲載。さらに、岩井志麻子や黒史郎、嶽本野ばらなど、8名の作家による書き下ろし小説も掲載されている。

『ダンウィッチの末裔』

菊地秀行、牧野修、くしまちみなと/創土社/2013年4月

H・P・ラヴクラフトの『ダンウィッチの怪』をテーマとしたアンソロジー。菊地秀行は邪神を鍼で鎮めんとする軍人の物語『軍針』で参加。『呪禁官』シリーズの作者でもある牧野修は、『灰頭年代記』にて児童失踪事件の真実に迫る。『かんづかさ』の作者くしまちみなとは、ダンウィッチからの脱出をめざすゲームブックで参加している。

『チャールズ・ウォードの系譜』

朝松健、立原透耶、くしまちみなと/創土社/2013年6月

ラヴクラフトの『チャールズ・デクスター・ウォード事件』を題材としたアンソロジー。アメリカを舞台とした朝松健の作品、『ダッチ・シュルツの奇怪な事件』と、大学講師が遭遇する怪異を描いた立原透耶による『青の血脈〜肖像画奇譚』の2篇に加え、前回に続いてくしまちみなとがゲームブック『妖術の螺旋』で参加している。

『超時間の闇』

小林泰三、林譲二、山本弘/創土社/2013年11月

『超時間の影』をテーマとしたアンソロジー。小林泰三による『大いなる種族』は、『超時間の影』で主人公が目にした光景を目の当たりにするマッドサイエンティストの物語。『魔地読み』にて林譲二が描くのは、県の職員である主人公が秘密の任務に従事するなかで遭遇した怪異だ。かつて多数のゲームブックを手掛けた山本弘は、22年ぶりに本書で新作を披露する。

『インスマスの血脈』

夢枕獏×寺田克也、樋口明雄、黒史郎/創土社/2013年12月

『インスマスを覆う影』を題材にした作品集。夢枕獏と寺田克也による『海底神宮』は、素朴さすら感じさせる文字と語りに、強烈な画を合わせて絶妙な不気味さを醸し出した絵物語。樋口明雄の『海からの視線』は、ある作家が北陸の町、狗須間で遭遇する怪異を描く。黒史郎の『変貌願望』は、美しい死体に魅せられた少女たちの物語だ。

『ユゴスの囁き』

松村進吉、間瀬純子、山田剛毅/創土社/2014年1月

『闇に囁くもの』が題材の作品集。松村進吉の『メアリーアンはどこへ行った』は、捜査中のFBI捜査官が衰退する町で遭遇する奇怪な出来事を描く。間瀬純子の『羊歯の蟻』は、死んだ教え子の声が深夜テレビから聞こえるという、昭和都市伝説風の作品だ。『蓮ớ村なずき鬼異聞』では、山田剛毅がクトゥルー×浮世絵草子という新境地を切り開く。

『クトゥルーを喚ぶ声』

田中啓文、倉阪鬼一郎、鷹木骰子/創土社/2014年2月

『クトゥルフの呼び声』がテーマのアンソロジー。田中啓文の『夢の帝国にて』は、ウィルスの脅威から逃れようとクトゥルーの召喚を試みる人間の姿を描く。『回転する阿蛞白の呼び声』は、回転寿司店の人気メニュー、阿蛞白にまつわる恐怖を描いた板倉鬼一郎の作品。鷹木骰子の『Herald』は、受験に失敗した主人公が海辺の別荘で見る夢の物語だ。

『無名都市への扉』

岩井志麻子、図子彗、宮澤伊織/創土社/2014年7月

『無名都市』をテーマにした作品集。岩下志麻子の『無名と死に捧ぐ』は、魂と分離した自分の身体が砂漠の都市で寝ていると信じ始めた『彼女』の物語。図子彗の『電撃の塔』では、不可解な死に方で父を亡くした語り手が、奇怪な事件に巻き込まれていく。宮澤伊織は、『インセイン』を用いたTRPGのリプレイ『無名の遺跡』で参加している。

『闇のトラペゾヘドロン』

倉阪鬼一郎、積木鏡介、友野詳/創土社/2014年8月

『闇にさまようもの』を題材とした作品集。マラソンの下見で東北地方を訪れた主人公たちが、美術館で目にしたものを描く倉阪鬼一郎の『闇の美術館』。少女モモに誘われ、夢の世界を渡り歩く積木鏡介の『マ★ジャ』。精神を輝くトラペゾヘドロンに封じられ、そのまま時の彼方を旅するゲームブック、友野詳の『闇に彷徨い続けるもの』を収録。

『狂気山脈の彼方へ』

北野勇作、黒木あるじ、フーゴ・ハル/創土社/2014年12月

ラヴクラフトの長編『狂気の山脈にて』を題材にしたアンソロジー。これは夢か現実か、ある男が頭山脈にたどり着くまでを描く、北野勇作の『頭山脈』。羅文蔵人と語り手が青森県の南曲村で遭遇した怪事件を描く、黒木あるじの『恐怖学者・羅文蔵人の憂鬱なる二日間』。フーゴ・ハルによるゲームブック、『レーリッヒの断章』を収録している。

『クトゥルー短編集 魔界への入口』

倉阪鬼一郎/創土社/2017年3月

倉阪鬼一郎のクトゥルフ神話作品を集めた短編作品集。『インサイダー』や『異界への就職』、『便所男』、『七ома魔術戦争』など、デビュー時から発表してきた11篇の作品に加え、本書のために書き下ろされた『海へ消えるもの』と『虚空の夢』の2篇も収録。また、短詩型クトゥルー作品選集として、短歌や俳句、散文詩なども収録されている。

『アシッド・ヴォイド』

朝松健/アトリエサード/2017年6月

朝松健の短編作品集。『星の乱れる夜』『闇に輝くもの』『ゾスの足音』『十死街』『空のメデューサ』『球面三角』『Acid Void in New Fungi City』の7篇が収録されている。1980年代から近年までの、ホラー作品を網羅。表題の『Acid Void in New Fungi City』は、ニューウェーブSFの星といわれた作家ウィリアム・S・バロウズに捧げた書き下ろし作品だ。

『クトゥルー短編集 邪神金融街』

菊地秀行/創土社/2017年7月

数々のクトゥルフ神話ものを手掛けてきた、菊地秀行の短編作品集。表題にある『邪神金融街』の原形作品『サラ金から参りました』をはじめ、『出づるもの』『切腹』『怪獣都市』の4篇と、書き下ろし作品の『賭博場の紳士』を収録。加えて『ラヴクラフトの故地巡礼』『ラヴクラフト・オン・スクリーン』といったエッセイもある。

『クトゥルー短編集 銀の弾丸』

山田正紀/創土社/2017年12月

山田正紀によるクトゥルフ神話ものを収録した短編集。表題作の『銀の弾丸』をはじめ、『おどり喰い』『松井清衛門、推参つかまつる』『悪魔の辞典』『贖罪の惑星』『石に漱ぎて滅びなば』『戦場の又三郎』の7篇が収録されている。なかでも『銀の弾丸』は古典的名作といわれる作品。また『戦場の又三郎』は本書の書き下ろし作品だ。

『暗黒神ダゴン』

フレッド・チャペル/東京創元社/2000年8月

片田舎の屋敷を相続し、その屋敷に引っ越したリーランド牧師。やがて彼は悪夢にうなされ始め、さらにミナという不気味な女性に惹かれていく……。本作は人間の内面にスポットを当て、正気と狂気が入り混じりつつ徐々に壊れていく精神の変容を描いている。邪神や眷属の登場を期待する層には向かないが、漂う異様な空気に興味がある方にはおすすめ。

『インスマス年代記』（上下巻）

スティーヴン・ジョーンズ編/学習研究社/2001年11月～

インスマスは、H・P・ラヴクラフトの『インスマスを覆う影』に登場した港町。住人の多くがクトゥルフやその眷属を崇拝している邪神信仰の拠点だ。本書はこのインスマスを題材としたアンソロジー。『インスマスを覆う影』をはじめ、上下巻合わせて17編の作品が収録され、このうち7篇が書き下ろし作品となっている。

『復活の儀式』（上下巻）

(上下巻) T・E・D・クライン/東京創元社/2004年5月〜

H・P・ラヴクラフトに強い影響を受けたという著者、T・E・D・クラインによるホラー巨編。休暇を利用して論文をしあげようと、ある田舎町の貸家を借りた主人公、ジェラミイが遭遇する事件を描く。かなり分量があるうえ、緻密な描写の積み重ねで雰囲気を形作っていく作品なので、じっくり腰を据えて読める方におすすめ。

『ラヴクラフトの世界』

スコット・デイヴィッド・アニオロフスキ編/日本ヘラルド映画出版局/2006年10月

アーカムやダンウィッチ、キングスポートなど、ニューイングランド地方の街を舞台とする作品のアンソロジー。15篇の作品が収録されていて、『ダンウィッチの怪』や『魔宴』といったラヴクラフト作品の、後日談を描いた作品もある。また、T・E・D・クラインの『復活の儀式』の原形作品である『ボーロス農場の変事』も収録されている。

『夜がはじまるとき』

スティーヴン・キング/文芸春秋社/2010年1月

モダン・ホラーの巨匠、スティーヴン・キングの作品集。収録された6篇のうち、冒頭の『N』がクトゥルフ神話作品だ。物語の中心は、とある精神科医が綴った手記。彼が強迫性障害と思われる患者から聞いた、恐るべき話が明かされる。もちろん、これだけでは終わらず、手紙や録音記録といったクトゥルフ神話的様式美で、恐怖はさらに伝染していくのだ。

『ネクロノミコン アルハザードの放浪』

ドナルド・タイスン/学習研究社/2013年4月

2006年に刊行された同タイトル作品の文庫版。各神話作家たちが作中で引用した『ネクロノミコン』の断片を収集・整理し、独自設定も織り込んで再現したタイスン版『ネクロノミコン』といえる。なお、序文の形でアブドゥル・アルハザードの小伝記が綴られており、これを補う内容の小説『アルハザード』（上下巻）も刊行されている。

ライトノベル

ライトノベルは、新たな作家の発掘も担っている分野。その性質上、挑戦的な作品も刊行されやすく、さまざまな神話作品が誕生した。ここでは、そのなかでもクトゥルフ神話要素が濃い作品をピックアップして紹介する。

『レインボゥ・レイヤー 虹色の遷光』

伏見健二/角川春樹事務所/2001年3月

舞台となるのは、30世紀を過ぎて人類が深宇宙へと進出した未来。アルデバランの植民コロニーで生物災害が発生し、派遣された特殊部隊クラフティ4番艦は、唯一生き残った少女を回収する。本作は、人類が遭遇した恐怖を描くSF作品。「彼ら」が宇宙的存在である以上、十分にあり得る話だ。遠い未来には、似たようなことが本当に起きるかもしれない。

『黒水村』

黒史郎/一迅社/2008年5月

進級が危うい7人の問題児たちは、片平教諭の課外授業を受けることに。その一環で深い山間の庫宇治村を訪れた彼らは、村の恐ろしい伝承や悍ましき存在と遭遇する。小説でも活躍中の黒史郎が、初めて手掛けたライトノベル作品。同じく一迅社から刊行された『交錯都市一クロスシティー』では、本作の三年後が描かれている。

『這いよれ！ ニャル子さん』（全12巻）

逢空万太/SBクリエイティブ/2009年4月〜2014年3月

漆黒の怪物に襲われた八坂真尋は、ニャル子と名乗る少女に救われた。彼女はニャルラトホテプ星人で、真尋を守るために派遣されたと主張。無事に事件を解決するが、彼女は諸事情により八坂家に居候することになる。クトゥルフ神話をはじめ、幅広いジャンルからのパロディが満載の作品で、アニメ化やゲーム化もされている。

『風にのりて歩むもの』

原田宇陀児/小学館/2009年12月

ゲームシナリオなども手掛けていた、原田宇陀児のオリジナル作品。アメリカの五大湖地方を舞台に展開する、ロードムービー仕立てのホラーミステリーだ。探偵業のかたわらタクシー運転手をつとめるボギィは、アローニ警部からある少女を運ぶよう頼まれた。彼は行先も明かされぬまま彼女と旅に出るが、ほどなく「何か」に襲われる——。

『かんづかさ』（全3巻）

くちまちみなと/一二三書房/2012年3月〜

栃木県市市役所で働くことになった五祝神奈。ところが、彼女は宮内庁式部寮神祇院第壱課に神祇官（かんづかさ）として配属され、いきなり御霊と呼ばれる魑魅魍魎を取り締まることになってしまう。本作は、神道とクトゥルフ神話を取り込んだ伝奇ファンタジー作品。3巻まで刊行されたのだが、2015年にレーベル自体が休止になってしまった。

『未完少女ラヴクラフト』（既刊2冊）

（既刊2冊）黒史郎/PHP研究所/2013年1月〜

ホラー作家の黒史郎による、暗黒冒険ファンタジー。気弱な少年カンナ・セリオは、アーカムのラヴクラフト記念図書館を訪れて異世界に迷い込んだ。スウシャイと呼ばれるこの世界は、古今東西の神話群が実体化したもの。カンナはラヴと名乗る少女と出会い、彼女が奪われた愛情に関わる言葉を取り戻すため、ともに冒険の旅にでる。

『緋の水鏡』（上下巻）

くしまちみなと/創芸社/2013年3月

交通事故で両親を亡くした淡島朔也は、叔父の拓郎に引き取られて緋坂市に移る。ところが、引っ越しのさなかに拓郎が変死。その後も奇怪な事件は続き、やがて彼はこの土地の、そして自身の血脈にまつわる事実と向かい合うことになる。同人作品の『忌譚』三部作のシナリオをベースとし、物語を再構成して編まれた伝奇ホラー作品だ。

『ゴーストハンター1 ラプラスの魔【完全版】』

安田均、山本弘/富士見書房/2014年9月

マサチューセッツ州のニューカムにある幽霊屋敷。凄惨な事件が起きたこの屋敷に、女性記者モーガン、私立探偵アレックス、超能力者の草壁一郎らが集い、ともに事件を追い始めた——。安田均が手掛けたRPG『ラプラスの魔』のノベライズ。角川文庫から刊行されたが、「ラプラスの魔外伝死のゲーム」を加えた完全版として復刻された。

『超訳 ラヴクラフト ライト』（既刊3冊）

手仮りり子/創社/2015年11月〜

創社から刊行されている、H・P・ラヴクラフト作品の超訳シリーズ。「より親しみやすく、読みやすい」をモットーに、主人公を少年少女に置き換え、ライトノベル風の文体でアレンジされている。なお、超訳された作品は、とある高校生が夢のなかで原作を体験するという形で綴られており、こちらの今後の展開も気になるところだ。

『邪神任侠 家出JCを一晩泊めたら俺の正気度がガリガリ削れた』

海野しいる/2018年3月/KADOKAWA

札幌の薬局に勤める香食禮次郎は、とある秘密を隠しながら暮らす薬剤師。ある日、彼はクチナシと名乗る行き倒れの少女を保護し、彼女に頼まれて同情心からマンションの自室に置くことに。しかし、これは彼を狂気の世界へと誘う入り口だった——。NOVEL0「大人が読みたいエンタメ小説コンテスト」の特別賞受賞作品『邪神任侠』の改題作だ。

『クトゥルフ神話 探索者たち 鈴森君の場合』

黒の凛/2018年3月/KADOKAWA

高校に進学し、下宿先で幼馴染の伊吹みのりと再会した鈴森。彼女は怪しげなオカルト団体に所属しており、鈴森は彼女を正気に戻そうと「探索」に同行するが、逆にこの世の真実を思い知らされることになってしまった。主人公の鈴森は、物事の成否が分かる異能を備えている。TRPGのリプレイを意識した表現で綴られる、邪神探索冒険譚だ。

小ネタではなく、作品全体を通してクトゥルフ神話を引用したものを選んで紹介。神話世界に興味はあるけど、小説を読むのはちょっと苦手という方には、原典のコミカライズ・シリーズがおすすめだ。

『朧─O・BO・RO─』（全2巻）

岡田芽武/角川書店/2001年10月～

海面上昇によって世界がほぼ死滅した時代。唯一生き延びていた大日本帝国は、神を称する「ソレ」に支配されていた。神に狙われる少女、真名は、父の魂が召喚した守護者、朧に救われたが──。車田正美原作の漫画も手掛けている、岡田芽武のダークファンタジー。本作は未完だが、講談社刊行の『ニライカナイ』に続くので、こちらと合わせて読みたい。

『妖怪ハンター 地の巻』

諸星大二郎/集英社/2005年11月

異端の考古学者、稗田礼次郎を主人公とするシリーズの短編集。『週刊少年ジャンプ』をはじめ、集英社の漫画雑誌で断続的に連載されていた。作品のなかに、H・P・ラヴクラフトからの強い影響がうかがえるものがあり、始原の地球にいた「何か」から生まれ、人類が知る生命とは別の進化を遂げたという「疑似生命」も登場する。

『魔殺ノート退魔針』（全7巻）

菊地秀行、斎藤岬/幻冬舎/2013年7月～

菊地秀行の伝奇アクション小説『退魔針』をもとに、斎藤岬が漫画化したコミカライズ作品。主人公の大摩は「大摩流鍼灸術」の総帥で、針で魔を滅ぼす「退魔針」の使い手。彼は藤尾重慶の治療を依頼されたが、重慶の身体には鍼を打つべき魔性の急所がなかった。大摩は、それがアメリカのダンウィッチにあることを突き止め、現地へと向かった。

「クトゥルフ神話」シリーズ（全11冊）

宮崎陽介、原田雅史、他/PHP研究所/2009年11月～

PHP研究所のコミック編集部から刊行された、H・P・ラヴクラフト作品のコミカライズ・シリーズ。2009年11月に刊行された『邪神伝説 クトゥルフの呼び声』からスタートし、2010年には『インスマウスの影』（以下、副題略）と『狂気の山脈』。2011年は『ダンウィッチの怪』と『ダゴン』、『ニャルラトホテプ』。そして、2012年は『チャールズ・ウォードの奇怪な事件』、『闇にささやく者』、『銀の鍵』、『未知なるカダスを夢に求めて』、『異次元の色彩』と、全11冊が刊行されている。このシリーズの大きな特徴は、漫画の合間に作品解説が挿入されていること。当時、それまで縁がなかった人々が、原典小説以外の媒体から初めて神話世界に触れるケースが増えていた。こうした人たちにとって、解説は大きな手助けになったはずだ。なお、現在新品の単行本は入手しにくいが、Kindle版でも扱われている。ただし、『狂気山脈』に収録されていたアーサー・C・クラークの「狂乱の山脈にて」が読めるのは残念ながら単行本のみなので、その点だけは注意されたい。

『魍魎 貸本・短編名作選』

水木しげる/集英社/2009年7月

1948年から60年代の末頃まで、安価な料金で書籍をレンタルする「貸本漫画」があり、貸本用の漫画が作られていた。この作品は、水木しげるが手がけた貸本漫画も含め、14篇の作品を収録した短編作品集だ。水木はH・P・ラヴクラフトから大きな影響を受けていたそうで、本書に収録された作品のなかにも、それがうかがえるものがある。

『伴天連XX』（全3巻）

猪原賽、横島一/エンターブレイン/2010年7月～

18XX年の江戸時代を舞台に、左腕にナイトゴーント（作中では「ないとごぉんと」）を宿した巨漢の侍、無名獅子緒が、仲間たちとともに邪神や眷属相手に立ち向かうクトゥルーバトル。ホラー作品ではないが、主人公が超人的な能力で邪神や眷属に対抗するという点では、ブライアン・ラムレイの「タイタス・クロウ・サーガ」に通じるものもある。

『クトゥルーは眠らない』（全2冊）

おがわさとし、他/青心社/2011年7月〜

『クトゥルー』シリーズでお馴染みの青心社から刊行されたコミック・アンソロジー。クトゥルフ神話作品のコミカライズのようで、H・P・ラヴクラフト以外の作家作品に関連したものが多い。また、7篇ずつ収録された各作品は関連作品をベースにアレンジされている。原作のコミカライズというよりはどちらかといえば、翻案作品といえる。

『水瀬陽夢と本当はこわいクトゥルフ神話』（全3巻）

朝霧カフカ、吉原雅彦/角川書店/2013年8月〜

女子高生の水瀬陽夢は、登校中に謎の男に拉致されそうになった。彼女を救ったのは、元探偵で今は無職の三宝寺古鉄。陽夢は彼と事件を追い始めるが、謎の男に飲まされていた薬が、彼女を蝕み始めていた。本作は、かつて公開されていた動画『ゆっくり妖夢と本当はこわいクトゥルフ神話』をもとに、設定などを改めて制作したコミカライズ作品だ。

『フロイトシュティンの双子』

うぐいす祥子/集英社/2014年8月

集英社のヤングジャンプ増刊『アオハル』で連載されていた著者の作品集。表題作3部のほか、「森の中の家」、「とむらいバレンタイン」、「星空パルス」、「恋の神様」に加え、表題作の後日談を収録。クトゥルフ神話ものは表題作で、不気味に微笑む双子が、家庭教師として訪れた青年を生贄に、邪神の召喚を試したりする。

『定本 召喚の蛮名〜Goety』

槻城ゆう子/アトリエサード/2017年3月

2002年にエンターブレインから刊行されていた『召喚の蛮名─学園奇覯譚』の復刻作品。表紙の変更や本編の加筆修正、おまけページの追加が成されている。実践型の魔導士を育成する学園が舞台とあって、やはり神話世界の魔道書を用いた魔術戦や召喚術戦が見所。とはいえ、バトルばかりではなく主人公の学園生活もしっかり描かれている。

『ダイン・フリークス D.Y.N.FREAKS』（全3巻）

鋼屋ジン、空十雲/角川書店/2013年8月〜

ニトロプラス所属の脚本家、鋼屋ジンが原作を手掛けたダークファンタジー。舞台となるのは、地方都市のY市（千葉県夜刀浦市）。女子高生の阿坐未初未は、寄車むげんを名乗る魔人と出会い、Y市で次々と起き始めた奇怪な事件に巻き込まれていく──。本作は著者が関わった『斬魔大聖デモンベイン』の未来に位置付けられている作品でもある。

『アビス』（全8巻）

長田龍伯/富士見書房/2014年4月〜

記憶がない檀ヒビキは、見知らぬ場所で目を覚まし、同じ境遇の4人と出会った。彼らはみなトリガーと呼ばれるスイッチを持っており、それぞれ異なる能力を発動できることを確認。迷宮のようなこの場所から、力を合わせて脱出することにした。本作は頭脳バトルSFと銘打たれた作品で、各能力の組み合わせで、いかに難局を乗り切るかが見所だ。

「ラヴクラフト傑作選」シリーズ（既刊7冊）

田辺剛/エンターブレイン/2014年8月〜

H・P・ラヴクラフト作品のコミカライズ・シリーズ。2018年6月の時点では、表題作のほかに「神殿」と「名もなき都」を収録している『魔犬』、表題作のみの『異世界の色彩』、表題作と「ダゴン」の2篇を収録した『闇に這う者』、そして4巻に渡って展開する『狂気の山脈にて』と、計7巻が刊行されている。このシリーズは圧倒的なクオリティもさることながら、原作の空気感が実によく表現されていて、ファンのあいだでも非常に評価が高いようだ。これは推測になるが、著者の画風とラヴクラフト作品との相性が、抜群によいこともあるのではないだろうか。ちなみに、著者がラヴクラフト作品に初挑戦した『アウトサイダー』では、ラヴクラフトによる表題作のほかにチェーホフやゴーリキー（ともにロシアの作家）による短編小説のコミカライズ作品も掲載されている。本シリーズからは外れているが、読んでみるといいだろう。なお、『コミックビーム』の誌上では、2018年4月から著者の新たな連載『時を越える影』がスタートしている。こちらの方にも注目してみたい。

「クトゥルフ神話TRPGリプレイ るるいえ」シリーズ

結ゆい、内山靖二郎、アーカムメンバーズ/アスキー・メディアワークス/2017年8月〜

放浪癖がある叔父の頼みで、骨董屋「るるいえ堂」の店番をする樋口さやか。彼が放置した依頼の後始末をはじめ、さまざまな案件が降りかかる。彼女は常連客の大学教授や大学生とともに、事件解決に乗り出すのだった。「るるいえ堂」の面々によるTRPGのリプレイシリーズ。これまでに、「あんてぃーく」と「はいすくーる」の2冊が刊行されている。

「クトゥルー・ミュトス・コミック」シリーズ

創土社/2017年9月〜

「クトゥルー・ミュトス・コミック」を立ち上げた創土社は、同社の小説レーベルで刊行した作品のコミカライズも始めている。2018年6月現在、『妖神グルメ』と『童提灯1』、『クトゥルーを喚ぶ声』が既刊。今後は高橋潤による牧野修原作の『灰神年代記』、おおぐろてんの『童提灯2 完結編』、黒瀬仁による『妖神グルメ2 完結編』が予定されている。

ゲーム(紙媒体)

紙媒体のゲームでは『クトゥルフ神話TRPG』を筆頭にTRPGの発展が著しい。ただ、量があまりに膨大なので、サプリメントの個別紹介はしていない。代わって、近年タイトルが増えてきたボードゲーム系の紹介を多めにした。

『コール オブ クトゥルフ d20』（TRPG)

モンテ・クック、ジョン・タイタンズ/新紀元社/2003年12月

「d20」と呼ばれる20面ダイスを用いた汎用ルールを『クトゥルフの呼び声』と融合させた作品。ルールだけでなく、データ設定もかなりきっちりしているのが特徴で、世界的には広く用いられている。ただ、英語からの翻訳権などの問題などもあり、英語を日常的には使わない日本においては、ほかの国に比べてあまり浸透しなかった。

『クトゥルフ神話TRPG』（TRPG)

サンディ・ピーターセン、リン・ウィリス、他/エンターブレイン/2004年9月

改めて言うまでもなく、日本で現在もっとも主要となっているルールブック。一時は国内展開が止まった『クトゥルフの呼び声』を、『クトゥルフ神話TRPG』と改題。各種の設定情報などを補強、強化して第二期展開を開始したものだ。このゲームで注目したいのは、やはり豊富な数々のサプリメントだろう。クリーチャーや呪文といった追加データはもちろん、キャンペーンをはじめとするシナリオ集は、ほかのタイトルにもよく見られる。ただ、アーカムやキングスポートといった特定の街の詳細設定を始め、「ワールドツアー」のような別の国やその時代にも対応したもの、ナチスやカルトのような組織を扱ったものなど、幅広い分野のサプリメントを数多く提供してくれるタイトルはそう多くはないはずだ。これは、現実世界を舞台にしたクトゥルフ神話が題材のTRPGだからこそ可能なのかもしれない。また、版元だけでなく、国内の関係者も独自のサプリメントを生み出している。プレイヤーも含め、多くの人々の熱気が続く限り、まだまだ発展していくに違いない。

『クトゥルフ・ダークエイジ』（TRPG)

シュテファン・ゲシュベルト/新紀元社/2005年4月

かつてのヨーロッパで、暗黒時代と呼ばれた時期で遊ぶためのルールブック。ドイツで誕生したサプリメントを、独立したルールブックに再編集したもの。これ一冊あれば遊べるので、分けて紹介している。暗黒時代がいつなのかについては、476年頃〜1000年頃までというのが一般的な模様。このルールブックも10世紀頃を想定しているようだ。

『アーカムホラー 完全日本語版』（ボード)

リチャード・ラウニウス、ケヴィン・ウィルスン/アークライト/2010年11月

アーカムの各地に次々と現れるゲートを、探索者となったプレイヤーたちが協力して破壊するゲーム。ゲートを封じるには条件があり、探索者は図書館で呪文を捜したり、アイテムを集めたりと大忙し。開いたゲートから現れる怪物も退治する必要があるし、ときにはクトゥルーが降臨することも。各探索者の役割分担と連携、そしてダイス運が必要になる。

『マンション・オブ・マッドネス 完全日本語版』（ボード）

コーリー・コニーカ／アークライト／2011年12月〜

このゲームは、ひとりがゲームマスターとしてフィールドの仕掛けやクリーチャーを操作し、ほかのプレイヤーが探索者として各々の勝利条件を目指す仕組み。TRPGっぽいシステムだが、マスターはシナリオに従って操作すればいいので難しくはない。また、スマホのアプリがマスターを務める第2版も登場しており、日本でも発売されている。

『エルダーサイン 完全日本語版』（ボード）

リチャード・ラニウス、ケヴィン・ウィルソン／アークライト／2012年4月〜

『アーカムホラー』の系譜を受け継ぐボードゲーム。より手軽に遊べるよう、ルールが改良されている。このゲームの舞台は博物館で、館内で起こる事件を解決しつつ、エルダーサインを回収。一定数集め、邪神の復活を阻止するのが目的だ。復活する邪神は8種類おり、どれを選ぶかで難易度を変えられる。探索者にも個性があるので、やはり役割分担が鍵。

『エルドリッチ・ホラー 完全日本語版』（ボード）

ニッキ・ヴァレンス、コーリー・コニーカ／アークライト／2014年4月

『アーカムホラー』などと同じ協力型のゲーム。基本的なシステムは『エルダーサイン』に似ているが、特定の場所内ではなく世界各地が舞台になっている。また、ルールが若干煩雑になり、少しだけ準備に手間がかかる。ただ、探索者のカードをはじめ、説明テキストにかなり力を入れていて、これらを読んでいるだけでも楽しい。

『キングスポート・フェスティバル』（ボード）

アンドレア・キアルヴェシオ、ジャンルカ・サントピエトロ／ホビージャパン／2014年10月

これまでとは打って変わり、邪教徒となってキングスポートの支配を目指すゲーム。盤面の施設は繋がりに沿ってのみ支配でき、支配に必要な3種のリソースは邪神に祈る事で入手する。ただし、対価として正気度を失うため、すがってばかりもいられない。ほかのプレイヤーの動向を見つつ、施設の占領ルート設定とリソース管理の判断が戦略の要になる。

『翠色の習作』（ボード）

マーティン・ウォレス／アークライト／2016年6月

邪神が支配する9つの都市を舞台に、プレイヤーは邪神と人間側に分かれ、都市の支配権を争いながら勝利点を獲得していくゲーム。プレイヤーの陣営は伏せたままプレイするので、行動から判断するしかない。同陣営のプレイヤー成績が悪いと悪影響がでたりするので、ときには手助けも必要。最終的に勝利点が多い人が勝ちなので、駆け引きが重要だ。

『パンデミック クトゥルフの呼び声』（ボード）

チャック・D・イェーガー、マット・リーコック／ホビージャパン／2016年8月

ウィルス拡大を防ぐ協力型ゲームの題材を、クトゥルフ神話で遊ぶためのサプリメント。ニューイングランドの4つの街を舞台に、それぞれ特徴ある探索者が異界の門を封鎖して回る。集まってくる邪教徒がショゴスを召喚。ショゴスが門をくぐると邪神の復活が迫るので、邪教徒の数を減らしつつ、邪神の復活前に門を封じるのが目的だ。

『クトゥルフ・ウォーズ 完全日本語版』（ボード）

サンディ・ピーターセン／アークライト／2017年9月

4柱いる邪神の1柱となり、ほかの邪神と地球の派遣競いつつ、勝利点を得ていくゲーム。基本的には陣取り合戦で、行動力を消費して信者や神話生物などを増やし、さらに支配地を拡大する。ルールはシンプルだが、陣営ごとに有効戦略が異なるのもポイントだ。もっとも、一番の特徴は精巧なフィギュアが付属していること。その分、値が張るのが難点か。

『狂気山脈』（ボード）

ロブ・ダヴィオー／ホビージャパン／2017年10月

南極の山を踏破し、遺物を見つけて生還を目指す協力型ゲーム。山には21のミッションがあり、30秒間の相談で決めたカードを出し、クリアすると遺物を入手。この相談が重要なゲームなのだが、失敗して狂気カードを引くと、プレイヤーの行動自体を制限（机の周りを歩き回るなど）され、相談が難しくなっていくという仕組みだ。

第1章 神話の成り立ち

第2章 邪なる神々

第3章 異形なるものども

第4章 旧き神々

第5章 禁忌の書物

第6章 狂気を放つ品々

第7章 恐怖の領域

第8章 現代のクトゥルフ

第9章 禁断の1行解説

『クトゥルフ神話カードゲーム スターターセット 完全日本語版』（カード）

マイク・エリオット、エリック・M・ラング／アークライト／2009年9月

2人用のカードゲーム。プレイヤーは7つの勢力から2つ選び、その2セットに中立カードを混ぜてデッキを構築。場のストーリーカードの物語にデッキを使って参加し、4種類の対決を経て勝敗を決定。先に5回勝てばストーリーカードが手に入り、これを3枚先取すると勝ちとなる。拡張パックも販売されているが、中身は固定なのでお財布に優しい。

『クトゥルフ・レルムズ 完全日本語版』（カード）

ダーウィン・カスル／アークライト／2015年12月

ライバルを倒して生き残りを目指す対戦型のゲーム。共通した10枚のカードから5枚を手札にし、自分の番でカードをプレイ。使ったカードのポイントで場札を入手し、デッキを構成していく。相手の正気が無くなるか、山札がなくなったときに正気度が高い者が勝ち。手札と場のカードを睨みつつ、どんどんカードを使って戦うスピーディな攻防が魅力だ。

『カード・オブ・クトゥルフ』（カード）

イアン・リチャード／クロノノールゲームス／2016年3月

探索者として4つの教団に立ち向かう協力型のゲーム。山札から毎ターンカードをめくり、仲間を増やしたり敵を配置したり、敵の従者を攻撃しつつゲームが進行。仲間やアイテムは経験点で獲得し、コンボなども使えるようになる。どこかの教団カードが6枚になる前に山札がなくなれば勝利。ゲームバランスが絶妙で、緊張感のあるプレイが楽しめる。

『ポケット・マッドネス 完全日本語版』（カード）

ブルーノ・カタラ、リュドヴィク・モーブラン／アークライト／2017年4月

いち早く他人を狂気に陥れるゲーム。6〜12の数字カード63枚を使うが、それぞれ数字の枚数しかない。最初の手札は2枚。山札の半分は開示して置かれ、同じ数字カード3枚で怪物を引き込んだり、6〜12のカードを開いて他人を攻撃したりする。誰かの手札や場札が切れたら終了だが、終わり方で狂気の増減が異なるので、そこに駆け引きが生まれる。

ビデオゲーム（一般）

ビデオゲームでは、RPGなどで神話生物がモンスターとして出てくるだけのことが多い。それでも、世界観にクトゥルフ神話を取り込んだ作品が皆無というわけではないので、それらを紹介していこう。

『人魚の烙印』

プレイステーション／NECインターチャンネル／2000年8月

シミュレーション・ホラーRPG。主人公の館林圭輔や仲間たちを操作し、邪教徒と戦いつつ島からの脱出を目指す。神話生物的な敵が登場するだけでなく、邪神と邪教の存在、怪しげな薬で身体が変貌していく恋人など、クトゥルフ神話的要素は濃い。仲間のひとり、ハワード・カーターの名は、ラヴクラフトとランドルフ・カーターのミックスだろうか。

「シャドウハーツ」シリーズ

シリーズプレイステーション2／アルゼ／2001年6月〜

物語にはヴァチカンから盗まれた3冊の魔道書の行方が絡んでおり、うち2冊が『無名祭祀書』と『ルルイエ異本』だった。また、3作目ではアーカム大学とラヴクラフト教授が登場し、博士の課題をクリアすると賞品がもらえる。システム面では、戦闘中に行動すると正気度が減少し、0になると暴走して操作できず、戦闘後の経験値も得られない。

『ネクロノミコン 闇の目覚め』

PC／ツクダシナジー／2002年6月

H・P・ラヴクラフトの「チャールズ・ウォードの事件」を題材にした3Dのアドベンチャーゲーム。主人公の青年ウィリアム・スタントンは、友人のエドガー・ワイチェリーから奇妙な物体を預かった。ところが、続いて現れた医師は彼に錯乱の兆候があるといい、協力を頼まれたウィリアムは、ポーツセッツの街で彼について調べ始めるが――。

『エターナルダークネス ―招かれた13人―』

ニンテンドーGQ/任天堂/2002年10月

3Dのホラーアクションアドベンチャー。主人公のアレックス・ロイヴァスは、祖父の死について調べるうちに『エターナルダークネスの書』を発見。この書を通じてさまざまな人物の人生を追体験し、真実に迫っていく。本作一番の特徴は、TRPGにもあるサニティシステム。天井と床が反転して操作しづらくなるなど、プレイヤーに影響する仕掛けだった。

『Code Name:S.T.E.A.M. リンカーンVSエイリアン』

ニンテンドー3DS/セガ/2015年5月

来襲したエイリアンを撃退すべく、アメリカ大統領リンカーンの特殊部隊「S.T.E.A.M.」が立ち上がった。部隊メンバーは文学作品や民間伝承のヒーローで、個々の能力を活かしつつステージを攻略していく。部隊のなかにはランドルフ・カーターがおり、彼の武器は敵の好物を配置するエイリアンフード。物語のなかでもエイリアンたちについて言及する。

『Bloodborne』

プレイステーション4/フロム・ソフトウェア/2015年12月

高難度のアクションホラー。山間の街ヤーナムで治療を受けた主人公。目覚めると記憶が曖昧になっており、自筆のメモを頼りに街の探索を開始する。人が変身する獣の病に狂信者、人ならざる上位者と、クトゥルフ神話的要素には事欠かない。発狂しやすくなるリスクと引き換えに、透明な敵が見えるようになったりもする「啓蒙」も神話世界的だ。

『The Lost Child』

プレイステーション4、プレイステーションVita/KADOKAWAゲームス/2017年8月

日本を舞台にした神話構想RPG。プレイヤーは主人公の伊吹隼人となり、レイヤーと呼ばれる異空間を探索しつつ悪魔を従えていく。人間が気づかぬところで天使や悪魔、堕天使が争っている設定で、クトゥルフ神話の神々もこれに関わっている。また、100階層もあるやり込みダンジョン「ルルイエロード」では、ニャルラトホテプも待っている。

『クトゥルフダンジョン』

Android、iOS/さむずあっぷプロジェクト、Hiroki Bouchi/2016年10月～

クトゥルフ神話を題材にしたアプリゲーム。宿屋の主人となって冒険者を集め、すごろく形式のダンジョンを探索する。通常のモンスターはそれほど強くないが、クトゥルフ神話の敵はかなり強め。ダンジョンのボスもみな神話生物で、グールからクトゥルフまで13体。死にやすいシビアなゲームだが、ついついダンジョンに潜ってしまう中毒性がある。

『クトゥルフモンスターズ』

Android、iOS/さむずあっぷプロジェクト、Hiroki Bouchi/2017年7月～

ゆるふわな雰囲気で描かれた邪神や神話生物を召喚し、相手の次元を滅ぼすゲーム。手持ちのカードのうち14枚でデッキを構成し、戦場に出たらマナを消費して神話生物を召喚。相手の魔方陣を先に壊せば勝利だ。ただし、邪神クラスの神話生物は戦場に1体だけという制限がある。召喚コストも高いので、デッキはバランスが大事だ。

Column
今後発売予定の『クトゥルフ神話』関連ビデオゲーム

2018年6月現在、海外でクトゥルフ神話を題材にしたゲームが2本開発されている。タイトルは『Call of Cthulhu: The Official Video Game』と『The Sinking City』。どちらもフランスのゲーム販売会社がリリース予定だ。両方とも一人称視点型のホラーアドベンチャーゲームで、舞台はともに1920年代のニューイングランド地方。主人公も私立探偵と、かなり共通点は多い。ただ、『Call of Cthulhu: The Official Video Game』は孤島で、『The Sinking City』は水没した街という点が異なっている。なお『Call of Cthulhu: The Official Video Game』は、ケイオシアム社の許可を得て「Call of Cthulhu」のルールを参考にしている。Sanityシステムはもちろん、主人公の恐怖症をひとつ決めるというルールが独特だ。発売は2018年内を予定で、『The Sinking City』は2019年3月21日予定。ともに期待して待とう。

249

ビデオゲーム（美少女）

関連ワードを引用した作品は数多いジャンルだが、一方で作品の根底にクトゥルフ神話を正面から扱った作品はそこまで多くない印象。ここでは、ホラーや伝奇系の作品を中心に紹介する。

「闇の声」シリーズ

PC/Black Cyc/2001年6月〜

2001年に登場したアドベンチャーゲーム。とある絶海の孤島に建っている古びた洋館。この館でメイドのKと暮らす女主人の小夜子には、人間が奥底に秘めている欲望をさらけ出させる闇の力が備わっていた。女主人の小夜子となって、迷い込んできた人々を堕落させていく。6作目の『闇の声 ZERO』で小夜子の正体に触れる BADEND がある。

『朝の来ない夜に抱かれて -ETERNAL NIGHT-』

PC/F&C・FC03/2002年6月

1年前、主人公の八雲辰人は異界の門から現れた化け物に遭遇した。辰人は幼馴染の美空を庇って落命するが、門の破壊を望む邪神の力で復活。門を守る化け物と戦うことに。クトゥルフ神話に加え、日本の神話や伝承も合わせてベースにしたアドベンチャーゲーム。ゲーム自体はもちろん、ファンのあいだでは主題歌も好評で、今なおファンの多い作品だ。

『螢子』

PC/タイガーマンプロジェクト/2002年9月

大学生の主人公と杵築螢子は恋人同士。ただ、螢子は記憶の一部が失われていた。主人公は彼女とともに、記憶を取り戻す唯一の手掛かりと思われる天戸島を訪れる。島の住民たちは邪神を呼び出す扉を開こうとする一派と、それを望まない一派に分かれて対立している。さらに、これを楽しむかのような「あの方」もいたりと、かなり物騒な島である。

「デモンベイン」シリーズ

PC、プレイステーション2/ニトロプラス/2003年4月〜

私立探偵の大十字九郎は、成り行きで魔導書『アル・アジフ』の精霊と契約。巨大ロボット、デモンベインの操者として、戦いに身を投じていく。本作はスーパーロボットものとしても好評で、翌年に PS2 版を発売してファン層を拡大。新たな層がクトゥルフ神話に興味をもつきっかけにもなったようだ。なお、2018年6月現在、15周年企画が進行中だ。

『沙耶の唄』

PC/ニトロプラス/2003年12月

交通事故に遭った医大生の匂坂郁紀。九死に一生を得たものの、周囲のすべてが異常な光景に見えてしまう。そんななか、彼は唯一普通の姿に見える少女、沙耶と出会った——。ファンには馴染みの神話生物こそ登場しないが、それに似た存在は登場する。狂気に侵された主人公と異形の存在との交流、その顛末を描いたホラーアドベンチャーゲームだ。

『狗哭』

PC/Black Cyc/2011年3月

平家の落ち武者伝説とクトゥルフ神話を融合させた、和風伝奇ホラー作品。母方の祖父が亡くなり、葬儀と遺産相続のために真砂村を訪れた鳴沢拓人。彼が幼い頃に出会った少女と再会するなか、村では数十年ぶりに催される秘祭の準備が進められていた——。ほかの作品ではあまり登場しない邪神が召喚されるほか、それとは別の存在の姿が描かれる。

『ジーザス13th ─喪失われた学園─』

PC/XUSE【本醸造】/2013年5月

千葉県海底群夜刀浦市を舞台にした、秘蹟学園アドベンチャーゲーム。大学生、小碓蒔椰のもとに、名すら知らなかった祖父、デビッド・アルマータの訃報が届いた。祖父は私立「わだつみ学園」の理事長だったが、不可解な死を遂げたらしい。相続人に指定された蒔椰は、学園に編入して理事長代理も務めるかたわら、祖父について調べ始めるのだった。

『瑠璃の檻 ルリ・ノ・イエ -DOMINATION GAME-』

PC/SkyFish/2016年5月

孤島を舞台にしたダークミステリーアドベンチャー。旺辺流一を訪ねてきた見知らぬ少女は、兄嫁の妹だった。兄夫婦が事故死して身寄りがなくなった彼女に乞われ、流一は摩州家がある太平洋の孤島、波手乃島へ向かう。引用などではなく、正面からクトゥルフ神話を扱った数少ない作品のひとつ。『インスマスを覆う影』を思わせる物語だ。

『仄暗き時の果てより』

PC/MOONSTONE/2016年12月

故郷の島に戻ってきた主人公の御城康一。いつもと変わらないと思いきや、島では怪物騒ぎが起きていた。真に受けなかった康一だが、怪物に襲われ、刀を振るう少女に助けられたことで、認めざるを得なくなる。平行世界やタイムリープなど、SF的要素が強めなサスペンスホラーアドベンチャー。神話生物的な怪物や、物語に深く関わりある存在が登場する。

映像作品

クトゥルフ神話を直球で扱った映像作品は、全体の割合から見れば少なめ。2000年以降も皆無ではないが、20世紀末に比べると減った印象だ。ここでは、そんな作品のなかから神話的要素が濃いめのものを紹介する。

『稀人』

監督：清水崇/シャイカー、配給：ユーロスペース/2004年

『呪怨』などで知られる清水崇監督のホラー作品。映像カメラマンの増岡拓司は、偶然にも男が自殺する現場を撮影した。後日、増岡は男が何かを見て怯えていたことに気づき、映像を頼りに調査を開始。東京の地下で広大な空間「狂気山脈」にたどり着き、見つけた謎の少女を自宅へ連れ帰る。恐怖を追い始めた増岡が、たどり着くことになる結末とは。

『H・P・ラヴクラフトのダニッチ・ホラー』

監督：品川亮/SPLEEN FILMS/AIR INC./TOEI ANIMATION CO.,LTD./2007年6月

H・P・ラヴクラフトの原作小説を映像化したオムニバス作品。東映アニメーションの「画ニメ」と呼ばれる作品のひとつ。表題作「ダニッチ・ホラー」のほかに、「家の中の絵」、「フェスティヴァル」が収録されている。人形作家、山下昇平による立体造形を、ストップモーション・アニメーションの手法で映像作品に仕上げた雰囲気満点の作品だ。

『カルト』

監督：白石晃士/ダブル・フィールド/2013年7月

数々のホラー作品を手掛けてきた白石晃士監督のホラー映画。ある心霊番組に出演することになった3人の女性タレント。スタッフともども依頼があった金田家を訪れるが、待ち受けていたのは想像を越えた「何か」だった。同行した霊能者では手に負えず、ある男が呼び出される――。設定はやや異なるが、2013年にノベライズもされている。

『死霊のいけにえ2』

監督：イヴァン・ズッコン/Studio Interzona/2000年

2000年に制作されたイタリアのビデオ映画作品。哲学者アル・カレブが翻訳したという、アラビア語版『ネクロノミコン』。エレナはある儀式を行って魔導書の封印を解いてしまい、異空間に迷い込んで兵士たちとともに亡者と戦うことになる。なお、邦題は『死霊のいけにえ2』とあるが、アメリカの自主制作映画『死霊のいけにえ』とは関係ない。

『DAGON』

監督：スチュアート・ゴードン/Castelao Producciones' 他/2001年10月

SFやホラーを手掛けるスチュアート・ゴードンの監督作品。ヨットでクルージングを楽しんでいた主人公たちは、突然の嵐で座礁。寂れた漁村インボッカに上陸して助けを求めるが、そこは邪神崇拝者たちの巣窟だった――。『インスマスを覆う影』をもとにした作品で、舞台がスペインだったりと異なる点はあるものの、原作のコンセプトに割と忠実だ。

『The Weird Tale Collection,Vol.1:The Yellow Sign and Others』

監督：アーロン・パネック/自主制作、Lurker Films/2001年10月

ロバート・W・チェインバーズの小説、『黄衣の王』を題材にした自主製作映画で、2001年にアマチュア映画祭で上映された。2008年10月にリリースされたDVDには、日本語字幕もついている。テスは画廊の運営に失敗し、立て直すために新たな才能を求めていた。彼女は悪夢で見たアーティストが実在することを突き止め、彼を探し出したのだが──。

『マスターズ・オブ・ホラー』

監督：スチュアート・ゴードン、他/Nice Guy Productions他/2005年10月

スチュアート・ゴードンほか、ジョンカー・ペンターやラッキー・マッキーなど、ホラー監督らが手掛けたオムニバス作品。H・P・ラヴクラフトの「魔女の家で見た夢」をもとに、スチュアート・ゴードン監督が「魔女の棲む館」で参加しており、この作品は角川エンタテインメント発売の『マスターズ・オブ・ホラーDVD-BOX』に収録されている。

『スティーブン・キング短編シリーズ 8つの悪夢』

監督：ロブ・ボウマン、他/Coote Hayes Productions/2006年～

アメリカのネットワーク・テレビ、ターナー・ネットワーク・テレビジョンで放送されたテレビドラマ。日本でも2007年にWOWOWで放送された。スティーヴン・キングの短編小説を映像化したもので、2番目にクトゥルフ神話へのオマージュ作品「クラウチ・エンド」が放送されている。日本でもコレクターズ・ボックスが発売されている。

『ゾンビズ・シティ』

監督：ホルヘ・オルギン/Lions Gate Entertainment,/2008年4月

チリで制作されたホラー作品。病原菌で人間がゾンビ化し、生き残った人々はゾンビを掃討しつつシェルターで暮らしていた。そんななか、まったく感染しない子供たちが誕生し始める。そんな子供のひとりであるカミーユは、ゾンビになった母が遺した言葉に従って海へ向かう──。クトゥルフ要素がどこにあるのかは観てのお楽しみ。

『遊星からの物体X ファーストコンタクト』

監督：マティス・ヴァン・ヘイニンゲンJr./Strike Entertainment他/2011年

1982年に公開された『遊星からの物体X』の、前日譚を描いた作品。ジョン・W・キャンベルの「影が行く」が原作だが、「南極での宇宙生物との遭遇」という主題が「狂気の山脈にて」と同じなため、H・P・ラヴクラフトからの影響を指摘する声がある。『クトゥルフ神話TRPG』の『マレウス・モンストロルム』では「物体X」のデータが掲載されている。

『ナイトメアビーストと迷宮のダンジョン』

監督：ブレット・パイパー/Tomcat Films'/2012年

新居へ引っ越したナンシーは、地下室で魔術の儀式が行われていた形跡を見つける。以後、彼女は異次元の悪夢にうなされ始め、ついにニオ・ラス・オテップの像を夢から持ち帰ってしまう。しかも、怪奇現象の話を聞いて駆け付けた妹が、悪夢に捕らわれてしまう──。「魔女の家で見た夢」をモチーフとした作品だが、脚本などはオリジナルだ。

『CABIN キャビン』

監督：ドリュー・ゴダード/Lionsgate' Mutant Enemy' 他/2013年3月

女子大生のディナは、4人の友人らとともに山奥の別荘へやってきた。ところが、地下室で古いノートを見つけたディナが、記されていた呪文を声に出して読んだことから、何かが目を覚ましてしまう。ホラー映画のネタが満載の、メタフィクション的な作品。クトゥルフ神話的要素がどこにあるのかは、観て確認して欲しい。

『リバイアサンX 深海からの襲来』

監督：スチュアート・スパーク/DARK RIFT FILMS/2016年8月

海洋生物学者のオリーブは、新型の深海潜水器具をテスト中、触手を備えた何かに襲われた。気絶した彼女はどうにか助け出され、潜水服に卵のようなものに気づく。その後、オリーブは器具を破損させたことを理由に解雇され、彼女は腹いせに卵を持ち帰るが──。クトゥルフ神話を題材にした、イギリスのサスペンスホラー作品だ。

第9章 禁断の1行解説

KEYWORDS

『クトゥルフ神話』は、ラヴクラフトが自らの作品に意味深なキーワードを盛り込むことから始まった。そのため神話作品には、じつに多くの印象的な単語や短文が登場する。本章はそれらのキーワードをできるだけ収集し、簡単な解説とともに紹介しようという企画である。楽しんでもらえれば幸いだ。

Nyarlathotep

禁断の1行解説

あ

アーカム	地名	ミスカトニック大学の所在地
アークツルス	地名	ニョグタが棲んでいるという星の名前
アイホート	邪神	英国キャムサイドの地下迷路に潜む旧支配者
アイレム	地名	古代アラビアの伝説上の円柱都市
アヴァロス	邪神	「エルトダウン・シャーズ」の第5粘土板に記されている存在。凄まじい食欲の持ち主
悪の祭祀	書物	「サセックス草稿」とも言われる。「ネクロノミコン」を部分的に英訳した文書
アクロ語	その他	旧支配者が教えたとされる古代の言語
アザーティ	異形	アザトースが産みだす落とし子のこと
アザトース	邪神	宇宙の真の創造者で外なる神の総帥
アザトースその他の恐怖	書物	エドワード・ダービィが出版した詩集
アザトースの書	書物	ニャルラトホテプが持つ外なる神の礼賛書
アタル	人物	ウルタールで旧神に仕える大神官
アトラク＝ナクア	邪神	ハイパーボリアで橋をかけ続ける蜘蛛の邪神
アトランティス	地名	アメリカとアフリカの間にあった大陸
アビゲイル・プリン	人物	セイレム出身の悪名高き魔女
アフーム＝ザー	邪神	クトゥグァから生まれた冷たき炎の旧支配者
アブドゥル・アルハザード	人物	「ネクロノミコン」を記した狂気のアラブ人
アブホース	邪神	ヴーアミタドレス山に住む灰色の水たまり
アフ＝ヨーラ	地名	深きものが築いた海底都市のひとつ
アラオザル	地名	スン高原にあるチョー＝チョー人の巡礼地
アリヤ・ビリントン	人物	先祖に憑依されイタクァを召喚した魔術師
アルバート・N・ウィルマース	人名	ミスカトニック大学英文学助教授。民俗学者でもあり、そのせいで怪異に巻き込まれる
アルハザードのランプ	アイテム	ルルイエなどの風景を見せる不思議なランプ
暗黒教団	その他	旧支配者のために暗躍する国際テロ組織
暗黒の儀式	書物	エジプト第13王朝期に書かれたバースト崇拝に関する書物。著者はラヴェ＝ケラフ
暗黒のファラオ	その他	古代エジプトでのニャルラトホテプの異名
暗黒のファラオ団	その他	ニャルラトホテプの帰還を目論むカルト集団
いあ！	その他	邪神への崇拝や敬意を示す感嘆詞
イイーキルス	その他	ルリム・シャイコースが乗ってきた氷山

イーリディーム	異形	ルリム・シャイコースの眷属たち
イエー	地名	ムー大陸の一地方。クトゥルフの息子イソグサが封じられていると伝えられている
イエーの儀式	書物	ムー大陸の預言者ニゴウム＝ゾーグが記したイソグサ崇拝に関する書物
イェクーブ	地名	旧支配者ジュク＝シャブが統治する、遥か遠方の銀河にあるという世界
イェグ＝ハ	異形	小さな翼と顔のない頭をもつ古代の魔物
イェブ	邪神	シュブ＝ニグラスの子でナグの兄弟
イオド	邪神	かつてムー大陸で崇められた旧支配者
イオドの書	書物	イオドやヴォルヴァドスについて書かれた本
イカー	地名	ウボ＝サスラが棲んでいるといわれる洞窟
イグ	邪神	人類に対して友好的な蛇の姿の旧支配者
イクナグンニスススズ	邪神	ツァトゥグァの母方の祖父とされる外なる神
イゴーロナク	邪神	「グラーキの黙示録」を読んだ者が見る邪神
イゴス記	書物	ムー大陸の魔術師イゴスが記した魔導書
イス	地名	イスの偉大なる種族が地球に来る前にいた星
イスの偉大なる種族	異形	6億年前の地球に飛来した精神生命体
イソグサ	邪神	クトゥルフとイダー＝ヤアーの子
イタクァ	邪神	ハスターに従い北極圏で活動する風の邪神
イダ＝ヤアー	邪神	クトゥルフの最初の妻とされる旧支配者
凍てつく荒野	地名	ドリームランドの北の果てにある地域
イドラ	異形	食べた相手の姿に変身できる異形
古のもの	異形	宇宙から飛来し最初に地球を支配した種族
イハ＝ンスレイ	地名	深きものが築いた海底都市のひとつ
イブ	地名	ムナール大陸にあったスーム＝ハーの都市
イブ＝ツトゥル	邪神	ニャラルトホテプの娘といわれる外なる神
イブン・ガジ	人物	人類の終わりを予知したアラビアの魔術師
イブン・ガジの粉薬	アイテム	心臓が10回動く間、不可視の存在を見れる薬
イブン・スカカバオ	人物	「内省録」を書いたアラブ人の異端学者
イホウンデー	邪神	ハイパーボリアで崇拝されていた女神
忌まわしき双子	その他	双子の旧支配者ロイガーとツァールの異名
イレク＝ヴァド	地名	ドリームランドのセレネル海南東にある都市
インスマス	地名	アメリカ合衆国マサチューセッツ州の港町
インスマスづら	用語	インスマス住民のカエルに似た容貌のこと
ヴァク＝ヴィラジ	その他	ニョグタを地底の住みかへと退散させる呪文

255

ヴァルーシア	地名	古代の蛇人間たちが築いた国の名前
ウイトロクソペトル	邪神	夢に支配を及ぼせるという旧支配者
ウィリアム・ダイアー	人物	ミスカトニックの教授でダイアー探検隊隊長
ウィルソン	著者	コリン・ウィルソン。イギリス生まれの神話作家のひとり。殺人の研究に長じる
ウィルバー・ウェイトリー	人物	ミスカトニック大学で「ネクロノミコン」を盗もうとした人物
ウィルマース・ファウンデーション	その他	ミスカトニック大学に拠点を置く対邪神組織
ウィンゲート・ピースリー	人物	ミスカトニック大学教授でウィルマース・ファウンデーションの中心人物
ヴーア	地名	「緑の書」に記されている、世界の果てを越えたところにあるという王国
ヴーアミ族	異形	毛で覆われたハイパーボリアの亜人種
ヴーアミタドレス山	地名	ハイパーボリア大陸でもっとも高い山
ウェンディゴ	その他	旧支配者であるイタクァの異名
ウォーレン・ライス	人物	アーミテッジ、モーガンとともに怪異に立ち向かったミスカトニック大学の古典語学科教授
ヴォルヴァドス	邪神	ムー大陸で崇拝された旧神のひとり
ウォンドレイ	著者	ドナルド・ウォンドレイ。アーカム・ハウス出版社設立の発起人のひとり
うざ・いぇい!	その他	ラーン=テゴスに捧げる呪文の一節
ウトゥルス=フルエフル	邪神	シュブ=ニグラスの娘にあたる邪神
ウブ=ビギズ	異形	「蟲の父」でありユグの指導者である異形
ウボ=サスラ	邪神	地球の生物の源といわれる外なる神
ウボス	地名	ムノムクアが棲むドリームランドの月の湖
ウムル・アト=タウィル	邪神	ヨグ=ソトースの化身であり使者
ウルターラトホテプ	旧神	「サセックス稿本」で言及された旧神
ウルタール	地名	ドリームランドにある小さな町
ウルタールの猫	異形	スフィンクスの親戚で、その言葉を解する猫
ヴルトゥーム	邪神	ヨグ=ソトースの息子といわれる旧支配者
エイボン	人物	ハイパーボリアの大魔道士
エイボンの書	書物	エイボンが記した伝説の魔導書
エイボンの指輪	アイテム	エイボンが魔物を封じて作った指輪
エ=ポオ	異形	齢7千歳を超えるチョー=チョー人の首領
エリシア	地名	旧神の本拠地と考えられている場所
エルトダウン・シャーズ	書物	奇妙な印が刻まれた23枚の陶片群
エンフラシ	異形	イリジアの夢の谷に棲むムカデのような生物

黄金の蜂蜜酒	アイテム	宇宙空間で生存できるようになる金色の液体
大いなる木	その他	テレパシー能力を持つ高さ数千フィートの木
大いなる深淵	地名	ノーデンスが統べるサルコマンドの地下世界
オーベッド・マーシュ	人物	ダゴン秘密教団を組織したインスマスの商人
オーン	邪神	サルコマンドの廃墟に棲む旧支配者
オスイェグ	邪神	「破滅を歩むもの」という異名の旧支配者
オトゥーム	邪神	二対の脚と膨らんだひとつ目を持つ旧支配者
オトゥーム・オムニキア	書物	オトゥームの崇拝の仕方が書かれた本
オラウス・ウォルミウス	人物	「ネクロノミコン」をラテン語訳した人物

か

カーター	著者	リン・カーター。米国のSF小説家、編集者で『クトゥルフ神話』の拡散に大きく貢献した
輝くトラペゾヘドロン	アイテム	ニャルラトホテプを呼び出せるという召喚具
輝ける狩人	その他	旧支配者イオドの異名
ガグ	異形	ドリームランドの地底に生きる6mほどの生物
ガスト	異形	ズィンの窖に住む人型の生物
カソグサ	邪神	クトゥルフの3番目の妻といわれる旧支配者
カダス	地名	凍てつく荒野にある最も高い山
ガタノトア	邪神	クトゥルフの息子とされる旧支配者
カットナー	著者	ヘンリー・カットナー。ラヴクラフトの友人のひとりである神話作家
カラカル	旧神	ドリームランドの神々の一柱で火の使い手
狩りたてる恐怖	異形	黒い翼をもつ巨大な蛇。ニャルラトホテプに仕えているという
カルコサ	地名	恒星系アルデバランにある空間が歪んだ都市
カルナマゴスの遺言	書物	クァチル・ウタウスについて記された魔導書
キーザ	邪神	ムトゥーラに棲む知性もつ結晶体の旧支配者
黄色い仮面のもの	その他	ニャルラトホテプのドリームランドでの異名
黄色の印	アイテム	ハスター教団の印章。見る者の正気を壊す
黄色の印の兄弟団	その他	黄衣の王ハスターを崇拝するカルトのひとつ
キシュ	人名	古の都市サルナスの大神官
キシュ	地名	輝くトラペゾヘドロンやニトクリスの鏡が保管されていた地下墓地
キシュの印	アイテム	大神官サルナスが用いた旧き印
ギズグス	邪神	サクサクルースの子でツァトゥグァの父とされる旧支配者。ギースグースとも

キタブ・アル＝アジフ	書物	ネクロノミコンの原本。アル＝アジフと同じ
キャムサイド	地名	アイホートの地下迷宮への入口がある町
キャンベル	著者	ジョン・ラムジー・キャンベル。イギリスのホラー作家でグラーキなどを創造した
旧支配者	用語	宇宙から飛来し、古代の地球を支配した恐るべき存在。英語ではGreat Old Oneと表記
旧神	用語	旧支配者と対立しているといわれる存在。英語ではElder Godと表記
狂気山脈	地名	かつて神々が支配していた南極を横断する山脈
強壮なる使者	その他	ニャルラトホテプの異名のひとつ
金枝篇	書物	未開社会の呪術・信仰についての研究書として実在する書物
銀の鍵	アイテム	使用者を時空を超えて運ぶという秘宝
クァチル・ウタウス	邪神	触れるただけで相手を塵と化す旧支配者
クームヤーガ	異形	一本足の水鳥の姿をしたシャンタク鳥の長
グール	異形	死肉を好んで喰らう屍食鬼
グスタフ・ヨハンセン	人物	死の都ルルイエを偶然訪れたエンマ号の船員
クタニド	旧神	旧支配者と対立する旧神たちのリーダー
クティーラ	邪神	クトゥルフの娘といわれる旧支配者
クティンガ	地名	フサッグァと炎の精が棲む巨大な彗星
クトゥグァ	邪神	ニャルラトホテプの天敵で焔を統べる邪神
クトゥルヒ	異形	タコに似ているクトゥルフの落とし子たち
クトゥルフ	邪神	死の都ルルイエで眠る旧支配者の代表格
クトーニアン	異形	岩を掘り世界中の地中に広がった異形の種族
グハーン	地名	クトーニアンが封じられたアフリカの都市
グハーン断章	書物	クトーニアンについて詳しく書かれた魔導書
クラーカシュ＝トン	人物	アトランティスの大神官だが、ヨグ＝ソトースの化身だという者もいる
グラーキ	邪神	人間を触手で刺し奴隷化する旧支配者
グラーキの黙示録	書物	グラーキ崇拝者の心得などを記した魔導書
グリュ＝ウォ	地名	ナアカル語で恒星ベテルギウスを指す
グルーン	蕃神	大西洋の海底神殿に封じられている蕃神
グル＝ホー	地名	イギリス近海にある深きものの海底都市
黒い仔山羊	異形	シュブ＝ニグラスの落とし子
黒い石印	アイテム	ミ＝ゴが地球にもたらし、ムーの魔術師イラーンが所有していた石。異形を操る力がある
グロース	邪神	惑星そのもののような姿の巨大な旧支配者

黒き母の印	アイテム	シュブ＝ニグラスの象徴といわれる印
グロス＝ゴルカ	邪神	南極の地下に棲むという鳥を統べる邪神
黒の書	書物	「無名祭祀書」の別名
クン・ヤン	地名	北米大陸の地下に広がる巨大な地下世界
ケザイア・メイソン	人物	アーカムの魔女でブラウン・ジェンキンの主人
ケレーノ	地名	プレアデス星団の星の七つ星のひとつ。第4惑星に大図書館がある
ケレーノ断章	書物	ケレーノの大図書館にある割れた石板、またはラバン・シュルズベリィによる翻訳
黄衣の王	書物	読むものを発狂させる作者不明の戯曲
黄衣の王	その他	ハスター、あるいはニャルラトホテプの化身
ゴーツウッド	地名	近くの森にシャッガイからの昆虫が棲んでいる英国ブリチェスター南西の村
ゴール・ニグラル	書物	イアン＝ホーにあるという異世界の魔導書
告白録	書物	狂える修道士クリタヌスが記した書物
古代ルーンの伝説	書物	失われた大陸ティームドラの魔術師テ・アトトが記した書物を翻訳したもの
コブラの王冠	アイテム	蛇人間が作った、人間と動物の精神を支配できるというアーティファクト
コラゾス教団	その他	16世紀後期のルーマニアで結成されたヨグ＝ソトースを信奉する教団
ゴル＝ゴロス	邪神	黒い石の神とも呼ばれる旧支配者

ザーダ＝ホーグラ	邪神	白痴の魔王アザトースの化身といわれる存在
ザール	異形	ゼンティルクス銀河に棲んでいる異形
サイクラノーシュ	地名	ハイパーボリア時代の土星の呼び名
サクサクルース	邪神	アザトースの雌雄同体の落とし子
サスラッタ	その他	魔術に用いる式文のセットのこと
ザソグ	邪神	ゼンティルクス銀河に棲んでいる旧支配者。ザールと契約している
ザ・ブラック	異形	イブ＝ツトゥルの体内で血液の役割を果たす、黒い薄片状の物質
サルコマンド	地名	レン高原の麓の谷にある都市
サルナス	地名	旧支配者ボクルグに滅ぼされた都市
ザントゥー	人名	ムー大陸でイソグサを崇めていた大神官
ザントゥー石板	書物	ザントゥーがナアカル語で刻んだ黒い石板
シアエガ	邪神	ドイツのある地方に封じられている旧支配者

ジェイムズ・モートン	人物	ティンダロスの猟犬と融合した博士
ジェルサレムズ・ロット	その他	ジェイムズ・ブーンが創設した宗教的共同体
屍食教典儀	書物	食屍鬼カルトの活動について書かれた本
シャーノルス	地名	ニャルラトホテプの宮廷があるという世界
シャタク	邪神	ツァトゥグァの妻だとされる旧支配者
シャッガイ	地名	2つのエメラルド色の太陽を持つ世界
シャッガイからの昆虫	異形	シャンとも呼ばれる昆虫族。人間の脳と融合してアザトースのカルトを形成する
シャッド＝メル	邪神	クトーニアンを統率する旧支配者
シャン	異形	シャッガイからの昆虫の別の呼び名
シャンタク鳥	異形	ドリームランドに棲む大きな怪鳥
シャンバラ	地名	5千万年前にレムリア人が建設した都市
ジュク＝シャブ	邪神	輝く球体の姿をした旧支配者。ムカデのような姿のイェクーブを統率する
シュトレゴイカバール	地名	ハンガリーのブダペスト西方の村
シュブ＝ニグラス	邪神	豊穣の象徴とされる外なる神
シュマ＝ゴラス	邪神	マーベル社のコミックに登場する邪神
ショゴス	異形	古のものにつくられた人工生命体
ジョン・ディー	人物	16世紀に実在した人物。「ネクロノミコン」を英訳したとされる
水神クタアト	書物	中世初期に書かれた著者不明の魔導書
ズィンの窖（あな）	地名	クン・ヤンとドリームランドを結ぶトンネル
ズヴィルポグア	邪神	オサダゴワとも。ツァトゥグァの子
ズーグ族	異形	魔法の森に棲むネズミに似た種族
スーム＝ハー	異形	サルナス人に滅ぼされた両生類のクリーチャー
スクタイ	邪神	クトゥルフの2番目の妻とされる旧支配者
ズスティルゼムグニ	邪神	ツァトゥグァの母とされる旧支配者
スタークウェザー＝ムーア探検隊	その他	ミスカトニック大学が派遣した南極探検隊
ズチェクォン	異形	ズシャコンとも。ウボ＝サスラの子とされる
砂に棲むもの	異形	地球の砂漠地帯に棲むコアラに似た頭の異形
スファトリクルルプ	邪神	ズヴィルポグアの娘でツァトゥグァの孫
スミス	著者	クラーク・アシュトン・スミス。ハイパーボリアものなどの著者でツァトゥグァの創作者
スムマヌス	邪神	衣服の下に触手を隠している人型の旧支配者
スンガク	邪神	宇宙の神秘を知るというガス状の存在
スン高原	地名	ミャンマーの奥地にあるとされる高原地帯

セイラム	地名	1692年の魔女裁判で有名な実在する港町
セクメトの星	アイテム	覗けば異世界を垣間見るという宝玉
セト	邪神	黄色い目の巨大な黒い蛇の姿で顕現する邪神
セトの環	アイテム	蛇人間が作ったといわれる魔法の指輪
セレファイス	地名	ドリームランドのオオス＝ナルガイの谷にある都市
千の仔を孕みし森の黒山羊	その他	外なる神シュブ＝ニグラスの異名
千の雌羊を連れた雄羊	邪神	シュブ＝ニグラスの化身のひとつ
ゾシーク	地名	遥か未来に最後の人類が暮らすという大陸
ゾス	地名	クトゥルフの故郷とされる緑色の連星
ゾス＝オムモグ	邪神	クトゥルフの子とされる旧支配者
外なる神	用語	旧支配者よりも格上の存在として設けられたTRPG由来の神格
ゾブナ人	異形	ロマール大陸に侵攻し支配したという一族
空飛ぶポリープ	異形	イスの偉大なる種族に敗れて封じられた異形
ゾン・メザマレックの水晶	アイテム	時空を超えて過去にさかのぼれる水晶

ダーレス	著者	オーガスト・ウィリアム・ダーレス。ラヴクラフト作品の存続に尽力した作家
ダイアー探検隊	その他	ミスカトニック大学が派遣した南極探検隊
タイタス・クロウ	人物	さまざまな怪異を解決に導く超心理学者
大地の神々	旧神	ギリシャ神話などに登場する地球本来の神々
大地の妖蛆	異形	蛇と蛇人間が交配して生まれた異形
第六サスラッタ	その他	「水神クタアト」に記されたイブ＝ツトゥルに関連する式文
ダオロス	邪神	ヴェールをはぎ取るものと呼ばれる旧支配者
タグ・クラトゥアの角度	その他	異次元の存在をこの世に連れて来る呪文
ダゴン	邪神	クトゥルフに奉仕する深きものどもの統率者
ダゴン秘密教団	その他	ダゴンやクトゥルフを崇拝する教団
ダレット伯爵	人物	「屍食教典儀」の著者であるフランス人貴族
ダンウィッチ	地名	マサチューセッツ州北部中央にある古い寒村
断罪の書	書物	魔術師が不死になる方法などが記された書物
血塗られた舌の神	その他	ニャルラトホテプの異名のひとつ
チャールズ・デクスター・ウォード	人物	悪名高き祖先に利用されて破滅した青年
チャウグナー・フォーン	邪神	ヒンドゥー教の神ガネーシャに似た姿の邪神
チャウグナー・フォーンの兄弟	異形	チャウグナー・フォーンにそっくりの異形

261

チョー＝チョー人	異形	スン高原などに棲んでいる小柄な種族
ツァール	邪神	スン高原の地下に封じられている旧支配者
ツァス	地名	クン・ヤンの人々が住んでいた主要都市
ツァトゥグァ	邪神	ヒキガエルに似た姿をとる無定形の旧支配者
ツァン高原	地名	チャウグナー・フォーンが棲むアジアの高原
ティームドラ	地名	恐竜時代以前に存在したといわれる大陸
ティクオン霊液	アイテム	ニョグタへの防御になるという聖水の一種
ティンダロス	地名	異次元、または時空のどこかにある謎の都市
ティンダロスの猟犬	異形	ティンダロスからやってくる恐るべき異形
テオドラス・フィレタス	人物	「ネクロノミコン」をギリシャ語訳した人物
てけり・り！	その他	ショゴスが発する謎の鳴き声
デルタ・グリーン	その他	超自然現象を調査する米国政府の秘密機関
トゥールスチャ	邪神	緑色の炎柱のようなアザトースの従者
トート＝アモン	人物	ハイボリア時代に恐れられたセトの大神官
トートの書	書物	エジプトの神トートが書いたとされる書物
ドール	異形	ドリームランドに棲む白くて巨大な蛆虫
ド・マリニーの掛け時計	アイテム	旧神が作った時計のような形の時空往還機
ドリームランド	地名	幻夢境とも呼ばれる人間が見る夢の国
トルネンブラ	邪神	アザトースの宮廷で音楽を奏でる邪神
トンド	地名	グラーキが地球に来る前にいた惑星。夢のクリスタライザーでのみ観測できる

ナアカル語	その他	ムー大陸で使われていたという言語
ナアク＝ティトの障壁	その他	イブ＝ツトゥルの召喚に必要な呪文のひとつ
ナイトゴーント	異形	夜鬼とも呼ばれるドリームランドの生物
ナグ	邪神	旧支配者イェブの双子の兄弟
ナグーブ	異形	ニョグタに仕えているグールたちの首領
ナコト写本	書物	イスの偉大な種族が制作したとされる書物
ナスの谷	地名	ドリームランドにあるドールが棲むという谷
ナス＝ホルタース	旧神	セレファイスで信仰が盛んな旧神
ナト	地名	三つの太陽の土地として知られる謎の世界
ナト史	書物	17世紀ドイツの神秘主義者ヤーグナーが、ナトの歴史を記した書物
七千の水晶枠の迷宮	その他	旅をすると高次の理解へ辿り着くという迷宮

七つなる太陽の世界	地名	フォーマルハウト近くの惑星でニャルラトホテプの棲み処のひとつとされる
ニトクリス	人名	エジプト第6王朝最後の女王
ニトクリスの鏡	アイテム	鏡面がショゴスの棲み処へ繋がっている鏡
ニャルラトホテプ	邪神	千の化身をもつ強大な力を備えた外なる神
ニョグタ	邪神	ウボ＝サスラの落とし子、ニャルラトホテプの化身のひとつなど、諸説がある小神
ヌーミノス	地名	かつてイタクァが棲んでいた惑星ボレアの月
ヌトセ＝カアンブル	旧神	ドリームランドで崇拝される女神
ネクロノミコン	書物	アブドゥル・アルハザードが記した書物、またはこれを翻訳したギリシャ語版以降の書物
ネフレン＝カ	人物	エジプト第3王朝の最強最後のファラオ
ノーデンス	旧神	旧神の統率者とされている神
ノオリ	異形	ドリームランドの海に棲む温厚な種族
ノフ＝ケー	異形	角と6本の足をもつグリーンランドの異形

バースト	旧神	猫の頭をもつエジプトの女神
ハーバート・ウェスト	人物	ミスカトニック出身の医師で死者蘇生の研究に取りつかれた狂気の科学者
ハーリー・ウォーラン	人物	ランドルフ・カーターの友人だった神秘家
バイアキー	異形	宇宙を飛べる旧支配者ハスターの眷属
バイアティス	邪神	かぎ爪をもつヒキガエルのような旧支配者
ハイドラ	邪神	ダゴンと連れ添う深きものどもの神
ハイパーボリア大陸	地名	グリーンランド付近にあったとされる古代大陸、またはそこに築かれていた文明
ハイボリア時代	その他	紀元前1万年前後に隆興した時代
這い寄る混沌	その他	ニャルラトホテプの異名のひとつ
ハオン＝ドル	人名	ハイパーボリアに住んでいた強力な魔術師
バグ＝シャース	邪神	ヨグ＝ソトースに仕えている旧支配者
ハスター	邪神	ハリ湖に封じられている強力な旧支配者
ハダス	地名	かつてクトーニアンの本拠地だった炎の世界
ハラグ＝コラース	地名	シュブ＝ニグラスがヤディスからやってきた南アラビアにある地下都市
ハリ湖	地名	異界の都市カルコサの近郊にある湖
バルザイ	人物	かつてドリームランドに住んでいた大神官
バルザイの新月刀	アイテム	ヨグ＝ソトースを召喚できる強力アイテム

263

ハロルド・H・コープランド	人物	ザントゥーの石板を持ち出した考古学教授
ハワード	著者	ロバート・アーヴィン・ハワード。『黒い碑』の著者にしてラヴクラフトの友人
ハン	邪神	暗きハンと呼ばれるあまり知られていない神
蕃神	用語	広義には地球由来以外の神々すべてを指す用語。旧神の対義語に使われることが多い
光と闇の目	アイテム	満月の夜にしか作れないといわれる魔術の印
墓蛙の神殿	地名	墓蛙型の赤い宝玉があるホンジュラスの神殿
ヒプノス	邪神	夢の中にいる旧神。美しい青年の姿とされる
秘密を見守る者たち	書物	とある心霊実験の内容が書かれた書物
百万の恵まれしもの	異形	ニャルラトホテプを父とするマイナーな邪神
ファロール	邪神	魔道士エイボンが召喚する黒っぽい旧支配者
フォン・ユンツト	人物	密室で絞殺された「無名祭祀書」の著者
深きもの	異形	ダゴンとハイドラに率いられ大いなるクトゥルフを信奉する水生の眷属
淵みに棲むもの	書物	ガストン・ル・フェイが記したクトゥルフとその眷属についての書物
膨らんだ女	その他	ニャルラトホテプの異名のひとつ
フサッグァ	邪神	青みがかった稲妻の姿で知られる旧支配者。クトゥグァと関連があるという
フサン謎の七書	書物	ドリームランドを経て残った中国産の奇書
フジウルクォイグムンズハー	邪神	土星最強の邪神でツァトゥグァの叔父
プテトライト族	異形	イタクァを崇拝していた有史以前の部族
プノム	人物	「プノムの羊皮紙文書」を記した預言者
プノムの羊皮紙文書	書物	シャタクとツァトゥグァの関係を記した写本
プホール	異形	ドリームランドの地下をうごめく闇の存在
ブラウン・ジェンキン	異形	人間のような顔をしたネズミの使い魔
フランシス・モーガン	人物	ダンウィッチの怪物を倒した者のひとり
ブリチェスター	地名	旧支配者グラーキが棲むイギリスの都市
旧き鍵	アイテム	ウボ＝サスラが持つ旧神が記した謎の石板
旧き印	アイテム	旧支配者の眷属から身を護る五芒星の印
古きもの	異形	究極の門を通り抜けた者が姿を変えた存在
プレーンの五芒星形	アイテム	旧支配者ダオロスから身を守るための図形
ブロック	著者	ロバート・ブロック。ラヴクラフトの友人で『妖蛆の秘密』などの著者
蛇人間	異形	優れた魔術の力をもつ二足歩行の爬虫類種族
ベル・ヤーナク	地名	惑星ヤーナクにある大都市の名前

ヘンリー・アーミテッジ	人物	ミスカトニック大学図書館長を務める博士
ホイ=ディーンの詠唱	その他	ザ・ブラックを召喚・使役するための呪文
法の書	書物	A・クロウリーが書いた実在の魔導書
放浪者エルディン	人物	ドリームランドのあちこちを放浪した英雄
ホーグ船長	人物	「ポナペ経典」を発見した18世紀の船長
ポール・タトル	人物	「ルルイエ異本」などを相続した人物
ボクルグ	邪神	ドリームランドに棲む水蜥蜴の邪神
星の知恵派教団	その他	輝くトラペゾヘドロンを所持していた教団
ポセイドニス	地名	海に没したアトランティスの最後の島
ポナペ教典	書物	ガタノトアの神官が記したナアカル語の教典
ポナペ翡翠像	アイテム	ゾス=オムモグを象った小さな翡翠の偶像
炎の精	異形	クトゥグアの眷属とされる生きている炎
ボレア	地名	イタクァが幽閉されていた平行宇宙の世界

ま

マーシーヒル	地名	グラーキの黙示録第12章が記された場所
マイノグーラ	邪神	ニャルラトホテプのいとこにあたる女神
マイラクリオン	人物	ティームドラで最も偉大な魔術師
マグヌム・イノミナンドゥム	その他	アザトースが生み出した無名の霧の別名
魔術師の知恵	書物	古代ペルシャの偉大な炎の魔術師オスタネスが記した魔導書
魔法の森	地名	ドリームランドにあるズーグ族が棲む森
ミ=ゴ	異形	蝙蝠のような翼を持つ地球外生命体
ミスカトニック大学	地名	図書館に多くの魔導書を所有する大学
緑の書	書物	無名の少女が無意識のうちに書いた魔導書
緑の崩壊	その他	グラーキに60年仕えると起きる体の崩壊現象。または似た効果を与えるエイボンの呪文
ミリ・ニグリ人	異形	チャウグナー・フォーンが生み出した眷属
ムー大陸	地名	かつて太平洋にあったといわれる巨大な大陸
ムー・トゥーラン	地名	ハイパーボリア大陸の最北部に位置する地域
ムーン・ビースト	異形	ドリームランドに棲む白い蛙のような生物
ムーン・レンズ	アイテム	ゴーツウッドの広場にある塔につけられた鏡
無形の落とし子	異形	黒いタール状をしたツァトゥグアの眷属
ムトゥーラ	地名	水晶でできた民が暮らす暗黒の世界
ムナール	地名	スーム=ハーが棲むドリームランドの大陸
ムナールの星石	アイテム	旧き印を描いた護符の機能を持つ石

ムナガラー	邪神	クトゥルフの右腕ともいわれる邪神
ムノムクア	邪神	ドリームランドの月に囚われた旧支配者
無貌の神	その他	エジプトにおけるニャルラトホテプの異名
無名祭祀書	書物	フォン・ユンツトが記した魔導書
無名都市	地名	アラビア半島の砂漠にあるという古代都市
無名の霧	邪神	ヨグ＝ソトースを生み出した謎の邪神
名状しがたいもの	その他	強力な旧支配者ハスターにつけられた異名
モルディギアン	邪神	屍体を好んで食らう黒色の旧支配者

ヤークシュ	地名	海王星の別名
ヤード＝サダジ	旧神	ヨグ＝ソトースに似た神だが性質は反対
ヤーナク	地名	ベテルギウスの向こう側にある惑星
ヤーネック	地名	アフーム＝ザーが棲んでいる北極の火山
ヤクトゥーブ	人物	アルハザードの家庭教師だった魔術師
野獣	その他	ニャルラトホテプの異名のひとつ
野獣の結社	その他	ニャルラトホテプを信仰する秘密結社
ヤディス	地名	5つの太陽を巡るという遥か遠方の惑星
ヤディス＝ゴー	地名	ガタノトアが封じられているムー大陸の山
夜刀浦市	地名	ヨス＝トラゴンが封じられているという町
ヤマンソ	邪神	クトゥグァに匹敵するという炎の邪神
闇	邪神	アザトースの子でシュブ＝ニグラスの親
闇をさまようもの	その他	ニャルラトホテプの異名のひとつ
ユグ	異形	ゾス＝オムモグが従える白色の眷属
ユゴス	地名	冥王星の別名というのが通説の太陽系の惑星
夢のクリスタライザー	アイテム	人間の意識を転送する黄色い卵型アイテム
妖蛆の秘密	書物	ベルギーの錬金術師プリンが記した魔導書
ヨグ＝ソトース	邪神	無名の霧が生んだ邪神。外見は虹色の球体
ヨス	地名	地下世界クン・ヤンにある赤く輝く洞窟
ヨス写本	書物	ズィンの窖で見つかったヨスについての本
ヨス＝トラゴン	邪神	夜刀浦などで知られる無数の目を持つ邪神
ヨハンセンの手記	書物	エンマ号の生存者ヨハンセンが遺した手記

ラーン＝テゴス	邪神	6本の脚と丸い胴体を持つ旧支配者

266

ラヴェ=ケラフ	人物	「暗黒の儀式」の著者でバーストの大神官
ラヴクラフト	著者	ハワード・フィリップス・ラヴクラフト。言わずと知れた『クトゥルフ神話』生みの親
ラバン・シュルズベリィ	人物	数々の怪異を切り抜けた邪神ハンター
ラムレイ	著者	ブライアン・ラムレイ。『タイタス・クロウ・サーガ』で有名な神話作家
ランドルフ・カーター	人物	銀の鍵を使って夢の世界へ行った学者
リーギクス	地名	天王星の別名。ルギハクスとも
リチャード・A・ピックマン	人物	ドリームランドでグールと化した天才画家
リチャード・ビリントン	人物	封印後も子孫に憑き影響力を行使する魔術師
遼丹	アイテム	中国で作られた意識を過去に飛ばせる秘薬
ルドウィク・プリン	人物	「妖蛆の秘密」を記した中世の錬金術師
ルリム・シャイコース	邪神	魔術師を喰らう白い蛆のような邪神
ルルイエ	地名	南太平洋の海底にあるクトゥルフが眠る都市
ルルイエ異本	書物	ムー大陸やルルイエについて書かれた奇書
ルルイエの印	アイテム	クトゥルフの肖像と呪文が刻まれた記章
レース	邪神	ティームドラなどで信仰された月の神
レッサー・オールド・ワン	用語	旧支配者より格下だが眷属よりは格上の存在
レムリア	地名	蛇人間が棲んでいたとされる失われた大陸
レン高原	地名	レン人が棲む所在不明の高原
レン人	異形	レン高原から来たという角の生えた商人
レンのガラス	アイテム	五芒星と呪文により異界への扉となるガラス
レンの灯台	地名	レン高原にあるとされる黒い灯台
ロイガー	邪神	スン高原に封じられたツァールの双子の邪神
ロイガーノス	異形	ロイガーとツァールに仕える眷属
ロバート・H・ブレイク	人物	輝くトラペゾヘドロンを発見した人物
ロボン	旧神	人類史初期にサルナスで崇拝された神
ロマール	地名	有史以前に存在したという北方の大陸
ロング	著者	フランク・ベルナップ・ロング。『ティンダロスの猟犬』などを執筆した米国の作家

ん

ンカイ	地名	ツァトゥグァが棲むといわれる暗黒の洞窟
ンガイの森	地名	北米にあるというニャルラトホテプの領域
ンガ=クトゥン	邪神	ポール・タトルが言及した旧支配者の一柱
ングラネク山	地名	ナイトゴーントが棲むドリームランドの火山

参考文献

『クトゥルフ神話 TRPG』
サンディ・ピーターセン、リン・ウィリス他著
エンターブレイン

『クトゥルフ神話TRPG　マレウス・モンストロルム』
スコット・アニオロフスキー他著　立花圭一、坂本雅之訳
KADOKAWA/ エンターブレイン

『エソテリカ別冊　クトゥルー神話の本　恐怖作家ラヴクラフトと暗黒の宇宙神話入門』
学習研究社

『クトゥルー怪異録』
菊地秀行、佐野史郎他著
学習研究社

『クトゥルー神話事典』
東雅夫著
学研パブリッシング

『クトゥルー神話の謎と真実』
東雅夫監修
学研プラス

『魔道書ネクロノミコン完全版』
ジョージ・ヘイ編　大滝啓裕訳
学習研究社

『夢魔の書』
H・P・ラヴクラフト著　大滝啓裕編
学習研究社

『恐怖と狂気のクトゥルフ神話』
クトゥルフ神話研究会著
笠倉出版社

『ラプラスの魔』
山本弘著　安田均原案
角川書店

『魔女狩り』
浜林正夫、井上正美著
教育社

『セイレムの魔術―17 世紀ニューイングランドの魔女裁判』
チャドウイック・ハンセン著　飯田実訳
工作舎

『ク・リトル・リトル神話集』
H・P・ラヴクラフト他著　荒俣宏訳
国書刊行会

『真ク・リトル・リトル神話大系　3 ～ 4』
H・P・ラヴクラフト著　那智史郎編
国書刊行会

『真ク・リトル・リトル神話大系　9』
H・P・ラヴクラフト著　那智史郎編
国書刊行会

『新編　真ク・リトル・リトル神話大系　1 ～ 5』
H・P・ラヴクラフト著
国書刊行会

『定本ラヴクラフト全集　1 ～ 10』
H・P・ラヴクラフト著　矢野浩三郎訳
国書刊行会

『エンサイクロペディア・クトゥルフ』
ダニエル・ハームズ著　坂本雅之訳
新紀元社

『クトゥルフ神話ガイドブック―20 世紀の恐怖神話』
朱鷺田祐介著
新紀元社

『クトゥルフ神話カルトブック　エイボンの書』
C・A・スミス、リン・カーター他著　坂本雅之、中山てい子、立花圭一訳
新紀元社

『幻想地名事典』
山北篤監修　桂令夫他著
新紀元社

『図解　クトゥルフ神話』
森瀬繚編著
新紀元社

『わたしはティチューバ　セイラムの黒人魔女』
マリーズ・コンデ著　風呂本惇子、西井のぶ子訳
新水社

『暗黒神話大系シリーズ　クトゥルー　1〜13』
H・P・ラヴクラフト、オーガスト・ダーレス他著
大滝啓裕編
青心社

『怪奇幻想小説シリーズ　ウィアード　1』
H・P・ラヴクラフト他著　大滝啓裕編
青心社

『アーカム計画』
ロバート・ブロック著　大滝啓裕訳
東京創元社

『暗黒神ダゴン』
フレッド・チャペル著　尾之上浩司訳
東京創元社

『黒の碑』
ロバート・E・ハワード著　夏来健次訳
創元推理文庫

『賢者の石』
コリン・ウィルソン著　中村保男訳
東京創元社

『ラヴクラフトの遺産』
ブライアン・ラムレイ他著
東京創元社

『暗黒界の悪霊ークートゥリュ神話中心の短編集』
ロバート・ブロック著　柿沼瑛子訳
朝日ソノラマ

『妖神グルメ』
菊地秀行著
朝日ソノラマ

『古代エジプト―失われた世界の解読』
笈川博一著
中央公論社

『ラヴクラフト全集　1〜7』
H・P・ラヴクラフト著　大西尹明、宇野利泰、大滝啓裕訳
東京創元社

『世界超文明の謎』
南山宏、幸沙代子、鈴木旭、高橋良典他著
日本文芸社

『ロイガーの復活』
コリン・ウィルソン著　荒俣宏訳
早川書房

『魔界水滸伝　1〜20』
栗本薫著
角川書店

『「クトゥルフ神話」がよくわかる本』
佐藤俊之監修　株式会社レッカ社編著
PHP研究所

『ナイトシフト <1> 深夜勤務』
スティーヴン・キング著　高畠文夫訳
扶桑社

『クトゥルフ・ハンドブック』
山本弘著
ホビージャパン

『クトゥルフモンスターガイドⅡ』
サンディ・ピーターセン著　中山てい子訳
ホビージャパン

『ビジュアルで楽しむクトゥルフ神話』
森瀬繚監修　株式会社レッカ社編著
PHP研究所

『ゲームシナリオのためのクトゥルー神話事典　知っておきたい邪神・禁書・お約束110』
森瀬繚著
SBクリエイティブ株式会社

『ゲーム・アニメ・ラノベ好きのための「クトゥルフ神話」大事典』
株式会社レッカ社編著
株式会社カンゼン

その他、多くの書籍やウェブサイトを参考にさせていただいております。

索引

あ

アーカム	212
アイホート	85
アザトース	28
アトラク＝ナクア	52
アフーム＝ザー	78
アブホース	52
アルハザードのランプ	198
イェブ	40
イオド	62
イグ	42
イゴーロナク	86
イスの偉大なる種族	112
イソグサ	20
イタクァ	68
古のもの	106
イブ＝ツトゥル	92
イブン・ガジの粉薬	209
インスマス	214
ヴォルヴァドス	63
ウボ＝サスラ	50
ウルターラトホテプ	144
ウルタール	232
ウルタールの猫	134
ヴルトゥーム	58
エイボンの書	160
エルダーサイン	206
エルトダウン・シャーズ	178
黄金の蜂蜜酒	208

か

輝くトラペゾヘドロン	194
ガグ	118
ガスト	118
カダス	231
ガタノトア	20
狂気山脈	218

金枝篇	166
銀の鍵	192
クァチル・ウタウス	56
グール（食屍鬼）	114
クタニド	146
クトゥグァ	74
クトゥルヒ	135
クトゥルフ	16
グハーン断章	184
グラーキ	84
グラーキの黙示録	180
グロース	89
グロス＝ゴルカ	94
ケレーノ	233
ケレーノ断章	174
黄衣の王	162
告白録	185
ゴル＝ゴロス	94

さ

ザントゥー石板	187
シアエガ	83
屍食教典儀	176
シャッド＝メル	90
シャンタク鳥	120
シュブ＝ニグラス	34
ショゴス	108
水神クタアト	182
セイラム	228
セクメトの星	205
ゾス＝オムモグ	20
ゾン・メザマレックの水晶	201
	20

た

大地の神々	148
ダオロス	87
ダゴン	24

ダンウィッチ	227	ボナペ教典	186
チャウグナー・フォーン	60		
チョー＝チョー人	128	**ま**	
ツァール	72	ミ＝ゴ	110
ツァトゥグア	46	ミスカトニック大学	224
ティンダロスの猟犬	132	ミリ・ニグリ人	128
トゥールスチャ	96	ムーン・ビースト	123
ド・マリニーの掛け時計	203	ムナガラー	97
ドリームランド	222	ムノムクア	81
		無名祭祀書	168
な		無名都市	220
ナイトゴーント	116	モルディギアン	59
ナグ	40		
ナコト写本	156	**や**	
ナス＝ホルタース	140	ヤード＝サダジ	147
ニトクリスの鏡	202	夢のクリスタライザー	204
ニャルラトホテプ	36	妖蛆の秘密	164
ニョグタ	82	ヨグ＝ソトース	30
ヌトセ＝カアンブル	142	ヨス＝トラゴン	98
ネクロノミコン	152		
ノーデンス	138	**ら**	
ノフ＝ケーとヴーアミ族	126	ラーン＝テゴス	44
		ルルイエ	216
は		ルルイエ異本	170
バイアキー	130	ルリム・シャイコース	78
バイアティス	88	レンのガラス	200
ハイドラ	24	レン高原	230
ハイパーボリア大陸	229	レン人	122
バグ＝シャース	93	ロイガー	72
ハスター	64		
バルザイの新月刀	196	**ん**	
ハン	43	ンガイの森	226
深きもの	102	ンガ＝クトゥン	45
フサン謎の七書	188		
蛇人間	124		
法の書	172		
ボクルグ	80		

オカルトファンタジーの原点を知る
現代クトゥルフ神話の基礎知識

発行日	2018年7月24日 初版
編 著	株式会社ライブ
発行人	坪井 義哉
発行所	株式会社カンゼン
	〒101-0021
	東京都千代田区外神田2-7-1 開花ビル
	TEL 03(5295)7723
	FAX 03(5295)7725
	http://www.kanzen.jp/
郵便振替	00150-7-130339
印刷・製本	株式会社シナノ
企画・構成・編集	株式会社ライブ
	竹之内大輔／畠山欣文
ライティング	横井祐介
	後藤勝
	野村昌隆
	長門克弥
イラスト	夜鳥
	長内祐介
	合間太郎
デザイン	黒川篤史(CROWARTS)

万一、落丁、乱丁などがありましたら、お取り替え致します。
本書の写真、記事、データの無断転載、複写、放映は、著作権の侵害となり、禁じております。

©Live 2018
ISBN 978-4-86255-476-5

Printed in Japan
定価はカバーに表示してあります。

本書に関するご意見、ご感想に関しましては、kanso@kanzen.jp
までEメールにてお寄せください。お待ちしております。